Der vorliegende Band versammelt sieben neue Erzählungen Murakamis – »long short stories«, die wohl zum Zartesten und Anrührendsten zählen, das je von ihm zu lesen war. Und doch sind sie typisch Murakami, denn fast immer geht es darin um versehrte, einsame Männer. Männer, denen etwas ganz Entscheidendes fehlt …

Haruki Murakami, geboren 1949 in Kyoto, studierte Theaterwissenschaften und Drehbuchschreiben in Tokio und lebte über längere Zeit in den USA und in Europa. Murakami ist der international gefeierte und mit den höchsten japanischen Literaturpreisen ausgezeichnete Autor zahlreicher Romane und Erzählungen. Sein Roman »Gefährliche Geliebte« entzweite das Literarische Quartett, mit »Mister Aufziehvogel« schrieb er das Kultbuch seiner Generation. Ferner hat er die Werke von Raymond Chandler, John Irving, Truman Capote und Raymond Carver ins Japanische übersetzt.

Haruki Murakami

Von Männern, die keine Frauen haben

Erzählungen

Aus dem Japanischen
von Ursula Gräfe

btb

Die Originalausgabe erschien 2014 unter dem Titel
»Onno no inai otokotachi« bei Bungeishunjū, Tokio.

MIX
Papier aus verantwor-
tungsvollen Quellen
FSC
www.fsc.org   FSC® C014496

Verlagsgruppe Random House FSC® N001967

1. Auflage
Genehmigte Taschenbuchausgabe November 2016,
btb Verlag in der Verlagsgruppe Random House GmbH,
Neumarkter Str. 28, 81673 München
Copyright © 2014 Haruki Murakami
»Samsa in Love« erschien im Original 2013 in der Anthologie
»Koi shikute: Ten Selected Love Stories« bei Chuokoron-Shinsha, Tokio
© 2013 Haruki Murakami
Copyright © 2014 für die deutsche Ausgabe: DuMont Buchverlag, Köln
Umschlaggestaltung: semper smile, München
nach einem Entwurf von Lübbeke Naumann Thoben, Köln,
unter Verwendung eines Motivs von © Getty Images
Druck und Einband: GGP Media GmbH, Pößneck
LW · Herstellung: sc
Printed in Germany
ISBN 978-3-442-71425-4

www.btb-verlag.de
www.facebook.com/btbverlag
Besuchen Sie auch unseren LiteraturBlog www.transatlantik.de

VON MÄNNERN,
DIE KEINE FRAUEN HABEN

INHALT

DRIVE MY CAR

Kafuku war schon mit vielen Frauen im Auto mitgefahren. Er unterteilte sie grundsätzlich in zwei Typen: Die einen fuhren ihm zu waghalsig, die anderen zu vorsichtig. Zahlenmäßig überwogen – glücklicherweise – die letzteren. Insgesamt betrachtet fahren Frauen rücksichtsvoller als Männer. Allerdings geht ihre höfliche und defensive Fahrweise anderen Verkehrsteilnehmern bisweilen auf die Nerven.

Andererseits halten sich wohl viele jener Frauen, die zu den waghalsigen gehören, selbst für erstklassige Autofahrerinnen. Sie pflegen sich über die zaghaften lustig zu machen und brüsten sich damit, selbst ganz anders zu sein. Doch bei einem tollkühnen Spurwechsel merken sie oftmals gar nicht, dass um sie herum mehr als einer mit angehaltenem Atem oder sogar fluchend auf die Bremse steigt.

Natürlich gibt es auch solche, die keiner der beiden Kategorien angehören. Frauen, die weder zu rasant noch zu vorsichtig, sondern ganz *normal* fahren. Einige sind richtig versiert. Aber selbst an ihnen nahm Kafuku immer eine gewisse Anspannung wahr. Er konnte nicht genau definieren, woran es lag, aber immer wenn er auf dem Beifahrersitz saß, vermittelte sich ihm diese »Aufgeregtheit« und machte ihn nervös. Seine Kehle wurde trocken oder er begann eine überflüssige, banale Konversation, um die Stille zu füllen.

Natürlich gibt es auch bei Männern gute wie schlechte Autofahrer. Aber sie vermittelten Kafuku nicht diesen Eindruck von Nervosität. Nicht, dass sie immer besonders entspannt gewesen wären. Vielleicht waren sie in Wirklichkeit auch nervös. Aber es schien ihm, als könnten sie ihre Aufregung irgendwie ganz natürlich – vielleicht unbewusst – von sich abkoppeln. Sie waren in der Lage, sich aufs Fahren zu konzentrieren und sich trotzdem ganz normal zu unterhalten. So war das eben. Es war Kafuku ein Rätsel, wie dieser Unterschied zustande kam.

Sonst empfand er im Alltag kaum einen Unterschied zwischen Männern und Frauen. Sie verfügten über die gleichen Fähigkeiten. In seinem Beruf arbeitete er sowohl mit Männern als auch mit Frauen zusammen, und eigentlich fand er es sogar angenehmer, mit Frauen zu arbeiten. In der Regel achteten sie genauer auf Details und hörten besser zu. Nur wenn eine Frau im Auto neben ihm am Steuer saß, war ihm der Unterschied immer sehr bewusst. Allerdings behielt er das für sich. Es war kein Thema, das man offen erörtern sollte.

Aus diesem Grund wirkte Kafuku nicht gerade glücklich, als Oba, der Besitzer seiner Autowerkstatt, ihm auf seine Frage, ob er ihm einen Chauffeur empfehlen könne, eine junge Frau nannte. Oba lächelte verständnisvoll. »Nein, nein, Herr Kafuku«, sagte er, »die Kleine kann wirklich fahren. Das garantiere ich Ihnen. Wollen Sie sie nicht wenigstens einmal kennenlernen?«

»Na gut, wenn Sie es sagen«, antwortete Kafuku. Er brauchte schnell einen Chauffeur, und Oba war ein Mann, dem man vertrauen konnte. Kafuku kannte ihn schon seit fünfzehn Jahren. Seine Haare standen vom Kopf ab wie Draht, was ihm ein lausbubenhaftes Aussehen gab, aber wenn es um Autos ging, irrte er sich nie.

»Ich möchte mir zur Sicherheit noch Ihre Lenkradeinstellung anschauen, aber wenn es da kein Problem gibt, können Sie den Wagen übermorgen um zwei in einwandfreiem Zustand abholen. Ich bestelle das Mädchen her, und Sie können eine Probefahrt mit ihr machen, in Ordnung? Sollten Sie nicht zufrieden sein, sagen Sie es einfach. Nur keine Hemmungen.«

»Wie alt ist sie denn?«

»Vielleicht Mitte zwanzig. Ich habe sie nicht gefragt«, sagte Oba. Er runzelte ein wenig die Stirn. »Allerdings muss ich Sie vorwarnen. Sie ist eine versierte Fahrerin, wie gesagt, aber ...«

»Aber?«

»Wie soll ich sagen? Sie ist etwas exzentrisch.«

»In welcher Hinsicht?«

»Sie ist ziemlich schroff und wortkarg. Außerdem raucht sie unentwegt«, sagte Oba. »Besser, Sie sind vorgewarnt. Sie ist nicht gerade der Typ ›süßes Mädchen‹. Lächelt so gut wie nie. Ehrlich gesagt, sie ist ein Raubein.«

»Macht nichts. Bei einer Hübschen wäre ich auch nicht entspannt, außerdem kommen bei so was nur dumme Gerüchte auf.«

»Dann ist sie vielleicht sogar genau die Richtige.«

»Aber sie ist wirklich eine gute Fahrerin?«

»Auf jeden Fall. Nicht nur für eine Frau – sie ist einfach gut.«

»Was macht sie im Moment?«

»Ich weiß es nicht genau. Anscheinend schlägt sie sich mit Zeitarbeit an Supermarktkassen oder mit Jobs bei Lieferservices durch. Jobs, bei denen sie sofort aufhören kann, wenn sich etwas Besseres bietet. Ein Bekannter hatte sie mir gebracht, aber die Werkstatt läuft im Augenblick nicht so gut, dass ich jemand Neues einstellen könnte. Ich beschäftige sie auf Abruf. Ich finde, sie ist ein ziemlich vernünftiges Mädchen. Zumindest rührt sie keinen Tropfen Alkohol an.«

Bei der Erwähnung von Alkohol verdüsterte sich Kafukus Gesicht. Er fuhr sich spontan mit der rechten Hand über den Mund.

»Also dann übermorgen um zwei«, sagte er. Das schroffe, wortkarge, unsüße Mädchen interessierte ihn.

Zwei Tage später um zwei Uhr waren die Reparaturen an seinem gelben Saab-900-Cabriolet abgeschlossen. Eine Delle vorn rechts war beseitigt und die Stelle so sorgfältig lackiert worden, dass kaum noch etwas zu sehen war. Der Motor war gewartet, die Gangschaltung eingestellt, auch Bremsbeläge und Scheibenwischer waren erneuert worden. Der Wagen war gewaschen und poliert, die Radkappen waren gereinigt. Wie üblich hatte Oba tadellose Arbeit geleistet. Kafuku fuhr den Saab schon seit zwölf Jahren, und der Wagen hatte über hunderttausend Kilometer auf dem Tacho. Das Verdeck war mittlerweile etwas verschlissen, und an Tagen, an denen es heftig regnete, leckte es. Aber er hatte momentan nicht die Absicht, sich einen neuen Wagen zuzulegen. Bisher waren keine größeren Reparaturen nötig gewesen, doch vor allem hing er sehr an diesem Wagen. Er liebte es, sommers wie winters mit offenem Verdeck zu fahren. Im Winter trug er einen dicken Mantel und wickelte sich einen Schal um den Hals, und im Sommer trug er eine Mütze und eine dunkle Sonnenbrille, wenn er am Steuer saß. Frohgemut fuhr er durch die Stadt, und wenn er an einer Ampel warten musste, betrachtete er stillvergnügt den Himmel. Er beobachtete die ziehenden Wolken und die Vögel auf den Telefondrähten. Das Cabrio gehörte zu seinem Lebensstil. Nun schritt Kafuku langsam um den Saab herum und nahm jedes Detail in Augenschein, wie jemand, der vor einem Rennen den Zustand seines Pferdes überprüft. Als er den Wagen gekauft hatte, war seine Frau noch am Leben gewesen. Die Farbe hatte sie ausgesucht. In den ersten Jahren hatten sie viele Ausflüge gemacht. Seine Frau konnte nicht Auto fahren, also hatte immer Kafuku am Steuer gesessen. Sie waren auch weitere Strecken gefahren, zum Beispiel nach Izu, Hakone oder Nasu. Doch seit zehn Jahren fuhr er fast immer allein. Nach dem Tod seiner Frau hatte er zwar einige Frauen kennengelernt, aber aus irgendeinem Grund nie eine Gelegenheit gefunden, sie im Wagen mitzunehmen. Er verließ auch niemals mehr die Stadt, wenn sein Beruf es nicht verlangte.

»Natürlich ist er hier und da schon ein bisschen in die Jahre gekommen, aber noch immer gut in Schuss.« Oba streichelte liebevoll das Armaturenbrett wie den Kopf eines großen Hundes. »Auf den Wagen können Sie sich verlassen. Schwedische Autos wurden damals für die Ewigkeit gemacht. Um die Elektronik muss man sich kümmern, aber die Mechanik ist unverwüstlich. Sie haben ihn ja auch gut gepflegt.«

Als Kafuku gerade die Papiere unterschrieb und man ihm die einzelnen Posten der Rechnung erklärte, kam die junge Frau. Sie war ungefähr 1,65 Meter groß und nicht dick, hatte aber breite Schultern und einen kräftigen Körperbau. Rechts auf ihrem Hals war ein ovales, violettes Muttermal von der Größe einer Olive zu sehen, aber sie schien sich nichts daraus zu machen, da sie es ganz offen zeigte. Ihr dichtes schwarzes Haar hatte sie im Nacken zusammengebunden, damit es nicht störte.

Als schöne Frau konnte man sie nicht bezeichnen. Ihr Gesicht war, wie Oba gesagt hatte, ziemlich reizlos und voller Akne-Narben. Sie hatte große Augen, ihr Blick wirkte scharf, mit einem Anflug von Argwohn. Ihre Ohren waren ebenfalls nicht gerade klein und ziemlich abstehend, wie Radarschüsseln. Sie trug ein für den Monat Mai etwas zu warmes Herrenjackett mit Fischgratmuster, braune Baumwollhosen und schwarze Converse-Turnschuhe. Unter ihrem weißen, langärmligen T-Shirt zeichneten sich ihre vollen Brüste ab.

Oba stellte sie Kafuku als Misaki Watari vor.

»Misaki schreibt man mit Hiragana-Zeichen. Brauchen Sie einen Lebenslauf? Kann ich Ihnen geben.« Ihr Ton war nicht gerade verbindlich.

Kafuku schüttelte den Kopf. »Nicht nötig. Sie können einen Schaltwagen fahren, nicht wahr?«

»Schaltung fahre ich am liebsten«, sagte sie kühl. Als hätte er einen eingefleischten Vegetarier gefragt, ob er grünen Salat esse.

»Es ist ein alter Wagen, also habe ich kein Navi.«

»Brauche ich nicht. Ich habe viel als Lieferantin gearbeitet und kenne mich ganz gut aus in der Stadt.«

»Gut, dann machen wir mal eine Probefahrt, ja? Mit geöffnetem Verdeck, das Wetter ist ja schön.«

»Wohin?«

Kafuku überlegte. Die Werkstatt lag in der Nähe von Shinohashi. »Wir biegen an der Kreuzung Tengen-ji rechts ab, parken dann in der Tiefgarage vom Supermarkt Meidi-ya, ich mache dort ein paar Einkäufe, dann fahren wir zum Arisugawa-Park hoch und an der französischen Botschaft vorbei auf die Meiji-dori. Und dann wieder hierher zurück.«

»Einverstanden«, sagte sie, ohne die Route noch einmal zu wiederholen. Nachdem Oba ihr den Schlüssel ausgehändigt hatte, stellte sie sich den Sitz und die Spiegel ein. Mit den Armaturen kannte sie sich offenbar bereits aus. Sie trat die Kupplung und schaltete probeweise die Gänge durch. Anschließend nahm sie aus der Brusttasche ihres Jacketts eine dunkelgrüne Ray-Ban-Sonnenbrille. Sie nickte Kafuku kurz zu. »Fertig« sollte das heißen.

»Ein Kassettendeck«, sagte sie nach einem Blick auf die Musikanlage wie zu sich selbst.

»Ja, ich bevorzuge Kassetten«, sagte Kafuku. »Sie sind praktischer für mich als CDs. Ich lerne meine Rollen damit.«

»Ich habe schon lange kein Kassettendeck mehr gesehen.«

»Als ich anfing, Auto zu fahren, benutzte man 8-Spur-Kassetten«, sagte Kafuku. Misaki sagte nichts, aber ihr war anzusehen, dass sie keine Ahnung hatte, was 8-Spur-Kassetten waren.

Wie Oba es ihm garantiert hatte, war sie eine hervorragende Fahrerin. Sie schaltete geschmeidig und ohne dass es je einen Ruck gab. Es herrschte viel Verkehr, und sie mussten häufig an Ampeln stehen bleiben, aber sie schien sich zu bemühen, die Drehzahl des Motors konstant zu halten. Er sah es an ihrem Blick, wenn sie schaltete, aber schloss er die Augen, bemerkte er es kaum. Er hörte es allenfalls an den veränderten Geräuschen des Motors. Wenn sie bremste oder beschleunigte, geschah es ebenfalls weich und konzentriert.

Vor allem genoss er es aber, dass Misaki die ganze Zeit völlig entspannt war. Offenbar war sie beim Fahren gelöster als sonst. Ihr Ausdruck war nicht mehr so schroff, und auch ihr Blick wurde sanfter. Nur an ihrer Wortkargheit änderte sich nichts.

Solange er sie nichts fragte, machte sie den Mund nicht auf, was Kafuku jedoch nicht im Geringsten störte. Konversation war auch nicht gerade seine Stärke. Gesprächen mit guten Freunden war er nicht abgeneigt, aber sonst schwieg er lieber. Er lehnte sich in seinem Sitz zurück und betrachtete geistesabwesend die an ihm vorübergleitenden Szenen der Stadt. Ihm, der stets selbst hinter dem Steuer gesessen hatte, eröffnete sich so eine ganz neue Perspektive.

Kafuku ließ Misaki zur Probe mehrmals auf der dicht befahrenen Gaien-nishi-dori rückwärts einparken, aber sie zeigte sich dieser Aufgabe problemlos gewachsen. Sie verfügte über ein sehr gutes Augenmaß und ein ausgezeichnetes Reaktionsvermögen.

Wenn sie lange an einer Ampel warten mussten, rauchte sie Marlboros, offenbar ihre bevorzugte Marke. Sobald die Ampel auf Grün schaltete, machte sie die Zigarette aus. Sie rauchte nie während der Fahrt. An den Stummeln klebte kein Lippenstift. Auch ihre Nägel waren nicht lackiert. Überhaupt schien sie kein Make-up zu tragen.

»Ich hätte noch einige Fragen an Sie«, sagte Kafuku, als sie sich dem Arisugawa-Park näherten.

»Fragen Sie«, sagte Misaki Watari.

»Wo haben Sie fahren gelernt?«

»Ich bin im Gebirge aufgewachsen. Auf Hokkaido. Ich fahre seit meinem elften Lebensjahr. Ohne Auto ist man dort völlig aufgeschmissen. Die Ortschaften in den Tälern bekommen kaum Sonne, und die Hälfte des Jahres sind die Straßen vereist. Selbst schlechte Fahrer müssen dort was können.«

»Aber rückwärts einparken lernt man doch nicht im Gebirge?«

Sie antwortete nicht. Vielleicht hielt sie die Frage für dumm und keiner Antwort würdig.

»Hat Herr Oba Ihnen erzählt, warum ich so plötzlich einen Chauffeur brauche?«

»Sie sind Schauspieler«, sagte sie unbeteiligt und sah nach vorn. »Im Moment haben Sie sechs Vorstellungen pro Woche. Sie fahren immer mit dem Auto ins Theater. U-Bahn oder Taxi sind für Sie keine Alternative, denn im Auto können Sie Ihre Rollen üben. Kürzlich hatten Sie einen kleinen Auffahrunfall, und der Führerschein wurde Ihnen entzogen, weil Sie etwas getrunken hatten und außerdem Probleme mit den Augen haben.«

Kafuku nickte. So klang es wie der Traum eines anderen Menschen.

»Als der Augenarzt, zu dem die Polizei mich geschickt hatte, mich untersuchte, stellte er Anzeichen für ein Glaukom fest. Offenbar ist mein Gesichtsfeld beeinträchtigt und hat rechts einen toten Winkel, den ich bis dahin nicht bemerkt hatte.«

Da der Alkoholgehalt in seinem Blut gering gewesen war, wurde die Anklage wegen Trunkenheit am Steuer fallen gelassen. Glücklicherweise hatte die Klatschpresse nichts mitbekommen. Aber Kafukus Agent wusste nun von seiner Sehschwäche und wollte nicht, dass er bis zu einer neuerlichen Untersuchung Auto fuhr. Immerhin bestand die Möglichkeit, dass ein von hinten rechts kommender Wagen in seinen toten Winkel gelangte und Kafuku ihn übersah.

»Herr Kafuku?«, sagte Misaki. »Darf ich Sie so nennen? Ist das Ihr wirklicher Name?«

»Ja, das ist mein Name«, sagte Kafuku. »Er bedeutet so etwas wie ›familiärer Wohlstand‹, aber viel genützt hat es bisher nicht. Keiner meiner Verwandten ist reich geworden.«

Wieder schwiegen sie. Dann setzte Kafuku ihr auseinander, was er ihr als Chauffeurin im Monat zahlen konnte. Es war nicht viel, aber die finanziellen Möglichkeiten seiner Agentur waren nun einmal begrenzt. Er war zwar ein einigermaßen bekannter Schauspieler, doch bei Film und Fernsehen bekam er keine Hauptrollen, und die Einkünfte eines Bühnenschauspielers waren mäßig. Für einen Schauspieler seiner Kategorie war ein persönlicher Chauffeur ein ungewöhnlicher Luxus, auch wenn es nur für einige Monate sein sollte.

»Meine Arbeitszeiten ändern sich je nach Spielplan. Im Moment arbeite ich vor allem am Theater, also werden Sie vormittags meist frei haben. Abends wird es in der Regel nicht später als elf. Sollte ich danach noch einen Wagen brauchen, nehme ich ein Taxi. Sie bekommen einen freien Tag in der Woche.«

»Gut«, sagte Misaki rasch.

»Die Arbeit an sich ist nicht schwer. Das Harte daran sind eher die Wartezeiten, in denen Sie nichts zu tun haben.«

Misaki schwieg. Sie presste nur die Lippen aufeinander. Ihr Gesicht sagte, dass sie bisher schon massenweise Härteres erlebt hatte.

»Ist das Verdeck geöffnet, können Sie von mir aus rauchen. Aber wenn es geschlossen ist, möchte ich das nicht«, sagte Kafuku.

»Verstanden.«

»Gibt es noch etwas, worauf Sie Wert legen?«

»Nein.« Misaki schaltete. Ruhig atmend, die Augen schmal. »Ich mag diesen Wagen«, fügte sie hinzu.

Die übrige Zeit verbrachten sie schweigend. Als sie wieder in der Reparaturwerkstatt ankamen, zog Kafuku Oba beiseite. »Ich nehme sie«, sagte er.

Vom nächsten Tag an war Misaki Kafukus persönliche Chauffeurin. Um halb vier Uhr nachmittags kam sie zu seinem Apartment in Ebisu, holte den gelben Saab aus der Tiefgarage und fuhr ihn nach Ginza ins Theater. Wenn es nicht regnete, fuhren sie mit geöffnetem Verdeck. Kafuku saß auf dem Beifahrersitz, hörte seinen Text auf Kassette und las mit. *Onkel Wanja* von Tschechow, so bearbeitet, dass es in der japanischen Meiji-Zeit spielte. Kafuku hatte die Rolle des Onkel Wanja. Er konnte den gesamten Text, wiederholte ihn jedoch täglich, um sich seiner Sache sicher zu sein. Das hatte er sich seit Langem angewöhnt.

Auf dem Rückweg hörte er häufig ein Streichquartett von Beethoven. Er liebte Beethovens Streichquartette und wurde ihrer niemals müde. Denn er konnte dabei sehr gut nachdenken oder eben an gar nichts denken. Wenn er etwas Leichteres hörte, waren es amerikanische Oldies. Die Beach Boys, die Rascals, Creedence Clearwater Revival oder die Temptations. Hits aus seiner Jugend. Misaki äußerte sich nie dazu, und Kafuku wusste nie, ob eine Musik ihr gefiel, ob sie sie grauenhaft fand oder ob sie überhaupt nicht zuhörte. Sie war eine sehr stoische junge Frau.

Normalerweise war Kafuku gar nicht imstande, seine Rollen in Gegenwart anderer zu üben, aber bei Misaki war das anders. In diesem Sinne kamen Kafuku ihre Ungerührtheit und Kälte sehr zupass. Ganz gleich, wie laut er neben ihr seinen Text rezitierte, sie tat so, als hörte sie nichts. Vielleicht hörte sie ja auch wirklich nichts. Offenbar war sie immer völlig aufs Fahren konzentriert. Vielleicht versetzte Autofahren sie ja auch in einen tranceartigen Meditationszustand.

Kafuku hatte keine Ahnung, was Misaki von ihm hielt. Er wusste nicht, ob er ihr einigermaßen sympathisch oder völlig gleichgültig war oder so zuwider, dass es sie schauderte, sie ihn aber ertrug, weil sie die Arbeit brauchte. Nicht, dass es ihn besonders interessiert hätte, was sie dachte. Er mochte ihre geschmeidige und akkurate Fahrweise, und es gefiel ihm, dass sie nicht mehr redete als nötig und ihre Gefühle nicht vor sich hertrug.

Sobald sein Auftritt beendet war, schminkte Kafuku sich ab, zog sich um und verließ eilig das Theater. Er hielt sich nicht gern länger dort auf, als er musste, und hatte kaum Freunde unter seinen Kollegen. Er rief Misaki mit seinem Mobiltelefon an und bestellte sie an den Bühnenausgang. Wenn er dort ankam, wartete sein gelbes Cabrio bereits auf ihn. Gegen halb elf war er wieder in seinem Apartment in Ebisu. So ging es fast jeden Tag.

Hin und wieder hatte er noch ein anderes Engagement. Einmal in der Woche musste er zu Aufnahmen für eine Krimiserie zu einem Fernsehsender. Sie war nichts Besonderes, hatte aber hohe Einschaltquoten, und die Gage war gut. Er spielte einen Wahrsager, der eine Kommissarin unterstützte. Für diese Rolle hatte er sich sogar ein paar Mal als Wahrsager verkleidet auf die Straße gestellt und Passanten die Zukunft vorausgesagt. Er spielte die Rolle so überzeugend, dass er dafür bekannt geworden war. Sobald am Abend die Dreharbeiten beendet waren, eilte er ins Theater in Ginza. Dieser Teil war der riskanteste, aber er schaffte es immer. Nach der Matinee an Wochenenden gab er noch Abendkurse an einer Schauspielschule. Kafuku fand Gefallen daran, junge Menschen zu unterrichten. Misaki oblag es, ihn dorthin zu bringen und wieder abzuholen. Kafuku gewöhnte sich daran, auf dem Beifahrersitz seines Saab zu sitzen, während Misaki ihn stets nach Plan hierhin und dorthin kutschierte. Mitunter schlief er sogar ein.

Als es wärmer wurde, tauschte Misaki ihr Fischgratjackett gegen ein dünneres Sommerjackett ein. Beim Fahren trug sie stets eines von beiden. Wahrscheinlich als Ersatz für eine Chauffeur-Uniform. Die Regenzeit kam, und das Verdeck des Wagens blieb meistens geschlossen.

Seit Kafuku auf dem Beifahrersitz saß und sich von Misaki fahren ließ, musste er aus irgendeinem Grund sehr viel an sie denken. Seine Frau war auch Schauspielerin gewesen, zwei Jahre jünger als er und wunderschön. Kafuku war »Charakterdarsteller« und hatte auch früher schon häufig leicht kuriose Nebenrollen gespielt. Sein Gesicht war etwas zu lang und zu schmal, und er hatte bereits als junger Mann schütteres Haar bekommen. So war er für Hauptrollen nicht geeignet. Seine Frau hingegen war eine wahre Schönheit gewesen und hatte entsprechende Rollen und Gagen bekommen. Doch obwohl auch Kafuku mit zunehmendem Alter als Darsteller individueller Charaktere immer mehr an Ansehen gewonnen hatte, hatten die beiden nie miteinander konkurriert, und ihre jeweilige Popularität und ihre Gagen waren zwischen ihnen nie ein Thema gewesen.

Kafuku hatte seine Frau geliebt. Schon als er sie (mit neunundzwanzig) das erste Mal sah, fühlte er sich stark zu ihr hingezogen, und bis zu ihrem Tod (da war er neunundvierzig gewesen) hatte sich daran nichts geändert. Er hatte während ihrer Ehe kein einziges Mal mit einer anderen Frau geschlafen. Die Gelegenheit hatte sich nie ergeben, aber er hatte auch nie den Wunsch danach verspürt.

Sie hingegen hatte hin und wieder mit anderen Männern geschlafen. Soweit Kafuku wusste, waren es insgesamt vier gewesen. Zumindest vier, zu denen sie eine regelmäßige sexuelle Beziehung unterhielt. Natürlich hatte seine Frau ihm nichts davon verraten, aber er wusste es sofort, wenn sie mit einem anderen Mann geschlafen hatte. Kafuku war sehr intuitiv veranlagt, und ein ernsthaft Liebender spürt so etwas, so schmerzlich es sein mag. An ihrem Tonfall erkannte er auch immer gleich, um wen es sich handelte. Die Männer, mit denen sie schlief, waren Schauspieler, mit denen sie in einem Film auftrat, und meistens jünger als sie. Die Affären dauerten ein paar Monate und endeten nach Abschluss der Dreharbeiten von allein. Nach diesem Muster verlief es vier Mal.

Warum sie mit diesen anderen Männern schlief, wusste Kafuku nicht. Er hatte es bis heute nicht verstanden. Denn seine Frau und er waren sich seit ihrer Hochzeit unverändert zugetan. Wann immer sie die Zeit dazu hatten, unterhielten sie sich lebhaft über die verschiedensten Dinge und waren stets bestrebt, einander zu vertrauen. Auch emotional und sexuell passten sie gut zusammen. Bei ihren Bekannten galten sie als harmonisches, ja, ideales Paar. Kafuku wünschte, er hätte zu Lebzeiten seiner Frau den Mut aufgebracht, sie zu fragen, warum sie dennoch mit anderen Männern schlafe. Was suchst du in ihnen? Was an mir genügt dir nicht? Immer wieder hatte er über diese Fragen nachgedacht und sie ihr einmal sogar beinahe gestellt. Das war wenige Monate vor ihrem Tod gewesen. Aber er hatte es nicht über sich gebracht, seine Frau, die unter heftigen Schmerzen mit dem Tode rang, damit zu konfrontieren. Und so verschwand sie ohne jede Erklärung aus Kafukus Welt. Keine Fragen, keine Antworten. Noch während er im Krematorium ihre Knochen aus der Asche las, verfolgten ihn diese Fragen. So sehr, dass er nicht einmal die Beileidsbekundungen hörte.

Es war natürlich furchtbar für ihn, sich seine Frau in den Armen eines anderen Mannes vorzustellen. Unbeschreiblich furchtbar. Wenn er die Augen schloss, sah er es ganz plastisch vor sich. Er wollte sich diese Dinge nicht vorstellen, aber er konnte es nicht verhindern. Die Bilder drangen erbarmungslos in ihn ein wie ein scharfes Messer. Manchmal wünschte er sich, von all dem nichts zu wissen. Doch Kafuku glaubte fest an die Überlegenheit der Wahrheit, ganz gleich, worum es sich handelte. Ganz gleich, wie schmerzhaft etwas ist, ich muss es wissen, dachte er. Nur durch Wissen erlangte ein Mensch Stärke.

Schmerzlicher noch als seine Vorstellung war es gewesen, ein normales Leben zu führen und dabei zu wissen, dass seine Frau Geheimnisse vor ihm hatte, die sie ihm nie offenbaren würde. Immer ein heiteres, lächelndes Gesicht zu zeigen, während es ihm das Herz zerriss und in seinem Inneren das Blut rauschte. Alltägliche Dinge zu erledigen, belanglose Gespräche zu führen, mit ihr zu schlafen, als wäre nichts. Ein normaler Mensch hätte das vielleicht gar nicht gekonnt. Aber Kafuku war professioneller Schauspieler. Es war sein Beruf, aus sich selbst herauszutreten und in eine Rolle zu schlüpfen. Und er gab sein Bestes, sie perfekt zu spielen. Ein Theaterstück ohne Publikum.

Doch abgesehen davon, dass sie hin und wieder heimlich mit anderen Männern schlief, führten die beiden eine glückliche Ehe ohne Auseinandersetzungen. Beide waren erfolgreich in ihrem Beruf und finanziell abgesichert. In ihrem fast zwanzigjährigen Eheleben hatten sie unzählige Male miteinander geschlafen, und zumindest aus Kafukus Sicht war es befriedigend gewesen. Nachdem seine Frau Gebärmutterkrebs bekommen hatte und wenig später gestorben war, hatte er mehrere Frauen kennengelernt und auch mit ihnen geschlafen. Doch bei keiner hatte er die innige Befriedigung und Freude empfunden wie bei seiner Frau. Was er empfand, war ein seichtes Déjà-vu, als vollzöge er etwas nach, das er schon einmal erlebt hatte.

Da seine Agentur ein offizielles Dokument brauchte, um Misakis Honorar auszuzahlen, bat er sie, ihm ihre Adresse, ihren familienrechtlichen Wohnsitz, ihr Geburtsdatum und die Nummer ihres Führerscheins aufzuschreiben. Sie wohnte in einem Mietshaus in Akabane in Kita, dem nördlichsten Bezirk Tokios. Ihr Familiensitz befand sich in Kamijunitaki auf Hokkaido, und sie war vierundzwanzig Jahre alt. Kafuku hatte keine Ahnung, wo auf Hokkaido dieses Kamijunitaki lag, wie groß es war und welche Art von Menschen dort lebte. Aber als er Misakis Alter sah, musste er schlucken.

Kafuku und seine Frau hatten ein Kind gehabt, das nach nur drei Tagen auf der Säuglingsstation im Krankenhaus gestorben war, ein Mädchen. Ganz plötzlich und ohne jede Vorwarnung hatte sein Herz aufgehört zu schlagen. Als der Morgen kam, war das Kind tot. Die Diagnose lautete auf einen angeborenen Herzklappenfehler. Kafuku und seine Frau wollten dem nicht weiter nachgehen. Auch eine Überprüfung der Ursache würde ihnen ihr Kind nicht zurückbringen. Glücklicher- oder unglücklicherweise hatten sie ihrer Tochter noch keinen Namen gegeben. Wäre sie am Leben geblieben, wäre sie jetzt vierundzwanzig gewesen. An jedem Geburtstag seines namenlosen Kindes legte Kafuku die Hände zum Gebet zusammen und rechnete nach, wie alt es wäre, hätte es gelebt.

Der plötzliche Verlust ihres Kindes hatte die beiden natürlich tief getroffen. Eine tiefe, düstere Leere war zwischen ihnen entstanden. Es dauerte lange, bis die beiden sich davon erholten. Sie schlossen sich zu Hause ein und verbrachten die meiste Zeit schweigend. Denn alles, was sie sagten, erschien ihnen belanglos. Sie trank nun häufig Wein. Er widmete sich eine Zeit lang mit seltsamer Leidenschaft der Kalligrafie. Mit schwarzer Tusche Zeichen auf blütenweißes Papier zu bringen gab ihm das Gefühl, die Regungen seines Herzens besser durchschauen zu können.

Doch indem sie sich gegenseitig stützten, genasen die beiden allmählich von ihrer Verletzung, und es gelang ihnen, diese gefährliche Zeit zu überstehen. Sie konzentrierten sich nun noch stärker auf ihre Arbeit. Fast gierig stürzten sie sich auf das Studium ihrer Rollen. »Es tut mir leid, aber ich möchte kein Kind mehr«, sagte Kafukus Frau, und er fügte sich ihrer Entscheidung. Einverstanden, wir werden kein Kind mehr bekommen. Wir tun, was du für das Beste hältst.

Rückblickend war dies wohl der Moment, in dem seine Frau begann, sexuelle Beziehungen zu anderen Männern zu unterhalten. Vielleicht hatte der Verlust ihres Kindes dieses Bedürfnis in ihr geweckt. Aber letztlich waren das nicht mehr als Spekulationen. Nur etwas, das *vielleicht* so gewesen war.

»Darf ich Ihnen eine Frage stellen?«, fragte Misaki.

Kafuku, in seine Gedanken und die Betrachtung der vorübergleitenden Aussicht versunken, sah sie überrascht an. Misaki fuhr jetzt seit ungefähr zwei Monaten für ihn, hatte aber nur in den seltensten Fällen von sich aus gesprochen.

»Natürlich«, sagte Kafuku.

»Warum sind Sie Schauspieler geworden, Herr Kafuku?«

»An der Uni überredeten mich ein paar Freundinnen, an ihrer Theater-AG teilzunehmen. Ursprünglich hatte ich gar kein besonderes Interesse am Theater. Eigentlich hatte ich mich für

Baseball eintragen wollen. In der Schule spielte ich als Short-stop und war ein guter Verteidiger. Aber das Niveau der Base-ballmannschaft an der Uni war etwas zu hoch für mich. Also dachte ich, ich könnte es ja einmal mit der Theatergruppe versu-chen. Außerdem wollte ich mit den Mädchen zusammen sein. Doch nach einer Weile merkte ich, dass das Spielen mir Freude machte. Ich konnte verschiedene Rollen einnehmen, ein anderer werden und, wenn ich damit fertig war, zu meinem eigenen Ich zurückkehren. Ich empfand es als beglückend.«

»Es ist beglückend, eine andere Person zu werden als die, die man ist?«

»Solange man weiß, dass man wieder zurückkann.«

»Kommt es auch vor, dass Sie nicht zu sich selbst zurückwol-len?«

Kafuku überlegte. Es war das erste Mal, dass ihm jemand diese Frage stellte. Sie waren auf der Stadtautobahn und fuhren auf die Ausfahrt Takebashi zu. Sie kamen gerade in einen Stau.

»Aber wo sollte ich denn sonst hin?«, fragte Kafuku.

Misaki äußerte sich nicht.

Eine Weile herrschte Schweigen. Kafuku nahm seine Base-ballkappe ab, inspizierte gründlich ihre Form und setzte sie wieder auf. Sie standen neben einem riesigen Transportlaster mit unzähligen Reifen, und das gelbe Saab-Cabriolet wirkte re-gelrecht zerbrechlich. Wie ein winziges Ausflugsboot neben ei-nem Tanker.

»Es geht mich ja eigentlich nichts an«, sagte Misaki wenig später. »Aber es liegt mir auf der Seele. Darf ich Ihnen noch eine Frage stellen?«

»Natürlich«, sagte Kafuku.

»Warum haben Sie eigentlich keine Freunde, Herr Kafuku?«

Kafuku blickte sie neugierig von der Seite an. »Woher wollen Sie wissen, dass ich keine Freunde habe?«

Misaki zuckte ein wenig die Achseln. »Wenn man jemanden zwei Monate lang täglich fährt, merkt man so was.«

Kafuku musterte eine Weile interessiert die riesigen Reifen des Transporters. »Eigentlich hatte ich nie jemanden, den ich als Freund bezeichnen würde.«

»Auch nicht als Kind?«

»Doch, als Kind natürlich schon. Wir haben Baseball gespielt, sind schwimmen gegangen und solche Sachen. Aber als ich erwachsen wurde, hatte ich kein Bedürfnis mehr nach Freunden. Nachdem ich geheiratet hatte, erst recht nicht.«

»Das heißt, Sie hatten Ihre Frau und brauchten deshalb keine Freunde mehr?«

»Mag sein. Meine Frau und ich waren sehr gute Freunde.«

»Wie alt waren Sie, als Sie geheiratet haben?«

»Dreißig. Wir spielten zusammen im selben Film. Sie in der weiblichen Hauptrolle und ich in einer Nebenrolle. So haben wir uns kennengelernt.«

Der Wagen kam im Stau nur langsam voran. Wie immer, wenn sie auf der Stadtautobahn fuhren, war das Verdeck geschlossen.

»Trinken Sie überhaupt keinen Alkohol?«, fragte Kafuku, um das Thema zu wechseln.

»Nein, ich vertrage keinen«, sagte Misaki. »Meine Mutter hat viel getrunken, und wir hatten häufig Probleme deswegen. Wahrscheinlich hat es damit zu tun.«

»Ist das noch immer so?«

Misaki schüttelte den Kopf. »Meine Mutter lebt nicht mehr. Sie hatte getrunken, verlor die Kontrolle über das Steuer ihres

Wagens, kam ins Schleudern und prallte gegen einen Baum. Sie war sofort tot. Ich war damals siebzehn.«

»Das tut mir leid«, sagte Kafuku.

»Sie war selbst schuld«, sagte Misaki unbekümmert. »Früher oder später musste es passieren.«

Wieder schwiegen sie einen Moment lang.

»Und Ihr Vater?«

»Ich weiß nicht, wo er ist. Er hat uns verlassen, als ich acht war. Ich habe ihn nie wieder gesehen und auch nichts von ihm gehört. Meine Mutter gab immer mir die Schuld.«

»Warum?«

»Ich bin ein Einzelkind. Wäre ich ein hübsches Mädchen gewesen, wäre mein Vater nicht fortgegangen, sagte sie immer. Er sei nur weggegangen, weil ich von Geburt an so hässlich war.«

»Sie sind nicht hässlich«, sagte Kafuku ruhig. »Ihre Mutter brauchte nur eine Schuldige.«

Misaki zuckte wieder kurz mit den Schultern. »Normalerweise war sie nicht so, aber wenn sie getrunken hatte, wurde sie richtig gemein. Das wiederholte sich immer und immer wieder. Und es tat weh. Es gehört sich vielleicht nicht, das zu sagen, aber um ehrlich zu sein, war ich erleichtert, als sie tot war.«

Es folgte ein längeres Schweigen.

»Haben Sie denn Freunde?«, fragte Kafuku.

Misaki schüttelte den Kopf. »Nein.«

»Warum nicht?«

Sie gab keine Antwort und starrte nur mit zusammengekniffenen Augen nach vorn.

Kafuku schloss die Augen, um ein wenig zu schlafen, aber bei dem ständigen Anfahren und Anhalten im Stau ging das nicht, auch wenn Misaki beinahe unmerklich schaltete. Der

Transporter auf der benachbarten Spur ragte bald vor, bald hinter dem Saab auf wie ein riesiger schicksalhafter Schatten.

»Das letzte Mal, dass ich einen Freund hatte, war vor ungefähr zehn Jahren.« Kafuku gab den Versuch zu schlafen auf und öffnete die Augen. »Genauer gesagt, eine Art Freund. Er war sechs oder sieben Jahre jünger als ich und ein sympathischer Typ. Er genehmigte sich gern einen. Wir gingen immer etwas trinken und unterhielten uns.«

Misaki nickte und wartete darauf, dass er fortfuhr. Kafuku zögerte ein wenig, aber dann fasste er sich ein Herz.

»Um die Wahrheit zu sagen: Dieser Mann hat eine Zeit lang mit meiner Frau geschlafen. Aber er wusste nicht, dass ich es wusste.«

Misaki brauchte einen Moment, bis sie begriff, was er gesagt hatte. »Der Mann hatte Sex mit Ihrer Frau?«

»Ja, drei oder vier Monate lang.«

»Und wie haben Sie davon erfahren?«

»Sie wollte es natürlich vor mir geheim halten, aber ich wusste es einfach. Es würde zu lange dauern, es zu erklären, aber ich bin ganz sicher, ich habe es mir nicht eingebildet.«

Misaki korrigierte mit beiden Händen den Rückspiegel, während sie hielten. »Und das hat Sie nicht davon abgehalten, mit diesem Mann befreundet zu sein?«

»Eher im Gegenteil«, sagte Kafuku. »Ich habe mich gerade deshalb mit ihm angefreundet.«

Misaki schwieg. Sie wartete auf eine Erklärung.

»Wie soll ich sagen …? Ich wollte es verstehen. Verstehen, warum meine Frau ausgerechnet mit diesem Mann schlafen musste. Zumindest zu Anfang war das mein Beweggrund.«

Misaki stieß einen tiefen Seufzer aus. Ihre Brust hob und

senkte sich sichtbar unter dem Jackett. »War das nicht sehr schwer für Sie? Mit dem Mann zu trinken und zu plaudern, von dem Sie das wussten?«

»Ich kann es nicht leugnen«, sagte Kafuku. »Ich dachte an Dinge, an die ich nicht denken wollte. Er erinnerte mich an Dinge, an die ich mich nicht erinnern wollte. Aber ich spielte meine Rolle. Das ist schließlich mein Beruf.«

»Eine andere Person zu werden«, sagte Misaki.

»Richtig.«

»Und dann wieder zu sich selbst zurückzukehren.«

»Richtig«, sagte Kafuku. »Auch wenn es nicht angenehm ist. Man unterscheidet sich danach immer ein wenig von dem Menschen, der man vorher war. Es ist unmöglich, wieder ganz und gar derselbe zu sein.«

Es begann leicht zu regnen, und Misaki schaltete die Scheibenwischer auf Intervall. »Und konnten Sie es dann besser verstehen? Warum Ihre Frau mit diesem Mann geschlafen hat?«

Kafuku schüttelte den Kopf. »Nein. Es gab Dinge, die er hatte und die ich nicht hatte. Wahrscheinlich sogar ziemlich viele. Dennoch wusste ich noch immer nicht, was meine Frau an ihm so anziehend fand. Man kann so etwas nicht orten. Der zwischenmenschliche Umgang, besonders der zwischen Mann und Frau, ist – wie soll ich sagen? – zu komplex. Verschwommen, selbstsüchtig, schmerzhaft.«

Misaki dachte eine Weile nach, bevor sie sprach. »Aber Sie sind weiter mit dem Mann befreundet geblieben, obwohl Sie es nicht verstanden?«

Kafuku nahm wieder seine Baseballmütze ab und legte sie diesmal auf seinen Schoß. Dann rieb er sich die Schädeldecke. »Wie soll ich es Ihnen erklären? Hat man einmal ernsthaft eine bestimmte Rolle angenommen, ist es nicht leicht, sie abzulegen. Auch wenn Sie seelisch darunter leiden, Sie können nicht mittendrin abbrechen, solange Sie keine sinnvolle Stelle dafür finden. Es ist so ähnlich wie in der Musik, wo man ohne einen bestimmten Schlussakkord nicht zu einem harmonischen Ende kommen kann ... Verstehen Sie, was ich meine?«

Misaki nahm eine Marlboro aus der Schachtel und steckte sie zwischen ihre Lippen, zündete sie aber nicht an. Sie rauchte niemals, wenn das Verdeck geschlossen war. »Und während dieser ganzen Zeit hat der Mann mit Ihrer Frau geschlafen?«

»Nein, nein«, sagte Kafuku. »Das wäre dann doch zu unecht gewesen. Wir wurden Freunde, bald nachdem meine Frau gestorben war.«

»Und war der Mann *wirklich* Ihr Freund? Oder war das alles nur gespielt?«

Kafuku überlegte. »Es war beides. Mit der Zeit wusste ich selbst nicht mehr, wo die Grenze verlief. Wenn man eine Rolle sehr ernst nimmt, kann das passieren.«

Kafuku empfand schon bei ihrer ersten Begegnung eine Art Sympathie für den Mann. Er hieß Takatsuki, war Anfang vierzig, groß, gut aussehend und geeignet für die Rolle des Liebhabers, aber kein besonders guter Schauspieler. Es fehlte ihm an Präsenz, und seine Einsetzbarkeit war begrenzt. Meist spielte er einen sympathischen, nicht mehr ganz jungen Mann. Er wirkte immer freundlich, aber im Profil haftete ihm bisweilen etwas Melancholisches an, und er war der Schwarm aller älteren Damen. Kafuku begegnete ihm im Warteraum eines Fernsehsenders. Da der Tod seiner Frau erst ein halbes Jahr zurücklag, stellte Takatsuki sich ihm vor und sprach ihm sein herzliches

Beileid aus. Er habe einmal in einem Film mit Kafukus Frau zusammen gespielt, und sie sei damals sehr hilfsbereit gewesen, sagte Takatsuki artig. Kafuku bedankte sich. Seines Wissens stand Takatsuki chronologisch am Ende der Liste der Männer, mit denen seine Frau sexuell verkehrt hatte. Kurz nach der Affäre mit ihm hatte man bei einer Untersuchung entdeckt, dass sie Gebärmutterkrebs im fortgeschrittenen Stadium hatte.

»Ich hätte eine Bitte an Sie«, sagte Kafuku, nachdem der förmliche Austausch beendet war.

»Ja, gerne. Worum geht es denn?«

»Würden Sie mir etwas von Ihrer Zeit opfern? Ich würde gerne bei einem Glas mit Ihnen über Ihre Erinnerungen an meine Frau sprechen. Sie hat häufig von Ihnen gesprochen.«

Takatsuki wirkte entgeistert. »Schockiert« trifft es vielleicht noch besser. Er zog seine schön geformten Brauen zusammen und musterte Kafuku wachsam. Offenbar fragte er sich, was hinter dieser Frage stecken mochte, konnte aber keine bestimmte Absicht erkennen. Kafuku trug den verhaltenen Ausdruck eines Mannes zur Schau, der vor Kurzem seine langjährige Ehefrau verloren hatte. Einen Ausdruck, der an einen Teich erinnerte, nachdem die Wellenringe, die sich auf ihm ausgebreitet hatten, zur Ruhe gekommen waren.

»Ich möchte einfach mit jemandem über meine Frau sprechen«, sagte Kafuku. »Ehrlich gesagt, ist es manchmal ein wenig traurig allein zu Hause. Natürlich möchte ich Sie nicht behelligen, Herr Takatsuki.«

Takatsuki schien erleichtert. Es sah nicht so aus, als wüsste Kafuku über die Affäre Bescheid.

»Aber nein, Sie behelligen mich doch nicht. Ich nehme mir sehr gern die Zeit. Wenn Sie sich wirklich mit einem so langweiligen Gesprächspartner wie mir begnügen möchten«, sagte er, und ein leichtes Lächeln umspielte seine Mundwinkel. Zarte Fältchen bildeten sich um seine Augenwinkel. Sein Lächeln war wirklich charmant. Wäre ich eine Frau in mittleren Jahren, ich würde wohl erröten, dachte Kafuku.

Takatsuki ging rasch im Geist seinen Terminkalender durch. »Morgen Abend hätte ich Zeit. Würde Ihnen das passen, Herr Kafuku?«

Da habe er ebenfalls noch nichts vor, sagte Kafuku. Er wunderte sich ein wenig, wie durchschaubar Takatsuki war. Er hatte den Eindruck, er könnte direkt durch ihn hindurchsehen. Er hatte nichts Verschlagenes oder Boshaftes an sich. Er war wirklich nicht der Typ, der eine Grube grub und wartete, bis jemand hineinfiel. Als Schauspieler hatte er wahrscheinlich keinen großen Erfolg.

»Wo wollen wir uns treffen?«, fragte Takatsuki.

»Das überlasse ich Ihnen. Wir gehen, wohin immer Sie möchten«, sagte Kafuku.

Takatsuki nannte eine bekannte Bar in Ginza. Dort könnten sie eine Nische reservieren und sich ungestört unterhalten. Kafuku kannte die Bar. Sie reichten sich die Hände zum Abschied. Takatsukis Hand war weich, mit langen, schlanken Fingern. Die Handfläche war warm und etwas schwitzig, wahrscheinlich vor Aufregung.

Als er gegangen war, setzte Kafuku sich auf einen Stuhl im Warteraum, spreizte die Hand, die er Takatsuki gegeben hatte, und sah sie sich genau an. Er spürte Takatsukis Händedruck noch ganz lebhaft. Mit dieser Hand, mit diesen Fingern hatte er den nackten Körper von Kafukus Frau gestreichelt. Lange Zeit und überall. Kafuku schloss die Augen und stieß einen tiefen Seufzer aus. Was soll ich jetzt nur tun?, dachte er. Aber tun konnte er eigentlich nur eines.

Als sie in der ruhigen Nische der Bar bei einem Single Malt saßen, merkte Kafuku es: Takatsuki war noch immer in seine Frau verliebt. Offenbar hatte er noch gar nicht richtig begriffen, dass sie tot und ihr Körper zu Asche verbrannt war. Kafuku konnte ihn gut verstehen. Mitunter traten dem Mann sogar Tränen in die Augen, sodass Kafuku fast unwillkürlich den Arm nach ihm ausgestreckt hätte. Takatsuki war nicht Herr seiner Gefühle. Er bräuchte ihn nur in die Enge zu treiben, und er würde sofort alles gestehen.

Aus Takatsukis Bemerkungen konnte er schließen, dass es seine Frau gewesen war, die die Beziehung abgebrochen hatte. »Es ist besser, wir sehen uns nicht mehr«, hatte sie wahrscheinlich gesagt. Und dann hatten sie sich wirklich nicht mehr gesehen. Sie hatte mehrere Monate lang eine Affäre gehabt, um sie dann an irgendeinem Punkt schlagartig zu beenden. Ohne Wenn und Aber. Soweit Kafuku wusste, war dies das Muster, nach dem ihre Liebeleien (wenn man sie so nennen konnte) verliefen. Doch Takatsuki hatte sich offenbar nicht so leicht mit der Trennung abfinden können. Er hatte sich wohl eine dauerhafte Beziehung gewünscht.

Takatsuki hatte sie kurz vor ihrem Tod im Krankenhaus angerufen, weil er sie besuchen wollte, und eine Abfuhr erhalten. Sie hatte kaum noch Besucher empfangen. Neben dem Krankenhauspersonal hatte sie nur noch ihre Mutter, ihre Schwester und Kafuku um sich geduldet. Takatsuki litt sichtlich darunter, dass er sie nicht ein einziges Mal hatte besuchen dürfen. Er hatte erst ein paar Wochen vor ihrem Tod erfahren, dass sie

Krebs hatte. Die Nachricht musste ihn wie ein Blitzschlag aus heiterem Himmel getroffen haben, und er konnte ihren Tod noch immer nicht fassen. Auch das konnte Kafuku gut verstehen. Aber natürlich war das, was sie jeweils empfanden, nicht miteinander zu vergleichen. Kafuku hatte Tag für Tag bis zum letzten Moment neben dem ausgezehrten Körper seiner Frau gesessen und später im Krematorium ihre bleichen Knochen aus der Asche herausgelesen. Er hatte ihren Tod bereits akzeptiert. Das war ein gewaltiger Unterschied.

Jetzt ist es fast, als würde ich ihn trösten, dachte Kafuku, während sie ihre Erinnerungen austauschten. Was würde seine Frau wohl denken, wenn sie diese Szene beobachten könnte? Dieser Gedanke war Kafuku ein wenig unheimlich. Aber wahrscheinlich dachten und fühlten Verstorbene gar nichts. Das war, zumindest aus Kafukus Perspektive, eine der positiven Seiten des Todes.

Und noch eins wurde ihm klar. Takatsuki hatte die Neigung, zu viel zu trinken. In seinem Beruf konnte Kafuku oft beobachten, dass Leute tranken (warum tranken Schauspieler eigentlich so leidenschaftlich gern?), und man konnte auf keinen Fall sagen, dass Takatsuki zu den robusten und gesunden Trinkern gehörte. Nach Kafukus Ansicht gab es zwei Arten von Trinkern auf der Welt. Die einen mussten trinken, um einen Mangel aus zugleichen, während die anderen trinken mussten, um etwas loszuwerden. Takatsuki gehörte eindeutig zu den Letzteren.

Natürlich wusste Kafuku nicht, was er vergessen wollte. Vielleicht eine Schwäche in seinem Charakter oder eine Verletzung, die er in der Vergangenheit erhalten hatte. Oder ihn belastete ein aktuelles Problem. Oder alles zusammen. Doch was immer es war, er wollte es unbedingt vergessen, und um das zu tun oder um den Schmerz zu lindern, den es verursachte, brauchte er Alkohol. In der Zeit, in der Kafuku ein Glas trank, trank Takatsuki zweieinhalb. Das war ziemlich schnell.

Vielleicht trank er auch aus Nervosität so schnell. Immerhin saß er dem Mann gegenüber, mit dessen Frau er eine Affäre gehabt hatte. Gut vorstellbar, dass er nervös war. Aber das allein konnte es nicht sein, dachte Kafuku. Vermutlich entsprach es einfach seinem Wesen, auf diese Weise zu trinken. Er konnte nicht anders.

Kafuku beobachtete ihn und trank bedächtig in seinem eigenen Tempo. Als nach einigen Gläsern Takatsukis Anspannung nachließ, fragte Kafuku ihn, ob er verheiratet sei. Ja, seit zehn Jahren, und er habe einen siebenjährigen Sohn, antwortete dieser. Aber sie hätten Probleme, und seine Frau und er lebten seit letztem Jahr getrennt. Sie wollten sich bald scheiden lassen, aber dann gebe es wahrscheinlich Streit um das Sorgerecht. Er wolle unbedingt verhindern, seinen Sohn nicht jederzeit sehen zu können. Er sei ein unentbehrlicher Bestandteil seines Lebens. Er zeigte Kafuku ein Foto von einem hübschen, artig aussehenden Jungen.

Der Alkohol löste Takatsuki die Zunge, wie das bei vielen gewohnheitsmäßigen Trinkern der Fall ist. Er erzählte ungefragt Dinge, die er wahrscheinlich besser für sich behalten hätte. Kafuku übernahm die Rolle des Zuhörers, stimmte ihm immer wieder nachdrücklich zu und fand tröstende Worte an passender Stelle. Dabei sammelte er so viele Informationen wie möglich über Takatsuki und sein Leben. Kafuku benahm sich, als wäre Takatsuki ihm überaus sympathisch. Was ihm nicht weiter schwerfiel; er war von Natur aus ein guter Zuhörer und empfand sogar *tatsächlich* eine gewisse Sympathie für Takatsuki.

Hinzu kam, dass die beiden eine große Gemeinsamkeit hatten. Sie liebten noch immer die gleiche schöne verstorbene Frau. Bei allen Unterschieden gab es in beider Leben eine Lücke, die sie nicht zu füllen vermochten. Also hatten sie etwas zu reden.

»Wäre es Ihnen recht, Herr Takatsuki, wenn wir uns noch einmal irgendwo treffen würden? Ich habe mich schon lange nicht mehr so angeregt mit jemandem unterhalten können«, sagte Kafuku beim Abschied. Die Rechnung hatte er bereits bezahlt. Der Gedanke, dass jemand sie bezahlen musste, schien Takatsuki gar nicht in den Kopf gekommen zu sein. Der Alkohol ließ ihn wirklich so mancherlei vergessen. Womöglich auch einige wichtige Dinge.

»Natürlich«, sagte Takatsuki und schaute aus seinem Glas auf. »Auf jeden Fall treffen wir uns. Auch mir ist durch unser Gespräch eine Last von der Seele genommen, Herr Kafuku.«

»Es war sicher Schicksal, dass wir uns so begegnet sind«, sagte Kafuku. »Vielleicht hat meine verstorbene Frau das eingefädelt.«

Und in gewissem Sinne stimmte das sogar.

Die beiden tauschten ihre Mobilnummern aus und verabschiedeten sich per Handschlag.

Und so wurden sie Freunde. Oder gleichgesinnte Trinkkumpane. Sie hielten Kontakt und trafen sich immer in irgendeiner Bar, um zu reden. Essen gingen sie nie. Ihr Ziel war immer ein Trinklokal. Kafuku hatte noch nie gesehen, dass Takatsuki etwas anderes zu sich nahm als Knabbereien. Er fragte sich schon, ob der Mann überhaupt je etwas aß. Takatsuki bestellte höchstens einmal ein Bier, sonst nur Whisky. Er bevorzugte Single Malts.

Der Inhalt ihrer Gespräche variierte, aber irgendwann kamen sie unweigerlich auf Kafukus verstorbene Frau zu sprechen. Wenn Kafuku eine Episode aus ihrer Jugend erzählte, lauschte Takatsuki mit ernster Miene. Wie ein Kurator, der die Andenkensammlung eines anderen Menschen verwaltete. Und unversehens fand auch Kafuku Gefallen an diesen Gesprächen.

An jenem Abend hatten die beiden sich in einer kleinen Bar in Aoyama verabredet. Das unauffällige Lokal lag am Ende einer Gasse hinter dem Nezu-Museum. Der Bartender war ein schweigsamer Mann um die vierzig, und in einem Regal schlief zusammengerollt eine magere graue Katze, offenbar eine Streunerin, die ihm zugelaufen war. Er spielte alte Jazzplatten auf einem Plattenspieler. Kafuku und Takatsuki mochten die Atmosphäre der Bar. Sie hatten sich schon mehrmals dort getroffen. Aus irgendeinem Grund regnete es oft, wenn sie sich trafen, und auch an diesem Tag fiel ein feiner Nieselregen.

»Sie war wirklich eine wundervolle Frau«, sagte Takatsuki und blickte auf seine Hände, die auf dem Tisch lagen. Für einen Mann seines Alters hatte er sehr schöne Hände. Beinahe faltenlos und sehr gepflegt. »Sie hatten wirklich Glück, Herr Kafuku, mit einem Menschen wie ihr zusammenleben zu können.«

»Da haben Sie recht«, sagte Kafuku. »Aber dieses Glück hatte auch Schattenseiten.«

»Wie meinen Sie das?«

Kafuku nahm sein Glas und schwenkte den großen Eiswürfel in seinem Whisky herum. »Irgendwann hätte ich sie vielleicht verloren. Allein die Vorstellung schmerzte mich sehr.«

»Das Gefühl kenne ich gut«, sagte Takatsuki.

»Wie das?«

»Also, ich meine ...« Takatsuki suchte nach den richtigen

Worten. »Ich kann mir vorstellen, was es heißt, einen wundervollen Menschen wie Ihre Frau zu verlieren.«

»So ganz allgemein?«

»Ja.« Takatsuki nickte heftig, wie um sich selbst zu überzeugen. »Wie gesagt, ich kann es mir ja nur vorstellen.«

Kafuku zog das Schweigen in die Länge, bevor er wieder
sprach.

»Und am Ende habe ich sie wirklich verloren. Schritt für
Schritt ist sie aus dem Leben gegangen, und dann war alles vorbei. Es war, als wäre sie einer Erosion ausgesetzt gewesen und
zum Schluss von einer großen Welle entwurzelt und davonge-
tragen worden ... Verstehen Sie, was ich meine?«

»Ich glaube, ja.«

Nein, das verstehen Sie nicht, dachte Kafuku bei sich. »Am
schwersten für mich ist«, sagte er, »dass ich meine Frau – oder
zumindest einen wichtigen Teil von ihr – nie verstanden habe.
Und jetzt, da sie tot ist, wird alles enden, ohne dass ich sie je
verstehen werde. Alles wird wie eine kleine fest verschlossene
Schatztruhe auf dem tiefsten Meeresgrund versinken. Dieser
Gedanke schnürt mir das Herz ab.«

Takatsuki dachte nach.

»Aber Herr Kafuku, können wir einen anderen Menschen
denn jemals ganz verstehen? Ganz gleich, wie sehr wir ihn lieben?«

»Wir haben fast zwanzig Jahre zusammengelebt. Ich dachte,
wir wären Freunde, die einander vertrauen, und zugleich ein lie-
bendes Ehepaar. Dachte, dass wir ehrlich zueinander wären. Zumindest ich glaubte das. Aber so war es nicht. Ich weiß nicht, wie
ich es sagen soll ... Vielleicht war ich auf verhängnisvolle Weise
blind.«

»Blind«, wiederholte Takatsuki.

»Wahrscheinlich habe ich etwas Wichtiges an ihr übersehen. Ich hatte es direkt vor Augen, aber ich konnte es einfach nicht sehen.«

Takatsuki biss sich auf die Lippen. Er trank seinen restlichen Whisky aus und bat den Bartender um einen neuen.

»Das Gefühl kenne ich«, sagte Takatsuki.

Kafuku starrte ihm in die Augen. Einen Moment lang hielt Takatsuki seinem Blick stand, dann schlug er rasch die Augen nieder.

»Inwiefern kennen Sie das?«, fragte Kafuku leise.

Der Bartender brachte den Whisky *on the rocks* und tauschte den durchweichten Bierdeckel gegen einen neuen aus. Währenddessen schwiegen die beiden.

»Inwiefern kennen Sie das?«, wiederholte Kafuku seine Frage, als der Bartender gegangen war.

Takatsuki überlegte. Sein Blick flackerte. Er schien zu schwanken. Vermutlich kämpfte er gegen den Drang, sich Kafuku anzuvertrauen. Doch schließlich bezwang er ihn.

»Wir können doch nie ganz verstehen, was im Kopf einer Frau vorgeht, oder? Mehr wollte ich damit gar nicht sagen. Das gilt für alle Frauen. Ich glaube nicht, dass Sie besonders blind waren. Falls diese Art der Blindheit existiert, sind wir alle damit geschlagen. Sie sollten sich nicht so viele Vorwürfe machen.«

Kafuku überlegte. »Das ist doch auch wieder nur eine Verallgemeinerung«, sagte er dann.

»Da haben Sie recht«, gab Takatsuki zu.

»Aber ich spreche gerade von meiner verstorbenen Frau. Es wäre mir lieber, Sie würden solche simplen Verallgemeinerungen unterlassen.«

Takatsuki schwieg ziemlich lange, bevor er wieder sprach. »Soweit ich sie kannte, war Ihre Frau eine wunderbare Dame. Ich weiß nicht einmal ein Hundertstel von dem, was Sie über sie wissen, aber ich bin völlig davon überzeugt. Sie sollten dankbar sein, Herr Kafuku, dass Sie zwanzig Jahre lang mit einem so wundervollen Menschen zusammenleben durften. Das ist meine ehrliche Überzeugung. Aber ganz gleich, wie nahe man einem anderen Menschen steht, ganz gleich, wie sehr man ihn liebt, ins Herz schauen kann man ihm doch nicht. Selbst wenn man es sich noch so sehr wünscht. Man macht es sich nur schwer damit. Unter Umständen können wir uns selbst ins Herz schauen, aber auch das nur mit Mühe. Uns bleibt nichts anderes übrig, als mit uns selbst ins Reine zu kommen. Will man einen anderen Menschen wirklich verstehen, kann man nur möglichst ehrlich und tief in sich selbst hineinschauen. Das ist meine Ansicht.«

Takatsukis Worte schienen ihm aus tiefster Seele zu kommen. Sie waren unverschleiert. Eine verborgene Tür hatte sich einen Spaltbreit geöffnet. Zumindest war eindeutig, dass er nicht schauspielerte. Er hätte es gar nicht gekonnt. Kafuku sah ihm wortlos in die Augen. Diesmal wich Takatsuki seinem Blick nicht aus. Lange schauten die beiden Männer sich in die Augen. Und einer erkannte im Blick des anderen das Blinken eines fernen Fixsterns.

Zum Abschied schüttelten sie einander wieder die Hände. Als sie ins Freie traten, fiel ein leichter Regen, aber Takatsuki spannte seinen Schirm nicht auf. Nachdem sein beigefarbener Regenmantel im Grau verschwunden war, betrachtete Kafuku, wie er es nach ihren Begegnungen immer tat, seine rechte Handfläche. Und dachte daran, dass Takatsukis Hand den nackten Körper seiner Frau gestreichelt hatte.

Doch aus irgendeinem Grund raubte ihm der Gedanke an diesem Tag nicht den Atem. Stattdessen dachte er nur, dass so etwas wohl vorkam. Ja, so etwas kam vor. Eigentlich war es ja nur ihr Körper gewesen. Der Körper, der wenig später zu Asche und Knochenstückchen geworden war. Das Bedeutsame musste etwas anderes sein.

Falls diese Art der Blindheit existiert, sind wir alle damit geschlagen. Lange noch hallten Takatsukis Worte in seinen Ohren nach.

»Waren Sie lange mit diesem Mann befreundet?«, fragte Misaki, den Blick auf die Schlange der Fahrzeuge vor ihnen gerichtet.

»Etwa ein halbes Jahr lang. Wir gingen ungefähr zweimal im Monat etwas trinken«, sagte Kafuku. »Dann traf ich mich überhaupt nicht mehr mit ihm. Wenn er sich am Telefon mit mir verabreden wollte, ging ich nicht darauf ein. Ich meldete mich nicht mehr bei ihm, und irgendwann rief auch er nicht mehr an.«

»Er hat sich sicher gewundert.«

»Wahrscheinlich.«

»Vielleicht war er gekränkt.«

»Kann sein.«

»Warum haben Sie so plötzlich aufgehört, sich mit ihm zu treffen?«

»Mein Auftritt war zu Ende.«

»Und weil Ihr Auftritt beendet war, brauchten Sie nicht mehr mit ihm befreundet zu sein?«

»Auch das kommt vor«, sagte Kafuku. »Aber es lag an etwas anderem.«

»Woran denn?«

Kafuku sagte so lange nichts, dass Misaki, die Zigarette zwischen den Lippen, zu ihm hinübersah.

»Sie können die Zigarette ruhig rauchen«, sagte Kafuku.

»Bitte?«

»Sie können sie anzünden.«

»Aber das Verdeck ist geschlossen.«

»Das macht nichts.«

Misaki ließ das Fenster herunter und steckte die Marlboro am Zigarettenanzünder an. Sie nahm einen tiefen Zug, wobei sie genießerisch die Augen zusammenkniff. Nachdem sie den Rauch einen Moment in der Lunge gehalten hatte, blies sie ihn langsam aus dem Fenster.

»Rauchen kann tödlich sein«, sagte Kafuku.

»Das ganze Leben ist tödlich«, sagte Misaki.

Kafuku lachte. »So kann man es auch sehen.«

»Es ist das erste Mal, dass ich Sie lachen sehe«, sagte Misaki.

Sie hat recht, dachte Kafuku. Außerhalb der Bühne hatte er schon lange nicht mehr gelacht. »Was ich übrigens schon länger einmal sagen wollte«, sagte er. »Wenn man richtig hinsieht, sind Sie ziemlich hübsch. Überhaupt kein bisschen hässlich.«

»Danke sehr. Ich finde mich auch nicht hässlich. Ich bin nur nicht besonders gut aussehend. Wie Sonja.«

Kafuku sah sie überrascht an. »Sie haben *Onkel Wanja* gelesen?«

»Tag für Tag rezitieren Sie Stellen daraus, und irgendwann wollte ich den Zusammenhang wissen. Ich bin neugierig. ›Wie schrecklich ist's doch, dass ich nicht schön bin! Ach, wie schrecklich! Und ich weiß, dass ich es nicht bin, ich weiß es ganz genau …‹ Ein trauriges Stück, nicht wahr?«

»Ja, ziemlich traurig«, sagte Kafuku. »›Zeig' mir einen Ausweg! O, mein Gott … ich bin siebenundvierzig Jahre alt; wenn ich, sagen wir, bis zum sechzigsten Jahre lebe, dann bleiben mir noch dreizehn Jahre. Das ist eine endlos lange Zeit! Wie werde ich diese dreizehn Jahre zubringen? Was werde ich tun, wie diese langen Jahre ausfüllen?‹ Damals wurden die meisten Menschen nicht viel älter als sechzig. Vielleicht hatte Onkel Wanja Glück, dass er nicht heute geboren wurde.«

»Ich habe nachgeschaut. Sie sind im gleichen Jahr geboren wie mein Vater, Herr Kafuku.«

Kafuku antwortete nicht. Schweigend nahm er ein paar Kassetten in die Hand und las die Etiketten, legte aber keine ein. Misaki hielt die brennende Zigarette mit der linken Hand aus dem Fenster. Die Schlange bewegte sich langsam vorwärts, und nur wenn sie schalten musste, klemmte sie sich die Zigarette zwischen die Lippen, um beide Hände benutzen zu können.

»Um die Wahrheit zu sagen: Ich hatte vor, diesen Mann irgendwie zu bestrafen«, vertraute Kafuku ihr an. »Den Mann, der mit meiner Frau geschlafen hatte.« Er legte die Kassetten wieder in ihr Fach zurück.

»Bestrafen?«

»Ich wollte ihm etwas Schreckliches antun. Ihn zuerst in Sicherheit wiegen, indem ich so tat, als wäre ich sein Freund, um einen tödlichen Schwachpunkt zu finden, den ich dann benutzen würde, um ihm zu schaden.«

Misaki runzelte die Stirn und überlegte. »Was für einen Schwachpunkt zum Beispiel?«

»Ich weiß es nicht genau. Aber da er alles ausplauderte, wenn er trank, hätte ich sicher etwas gefunden. Es wäre bestimmt nicht schwer gewesen, einen Skandal zu provozieren, der ihn seine gesellschaftliche Glaubwürdigkeit gekostet hätte. In dem Fall hätte er nach seiner Scheidung nicht das Sorgerecht für seinen Sohn bekommen. Das wäre ein Schlag gewesen, von dem er sich wohl nie mehr erholt hätte.«

»Wie grausam!«

»Ja, das stimmt.«

»Sie wollten sich rächen, weil dieser Mann mit Ihrer Frau geschlafen hat?«

»›Rache‹ ist vielleicht nicht ganz das richtige Wort«, sagte Kafuku. »Aber ich konnte es einfach nicht vergessen, obwohl ich mich die ganze Zeit bemühte. Es ging einfach nicht. Ich konnte das Bild von meiner Frau in den Armen eines anderen Mannes nicht aus meinem Kopf verbannen. Immer wieder stieg es vor mir auf. Als säße ein heimatloser Geist in einem Winkel meiner Zimmerdecke und ließe mich nicht aus den Augen. Ich dachte, diese Vorstellung würde mit der Zeit vergehen. Aber das tat sie nicht. Je länger der Tod meiner Frau zurücklag, desto mächtiger wurde sie. Ich musste sie loswerden. Aber dazu musste ich auch den Zorn loswerden, der in mir war.«

Warum erzählte er all das einem Mädchen, das aus irgendeinem Dorf namens Kamijunitaki im hintersten Hokkaido kam und seine Tochter hätte sein können? Doch als er einmal angefangen hatte, gab es kein Halten mehr.

»Und deshalb wollten Sie ihn bestrafen«, sagte Misaki.

»Ja.«

»Aber in Wirklichkeit haben Sie ihm doch nichts getan, oder?«

»Nein.«

Das schien Misaki ein wenig zu beruhigen. Sie seufzte kurz und schmiss die brennende Zigarette aus dem Fenster. Vielleicht machten das ja alle so in Kamijunitaki.

»Ich weiß nicht, wieso, aber irgendwann war alles wieder gut. Als wäre der Geist an der Zimmerdecke plötzlich verschwunden«, sagte Kafuku. »Ich verspürte keinen Zorn mehr. Vielleicht war es auch gar kein Zorn, sondern etwas anderes.«

»Egal, was es war, zum Glück sind Sie es los, ohne jemandem geschadet zu haben.«

»Da haben Sie recht.«

»Aber warum Ihre Frau mit diesem Mann Sex hatte, warum es ausgerechnet er sein musste, das haben Sie nie herausgefunden, oder?«

»Nein, das habe ich nicht. Diese Frage ist mir geblieben. Eigentlich war er ein redlicher und sympathischer Kerl, der meine Frau offenbar wirklich geliebt und nicht einfach nur so zum Spaß mit ihr geschlafen hat. Ihr Tod hat ihn tief getroffen. Und ihre Weigerung, ihn vor ihrem Tod noch einmal zu sehen, hat ihn sehr verletzt. Ich konnte nicht anders, als ihn irgendwie zu mögen. Vielleicht hätten wir sogar Freunde werden können.«

Kafuku unterbrach sich an dieser Stelle und folgte dem Fluss seiner Gedanken. Er suchte nach Worten, die zumindest ein wenig der Wahrheit entsprachen.

»Dennoch war er kein Mann von Format. Er hatte keinen schlechten Charakter. Er sah gut aus und hatte ein charmantes Lächeln. Und zumindest war er nicht verantwortungslos. Aber er flößte keine Achtung ein. Er war ehrlich, aber es mangelte ihm an Tiefe. Er war schwach und ein zweitklassiger Schauspieler. Meine Frau hingegen war willensstark und tiefsinnig. Sie war ein Mensch, der lange und in Ruhe nachdenken konnte.

Die Frage, warum sie sich ausgerechnet zu einem so banalen Mann hingezogen fühlte und mit ihm schlafen musste, steckt noch immer wie ein Stachel in meinem Herzen.«

»Es wirkt fast, als habe sie Sie beleidigen wollen. Könnte das sein?«

Kafuku überlegte. »Ja, das könnte sein«, gab er zu.

»Vielleicht fühlte sich Ihre Frau gar nicht zu ihm hingezogen«, sagte Misaki unverblümt. »Und hat gerade deshalb mit ihm geschlafen.«

Kafuku betrachtete ihr Profil wie eine weit entfernte Landschaft. Sie betätigte mehrmals die Scheibenwischer, um Tropfen von der Windschutzscheibe zu entfernen. Die neuen Wischerblätter quietschten wie quengelnde Zwillinge.

»Manchmal tun Frauen so etwas«, fügte Misaki hinzu.

Kafuku fehlten die Worte. Deshalb schwieg er.

»So etwas ist wie eine Krankheit, Herr Kafuku. Nachdenken hilft da nicht. Dass mein Vater uns verlassen hat und dass meine Mutter mich so gründlich verletzt hat, das alles ist krank. Man kann darüber nachdenken, so viel man will. Es kommt nichts dabei heraus. Man kann es nur schlucken und weitermachen.«

»Das heißt, wir sind alle Schauspieler«, sagte Kafuku.

»Mehr oder weniger.«

Kafuku sank tief in seinen Ledersitz, schloss die Augen, konzentrierte sich und versuchte zu erkennen, wann sie schaltete. Aber es gelang ihm nicht. So geschmeidig und unmerklich ging es vonstatten. Nur das Geräusch des Motors änderte sich ein wenig. Es klang wie das Surren eines Insekts, das näher kam und sich wieder entfernte.

Kafuku beschloss, ein wenig zu schlafen. Kurz und tief. Zehn oder fünfzehn Minuten, dann würde er wieder auf der Bühne stehen und spielen. Im Scheinwerferlicht stehen und seinen Text aufsagen. Das Publikum würde applaudieren und der Vorhang fallen. Er würde aus sich heraustreten, ein anderer werden und zu sich zurückkehren. Doch bei seiner Rückkehr würde er nicht mehr derselbe sein.

»Ich schlafe ein bisschen«, sagte Kafuku.

Misaki antwortete nicht. Stumm steuerte sie den Wagen. Kafuku war dankbar für ihr Schweigen.

YESTERDAY

Der Einzige, der den Beatles-Song »Yesterday« jemals mit einem japanischen Text (dazu noch im Kansai-Dialekt) versehen hat, war – soweit ich weiß – ein Typ namens Kitaru. Er pflegte ihn in der Badewanne zu schmettern.

»Das Gestern / Das Vorgestern von morgen ist / Und weil ja morgen vorgestern ist …«

So fing er an, glaube ich, aber das ist alles schon so lange her, und ich bin mir nicht ganz sicher. Jedenfalls war sein Text irgendein Kauderwelsch, das von vorne bis hinten keinen Sinn ergab und keinerlei Ähnlichkeit mit dem Original hatte. Die vertraute melancholische Melodie und der unbeschwerte – vielleicht sollte man ihn »unpathetisch« nennen – Klang des Kansai-Dialekts ergaben eine ganz eigene Mischung, die sich kühn über jede Zweckmäßigkeit hinwegsetzte. Zumindest klang es in meinen Ohren so. Man konnte darüber lachen und auch eine verborgene Botschaft aus den Worten herauslesen. Aber damals lauschte ich nur schicksalsergeben.

Kitaru sprach, soweit ich es beurteilen konnte, perfekt Kansaiben, war aber in Denenchofu im Tokioter Bezirk Ota geboren und aufgewachsen. Ich selbst stamme aus Kansai, spreche aber vollkommenes Hochjapanisch (wie man es in Tokio spricht). Im Nachhinein betrachtet waren wir schon ein recht seltsames Paar.

Ich lernte ihn kennen, als wir beide in einem Café am Haupteingang der Waseda-Universität jobbten. Ich arbeitete in der Küche, und Kitaru war Kellner. Wenn wenig zu tun war, unterhielten wir uns. Beide waren wir zwanzig, und unsere Geburtstage lagen nur eine Woche auseinander.

»Kitaru ist ein seltener Name«, sagte ich.

»Ja, ziemlich selten«, erwiderte er.

»In der Baseballmannschaft von Lotte gibt es einen Werfer, der so heißt.«

»Ach ja, der. Wir sind nicht verwandt. Aber bei einem so seltenen Namen könnte es doch trotzdem sein, dass es da irgendwo eine Verbindung gibt, was?«

Damals studierte ich im zweiten Jahr Literatur an der Waseda. Kitaru war durch die Aufnahmeprüfung gefallen und bereitete sich auf seinen nächsten Versuch vor. Er war schon zweimal durchgefallen, aber er lernte auch bemerkenswert wenig. In seiner Freizeit las er so gut wie nur Bücher, die nichts mit der Aufnahmeprüfung zu tun hatten. Eine Jimi-Hendrix-Biografie, ein Buch über Strategien beim Shogi oder *Die Entstehung des Universums* und solche Sachen. Er erzählte mir, dass er vom Haus seiner Eltern in Ota pendelte.

»Deine Eltern wohnen in Ota?«, fragte ich. »Ich dachte immer, du wärst aus Kansai.«

»Ach was, ich bin in Denenchofu geboren und aufgewachsen.«

Das zu hören verblüffte mich nicht wenig. »Und warum sprichst du dann Kansai-ben?«, fragte ich.

»Hab ich später gelernt. Einfach so.«

»Wie – ›später gelernt‹?«

»Ich habe eben Kansai-ben gelernt wie ein Wilder. Verben, Substantive, den Akzent, alles. Im Prinzip genau wie man Englisch oder Französisch lernt, ja? Ich bin sogar mehrmals zu Sprachaufenthalten in Kansai gewesen.«

Ich war beeindruckt. Ich hörte zum ersten Mal, dass ein Erwachsener den Kansai-Dialekt lernte, wie andere Englisch oder Französisch. Wunder der Großstadt! Ich kam mir vor wie Sanshiro, der Held in Natsume Sosekis Roman, der zum ersten Mal aus seinem verschlafenen Nest nach Tokio kommt.

»Als Kind war ich ein großer Anhänger der Hanshin Tigers, ja? Ich sah mir jedes Spiel an, wenn es in Tokio war, aber obwohl ich mit meinem Streifen-Trikot in der Fankurve saß, wollte niemand etwas mit mir zu tun haben. Weil ich ja Tokio-Dialekt sprach. Ich kam gar nicht rein in die Fangemeinde, ja? Ich muss Kansai-ben lernen, dachte ich. Und ich büffelte, dass mir das Blut aus der Birne spritzte.«

»Das war dein einziger Beweggrund?«, fragte ich verblüfft.

»Ja, klar. Für mich waren die Hanshin Tigers doch alles. Seitdem spreche ich immer und überall Kansai-ben, auch zu Hause und in der Schule. Sogar im Schlaf, ja?«, sagte Kitaru. »Was meinst du, mein Kansai ist ziemlich perfekt, was?«

»Auf jeden Fall. Ich hätte geschworen, du bist aus Kansai«, sagte ich. »Allerdings sprichst du kein Hanshin-Kansai, sondern eher, als wärst du aus dem tiefsten Osaka.«

»Ich weiß. Ich habe in den Sommerferien bei einer Gastfamilie in Osaka im Stadtteil Shitenoji gelebt. Das war klasse dort. Man konnte zu Fuß in den Zoo, ja?«

»Bei einer Gastfamilie.« Wieder war ich tief beeindruckt.

»Hätte ich so viel für die Aufnahmeprüfung gelernt wie für

Kansai-ben, wäre ich bestimmt nicht zweimal durchgefallen, was?«, sagte Kitaru.

Da war ich ganz seiner Meinung. Dass er sich selbst gern ein wenig herabsetzte, war übrigens auch typisch Kansai.

»Und du? Woher kommst du?«

»Aus der Umgebung von Kobe«, sagte ich.

»Und woher da genau?«

»Aus Ashiya.«

»Wie vornehm. Warum hast du das nicht gleich gesagt?«

Ich erklärte es ihm. Sobald ich sagte, ich käme aus Ashiya, glaubten die meisten, meine Familie sei reich. Aber in Ashiya gab es solche und solche. Meine Eltern waren nicht wohlhabend. Mein Vater arbeitete in einem Pharmaunternehmen, und meine Mutter war Bibliothekarin. Unser Haus war klein, und wir fuhren einen cremefarbenen Toyota Corolla. Also sagte ich immer, ich käme aus der Gegend um Kobe, um Vorurteile zu vermeiden.

»Ach was? Dann ist das bei uns beiden ja fast das Gleiche, ja?«, sagte Kitaru. »Bei Denenchofu denkt man auch Wunder was, aber wir wohnen dort in der schäbigsten Ecke. Und unser Haus ist genauso schäbig. Du musst mal kommen, ja? Du wirst denken: Was? Das soll Denenchofu sein? Aber aus so was soll man sich nichts machen. Ist ja nur eine Adresse. Ich mache genau das Gegenteil, stoße die Leute gleich mit der Nase drauf. Ich bin aus Denenchofu – und was sagt ihr jetzt?«

Wieder war ich beeindruckt. Und wir wurden Freunde.

Es gibt mehrere Gründe, warum ich, als ich nach Tokio kam, meinen Heimatdialekt vollständig ablegte. Bis ich die Oberschule verließ, hatte ich nur Kansai-ben gesprochen. Aber in

Tokio stellte ich zu meiner Überraschung fest, dass ich das neue Idiom innerhalb nur eines Monats flüssig und natürlich beherrschte. Vielleicht besaß ich (ohne dass es mir bewusst war) von Natur aus den Charakter eines Chamäleons. Oder ich hatte ein besseres Sprachgefühl als andere Menschen. Jedenfalls hätte niemand jetzt noch geglaubt, dass ich aus Kansai stammte.

Der Hauptgrund für meinen Sprachwandel war der Wunsch, ein völlig anderer Mensch zu werden. Als ich allein im Shinkansen nach Tokio saß, um mein Studium zu beginnen, ließ ich die bisherigen achtzehn Jahre meines Lebens Revue passieren und gelangte zu der Erkenntnis, dass der größte Teil dessen, was sich bisher darin ereignet hatte, wahrhaft peinlich war. Und ich übertreibe nicht. Ich wollte mich gar nicht daran erinnern, so erbärmlich war es. Je mehr ich darüber nachdachte, desto unerträglicher wurde es mir. Natürlich hatte ich auch ein paar schöne Erinnerungen. Einige heitere Tage hatte ich schon erlebt, das gebe ich zu. Aber zahlenmäßig überwogen die beschämenden und bedrückenden Erlebnisse bei Weitem. Mein bisheriges Leben war so was von banal und jämmerlich gewesen. Mittelklassemüll. Am liebsten hätte ich alles gebündelt in eine große Schublade gesteckt. Oder angezündet und zu Rauch verbrannt (keine Ahnung, was für eine Art von Rauch dabei herausgekommen wäre). Jedenfalls wollte ich reinen Tisch machen und als ein neuer Mensch in Tokio ein neues Leben anfangen. Ich wollte die neuen Möglichkeiten ausprobieren, die ich hatte. Mich des Kansai-ben zu entledigen und mir das neue Idiom anzueignen war ein praktisches (und zugleich symbolisches) Mittel dazu. Denn schließlich formt die Sprache, die wir sprechen, den Menschen, der uns ausmacht. Zumindest glaubte ich das mit achtzehn.

Das alles erzählte ich auch Kitaru.

»Du sagst ›beschämend‹. Was war denn das Beschämende?«, fragte er.

»Einfach alles.«

»Ist es mit deinen Eltern nicht gut gelaufen?«

»Nein, das ging schon«, sagte ich. »Trotzdem war das alles peinlich. Allein mit ihnen zusammen zu sein war peinlich.«

»Du bist ein komischer Vogel, weißt du?«, sagte Kitaru. »Was ist peinlich daran, mit seinen Eltern zusammen zu sein? Bei uns ist es immer ganz lustig.«

Ich schwieg. Ich konnte es nicht erklären. Auch die Frage, was so schlimm daran war, einen cremefarbenen Toyota Corolla zu fahren, konnte ich nicht beantworten. Unsere Straße war nicht breit, und meine Eltern hatten kein Interesse daran, aus Prestigegründen Geld auszugeben.

»Meine Alten meckern den ganzen Tag rum, weil ich nicht lerne. Das ist schon deprimierend, aber was soll man machen? Das ist ja ihr Beruf, ja? Man muss darüber hinwegsehen, so gut es geht.«

»Du nimmst alles ziemlich leicht, was?«, sagte ich beeindruckt.

»Hast du eine Freundin?«, fragte Kitaru.

»Im Moment nicht.«

»Hattest du eine?«

»Ja, bis vor Kurzem.«

»Ihr habt Schluss gemacht?«

»Ja«, sagte ich.

»Warum denn?«

»Das ist eine lange Geschichte. Ich will nicht darüber sprechen.«

»War sie auch aus Ashiya?«

»Nein, sie wohnte in Shukugawa. Aber das ist nicht weit.«

»Hat sie dich rangelassen? So ganz, meine ich?«

Ich schüttelte den Kopf. »Nein, hat sie nicht.«

»Habt ihr deshalb Schluss gemacht?«

Ich überlegte. »Ja, auch.«

»Aber ihr wart kurz davor?«

»Ja, schon.«

»Wie weit seid ihr denn gegangen?«

»Ich will nicht darüber sprechen«, sagte ich.

»Ist das eine von den Peinlichkeiten, von denen du geredet hast?«

»Ja«, sagte ich. Diese Beziehung gehörte auch zu den Dingen, an die ich mich nicht erinnern wollte.

»Bei dir ist alles ganz schön kompliziert, was?«, sagte Kitaru, nun seinerseits beeindruckt.

Das erste Mal, dass ich Kitaru »Yesterday« mit seinem komischen Text singen hörte, war bei ihm zu Hause in Denenchofu im Badezimmer. (Das Haus lag übrigens gar nicht in einer schäbigen Gegend und war auch selbst nicht schäbig. Die Gegend war ganz normal und das Haus auch. Es war alt, aber größer als unseres in Ashiya. Es war nur nicht besonders eindrucksvoll. Übrigens war der Wagen, der davorstand, ein dunkelblauer Golf neueren Typs.) Wenn Kitaru nach Hause kam, nahm er stets zuallererst ein Bad. Und saß er einmal in der Wanne, kam er so schnell nicht mehr heraus. Deshalb brachte ich mir oft einen kleinen runden Hocker in den Vorraum und unterhielt mich mit ihm durch die einen Spaltbreit geöffnete Schiebetür. So konnte ich auch dem unerschöpflichen Redefluss seiner Mutter entrinnen (der hauptsächlich in endlosen Tiraden über ihren missratenen Sohn bestand, der einfach nicht lernen wollte). Dort schmetterte er nun seinen absurden Song – ob extra für mich oder einfach nur so, weiß ich nicht.

»Dein Text ergibt überhaupt keinen Sinn«, sagte ich. »Für mich klingt es, als würdest du dich über ›Yesterday‹ lustig machen.«

»Red keinen Quatsch. Ich mache mich doch nicht lustig. Und selbst wenn, John mochte sinnlose Wortspiele und so was, oder nicht?«

»Aber die Melodie und den Text zu ›Yesterday‹ hat Paul ganz allein geschrieben.«

»Wirklich?«

»Auf jeden Fall«, verkündete ich. »Paul hat es geschrieben und allein nur mit Gitarrenbegleitung im Studio aufgenommen. Erst später kam ein Streichquartett hinzu. Die anderen drei Bandmitglieder hatten gar nichts damit zu tun. Sie fanden das Stück sogar zu schmalzig für einen Beatles-Song. Es stammt nur nominell von Lennon/McCartney.«

»Mit so viel Gelehrsamkeit kann ich Unwissender nicht aufwarten.«

»Das ist keine Gelehrsamkeit. Das sind allseits bekannte Fakten«, sagte ich.

»Ach, egal, was soll's«, ließ Kitaru sich ungerührt aus dem Dampf vernehmen. »Ich singe ja bloß in meinem eigenen Badezimmer und will keine Platte aufnehmen. Ich verletze kein Copyright und störe auch niemanden. Was gibt es also zu meckern?«

Und er sang noch einmal im tragenden Badezimmer-Tenor zur Melodie von »Yesterday«. Er traf sogar die hohen Töne ziemlich gut. »Bis gestern noch/War dieses Kind so brav bei mir …« und so weiter. Dabei bewegte er die Hände, sodass ihn ein sachtes Plätschern begleitete. Ich hätte ihn vielleicht auch irgendwie begleiten sollen, aber ich hatte keine Lust dazu. Eine Stunde dazusitzen, während ein anderer sich in der Badewanne aalte, und sich durch die Glastür mit ihm zu unterhalten war nicht das größte Vergnügen.

»Wie kannst du nur so lange baden? Bist du nicht schon total aufgeweicht?«, fragte ich.

Ich selbst blieb nie lange in der Wanne. Ich tauchte brav ins heiße Wasser ein, um ihm gleich darauf wieder zu entsteigen. Weder las ich in der Badewanne, noch hörte ich Musik. So verschwendete ich auch keine Zeit.

»Wenn ich lange in der Wanne sitze, entspannt sich mein Kopf, und mir kommen die besten Ideen, weißt du?«, sagte Kitaru.

»Wie dieser Text zu ›Yesterday‹?«

»Ja, der gehört auch dazu«, sagte Kitaru.

»Wenn du so viel Zeit hast, dir so was auszudenken, solltest du dann nicht lieber etwas ernsthafter für deine Aufnahmeprüfung lernen?«, fragte ich.

»Mann, jetzt fängst du auch noch mit dem Kram an. Du redest genau wie meine Mutter. Bist du dafür nicht noch ein bisschen zu jung?«

»Du hängst jetzt schon zwei Jahre in der Luft, wird dir das nicht allmählich zu blöd?«

»Na klar. Ich will so schnell wie möglich auf die Uni und eine ruhige Kugel schieben. Und richtig mit meiner Freundin ausgehen.«

»Warum lernst du dann nicht mehr?«

»Na ja«, sagte er gedehnt. »Wenn ich könnte, würde ich es ja tun.«

»Die Uni ist langweilig«, sagte ich. »Ich war richtig enttäuscht. Aber gar nicht zu studieren ist noch langweiliger.«

»Klingt vernünftig«, sagte er. »Aber nicht zu vernünftig.«

»Warum lernst du dann nicht?«

»Weil mir eben die Motivation fehlt«, sagte Kitaru.

»Was für eine Motivation?«, fragte ich. »Ist deine Freundin nicht Motivation genug?«

»Ja, schon«, sagte er. Ein leises Stöhnen entrang sich seiner Kehle. »Aber wenn ich einmal anfange, wächst mir das vielleicht über den Kopf.«

Es gab ein Mädchen, das Kitaru schon seit der Grundschule kannte. So etwas wie eine Sandkastenfreundin. Sie waren auf der gleichen Schule gewesen, aber das Mädchen studierte mittlerweile schon Romanistik an der Sophia-Universität. Außerdem war sie im Tennisclub. Kitaru hatte mir ein Foto von ihr gezeigt. Sie war so hübsch, dass ich unwillkürlich einen Pfiff ausstieß. Sie hatte Stil und wirkte sehr lebendig. Doch momentan sahen die beiden sich kaum. Sie waren übereingekommen, dass es besser sei, ihn nicht durch ihre Beziehung vom Lernen abzulenken, solange er noch keinen Studienplatz hatte. Kitaru hatte das selbst vorgeschlagen. »Wenn du meinst«, hatte das Mädchen erwidert. Sie telefonierten häufig, trafen sich aber höchstens einmal in der Woche, wobei diese Treffen eher »Sitzungen« als Rendezvous waren. Die beiden tranken Tee und berichteten einander, was vorgefallen war. Sie hielten Händchen. Sie küssten sich kurz. Aber weiter ging es nie. Ziemlich altmodisch.

Auch wenn man nicht behaupten konnte, dass Kitaru besonders gut aussah, hatte er doch regelmäßige, recht feine Züge. Er war schlank und nicht groß, seine Frisur und seine Kleidung hatten einen lässigen Schick. Solange er den Mund hielt, wirkte er wie ein sensibler, wohlerzogener Stadtjunge. Die beiden gaben ein hübsches Paar ab. Seine Züge wirkten vielleicht insgesamt etwas zu zart, sodass der Eindruck entstehen konnte, es mangele ihm an Individualität und Durchsetzungsvermögen. Doch sobald er den Mund aufmachte, stürzte dieser erste Eindruck in sich zusammen wie eine Sandburg unter den Pfoten eines verspielten Labradors. Sein starker Kansai-Dialekt und seine hohe, durchdringende Stimme verschreckten so manchen. Die Diskrepanz zu seiner äußeren Erscheinung war einfach zu extrem. Diese Kluft hatte mich anfangs auch bestürzt.

»Fühlst du dich nicht einsam ohne deine Freundin, Tanimura?«, fragte er mich eines Tages.

Doch, sagte ich, ich könne es nicht leugnen.

»Hättest du dann nicht Lust, mal meine Freundin kennenzulernen?«

Ich begriff nicht, was er meinte. »Wie – ›kennenlernen‹?«

»Sie ist ein nettes Mädchen und hübsch. Sie hat einen guten Charakter, und klug ist sie auch. Es würde dir garantiert nicht schaden, mal mit ihr auszugehen«, sagte er.

»Schaden bestimmt nicht«, sagte ich, ohne den Sinn seiner Rede zu erkennen. »Aber warum sollte ich mit deiner Freundin ausgehen? Verstehe ich nicht.«

»Du bist ein guter Kerl, ja?«, sagte Kitaru. »Wenn du das nicht wärst, würde ich dann so was vorschlagen?«

Das sollte eine Erklärung sein? Welcher Kausalzusammenhang bestand zwischen dem Umstand, dass ich ein guter Kerl war (falls das wirklich stimmte), und dem, dass ich mich mit seiner Freundin treffen sollte?

»Erika und ich waren unsere ganze Schulzeit über immer zusammen«, sagte Kitaru. »Das heißt, wir haben fast unser gesamtes bisheriges Leben miteinander verbracht, ja? Für alle waren wir ganz selbstverständlich ein Paar. Freunde, Eltern, Lehrer. Kitaru und Erika – unzertrennlich, immer zusammen.«

Kitaru presste zur Veranschaulichung die Handflächen aneinander.

»Wären wir jetzt beide ohne Zwischenstopp an der Uni gelandet, wäre alles reibungslos so weitergegangen. ›Und sie lebten glücklich und zufrieden bis an ihr Ende.‹ Aber ich fiel durch die Aufnahmeprüfung, und die Lage änderte sich. Warum und wieso, weiß ich nicht, aber allmählich lief es nicht mehr so gut. Natürlich ist niemand schuld daran außer mir.«

Schweigend hörte ich ihm zu.

»Deshalb fühle ich mich irgendwie zerrissen«, sagte Kitaru. Er löste die Hände voneinander.

»Zerrissen? Wie das?«, fragte ich.

Kitaru starrte einen Moment auf seine Handflächen. »Also, ein Teil von mir ist beunruhigt. Während ich auf diese blöde Yobiko gehe und für die blöde Aufnahmeprüfung büffele, genießt Erika ihr Studentenleben in vollen Zügen. Spielt Tennis und was nicht alles. Sie hat neue Freunde, vielleicht sogar einen neuen Freund. Wenn ich daran denke, wird mir ganz anders, und ich fühle mich total angeschmiert. Verstehst du, was ich meine?«

»Ich glaube schon«, sagte ich.

»Aber auf der anderen Seite bin ich auch erleichtert, ja? Würden wir einfach problemlos als schönes Paar durchs Leben gleiten, was würde dann später aus uns? Aber wenn wir jetzt getrennte Wege gehen und dann merken, dass wir einander brauchen, könnten wir irgendwann wieder zusammenkommen, ja? Das ist doch auch eine Alternative. Verstehst du?«

»Einerseits ja, andererseits nein«, sagte ich.

»Oder ich mache Examen, finde eine Stelle in einer Firma, heirate Erika, alle freuen sich, wir werden ein wunderbares Ehepaar, bekommen zwei Kinder, schicken sie auf unsere alte Grundschule in Denenchofu und machen sonntags Ausflüge ans Tama-Ufer, Obladi, Oblada … Natürlich finde ich so ein Leben nicht total schlecht. Aber irgendwie frage ich mich, ob so ein leichtes, bequemes Leben das Wahre ist.«

»Dass alles reibungslos und glatt verlaufen könnte, bereitet dir Probleme. Richtig?«

»Ja, so ungefähr.«

Wieder einmal begriff ich nicht, wo das Problem sein sollte, wenn doch alles glatt und wie geschmiert lief, aber weil sich alles sowieso schon so in die Länge zog, beschloss ich, dieser Frage nicht weiter nachzugehen.

»Und warum soll ich mich deshalb mit deiner Freundin treffen?«, fragte ich.

»Na ja, wenn sie sich schon mit anderen trifft, ist es doch besser, sie trifft sich mit dir, ja? Ist doch logisch. Dich kenne ich wenigstens. Und von dir kann ich Neuigkeiten über sie erfahren.«

Ich fand das überhaupt nicht logisch, aber ich war nicht uninteressiert. Dem Foto nach war Kitarus Freundin ein sehr anziehendes, schönes Mädchen, und ich wollte wissen, warum so ein Mädchen ausgerechnet mit einem schrägen Typ wie Kitaru zusammen war. Eigentlich war ich immer schüchtern gegenüber Fremden, aber auch ziemlich neugierig.

»Wie weit seid ihr denn bisher gegangen?«, fragte ich.

»Du meinst, beim Sex?«

»Ja. Bis zum Äußersten?«

Kitaru schüttelte den Kopf. »Das geht irgendwie nicht. Wir kennen uns doch schon, seit wir klein waren, und es wäre irgendwie peinlich, sich auf einmal quasi offiziell auszuziehen und anzufassen, ja? Bei einem anderen Mädchen wäre das, glaube ich, nicht so, aber wenn ich mir vorstelle, meine Hand in Erikas Unterhose zu stecken, kommt mir das irgendwie unanständig vor. Verstehst du?«

Ich verstand nicht.

»Natürlich küssen wir uns und halten Händchen. Ab und zu fasse ich auch ihre Brüste an. Aber mehr so als Witz. Auch wenn ich steif werde, gehe ich nicht weiter, ja?«

»Heißt das, dass du dich absichtlich zurückhältst?«, fragte ich.

»Nein. In unserem Fall ist das ganz anders. Ich kann es nicht gut erklären«, sagte Kitaru. »Zum Beispiel, wenn du masturbierst, stellst du dir dabei doch ein konkretes Mädchen vor, ja?«

»Na ja, schon«, sagte ich.

»Aber ich könnte mir dabei auf keinen Fall Erika vorstellen. Ich hätte dann das Gefühl, etwas Verbotenes zu tun. Also denke ich an ein anderes Mädchen. Ein Mädchen, das ich nicht so gern habe. Wie findest du das?«

Ich dachte nach, gelangte aber zu keinem Schluss. Ich hatte keinen Schimmer davon, wie andere masturbierten. Sogar mich selbst betreffend waren mir einige Aspekte unverständlich.

»Auf alle Fälle könnten wir uns ja mal zu dritt treffen, ja?«, sagte er. »Anschließend denkst du noch mal in Ruhe darüber nach.«

Kitaru, seine Freundin (sie hieß Erika Kuritani mit vollem Namen) und ich trafen uns an einem Sonntagnachmittag in einem Café am Bahnhof Denenchofu. Sie war so groß wie Kitaru, sonnengebräunt und trug eine sorgfältig gebügelte weiße Bluse mit kurzen Ärmeln und einen dunkelblauen Minirock. Sie wirkte wie eine wohlerzogene Studentin aus einem besseren Viertel. Sie war genauso hübsch wie auf dem Foto, aber was mich an ihr noch mehr anzog als ihr gutes Aussehen, war die ungebrochene Vitalität, die sie ausstrahlte. Sie war das Gegenteil von Kitaru, der neben ihr regelrecht verblasste.

Er stellte uns einander vor.

»Ich bin froh, dass Aki einen Freund gefunden hat«, sagte Erika Kuritani. Kitaru hieß Akiyoshi mit Vornamen. Sie war der einzige Mensch auf der Welt, der ihn »Aki« nannte.

»Du übertreibst. Ich habe massenhaft Freunde«, sagte Kitaru.

»Stimmt nicht«, sagte Erika. »Jemand wie du findet keine Freunde. Du bist in Tokio aufgewachsen und sprichst nur Kansai-ben, und wenn du den Mund aufmachst, redest du nur von den Hanshin Tigers oder über Shogi. Kein normaler Mensch kommt mit so einem Sonderling zurecht.«

»Übrigens ist der da auch ziemlich kauzig.« Kitaru deutete mit dem Finger auf mich. »Er kommt aus Ashiya, spricht aber nur Tokio-Dialekt.«

»Das ist ganz normal«, sagte sie. »Jedenfalls normaler als das Gegenteil.«

»He, das ist kulturelle Diskriminierung«, beschwerte sich Kitaru. »Sind nicht alle Kulturen gleich? Tokio-Dialekt ist auch nicht anders als Kansai-ben.«

»Vielleicht sind sie ja gleich«, sagte Erika. »Aber seit der

Meiji-Zeit gilt die Tokioter Sprache als Hochjapanisch. Zum Beispiel gibt es ja auch keine Übersetzung von *Franny und Zooey* in Kansai-ben. Das ist der Beweis.«

»Wenn eine herauskäme, würde ich sie kaufen.«

Ich auch, dachte ich, hielt aber den Mund. Besser, kein überflüssiges Zeug zu reden.

»Das entspricht nicht dem gesunden Menschenverstand. Deine Gehirnmasse besteht nur aus exzentrischen Vorurteilen, Aki.«

»Exzentrische Vorurteile – was soll das denn sein? Kulturelle Diskriminierung ist für mich das schlimmste Vorurteil«, sagte Kitaru.

Klugerweise beschloss Erika, auf diesen Punkt nicht weiter einzugehen, und wechselte das Thema.

»In meinem Tennisclub ist ein Mädchen, das auch aus Ashiya kommt«, wandte sie sich an mich. »Sie heißt Eiko Sakurai. Kennst du sie?«

»Ja«, sagte ich. Eiko Sakurai. Sie war ein großes, schlaksiges Mädchen mit einer seltsam geformten Nase. Ihre Eltern waren Inhaber eines großen Golfplatzes. Sie hatte nicht gerade eine sympathische Persönlichkeit. Flachbrüstig war sie auch. Sie war – ihr einziger Vorzug – schon früher eine gute Tennisspielerin gewesen und hatte an wichtigen Turnieren teilgenommen. Ich verspürte nicht das geringste Bedürfnis, sie wiederzusehen.

»Er hier ist ziemlich in Ordnung, aber er hat im Moment keine Freundin«, sagte Kitaru zu Erika. »Er hier« war ich. »Er sieht nicht schlecht aus, hat Manieren und im Gegensatz zu mir nicht nur Flausen im Kopf. Er weiß eine ganze Menge und liest schwierige Bücher. Er ist reinlich und hat keine schlimmen Krankheiten. Ein vielversprechender junger Mann, meine ich.«

»Gut«, sagte Erika Kuritani. »Im Club gibt es ein paar hübsche neue Mädchen. Ich kann ihn einem davon vorstellen.«

»Nein, das meine ich nicht. Könntest du nicht mit ihm ausgehen, solange ich die Aufnahmeprüfung noch nicht geschafft habe und nicht so kann, wie ich will? Dann könnte ich ganz beruhigt sein, ja?«

»Was soll das heißen, du könntest ›ganz beruhigt‹ sein?«, fragte Erika.

»Na ja, ich wüsste, dass ihr beide zusammen seid, und bräuchte mich nicht zu beunruhigen, dass du mit einem fremden Typ unterwegs bist, ja?«

Erika kniff die Augen zusammen und starrte Kitaru an wie ein Landschaftsbild, bei dem die Perspektive nicht stimmt. Sie sprach jetzt ganz langsam. »Du meinst also, es ist in Ordnung, wenn ich mit Tanimura ausgehe? Weil er *ziemlich in Ordnung* ist? Schlägst du allen Ernstes vor, wir sollten ein Paar werden?«

»Ist das ein so schlechter Gedanke? Oder hast du schon einen anderen?«

»Nein, habe ich nicht«, sagte Erika mit ruhiger Stimme.

»Dann kannst du ja auch mit ihm ausgehen, ja? Als eine Art kultureller Austausch.«

»Kultureller Austausch«, wiederholte Erika. Sie sah mich an.

Es machte nicht den Eindruck, als könnte es zu einem positiven Ergebnis führen, wenn ich etwas sagte, also schwieg ich. Ich griff nach meinem Kaffeelöffel und betrachtete interessiert das Muster auf dem Griff wie ein Museumskurator ein Objekt aus einem alten ägyptischen Grab.

»Kultureller Austausch – was soll das heißen?«, fragte sie.

»Na ja, mal eine andere Perspektive einzunehmen wäre vielleicht nicht das Schlechteste für uns …«, sagte Kitaru.

»Das ist deine Vorstellung von kulturellem Austausch?«

»Ich sage ja nur –«

»Also gut«, sagte Erika entschieden. Hätte ich einen Bleistift in der Hand gehalten, ich hätte ihn in dem Moment entzweigebrochen. »Wenn du es sagst, Aki. Also pflegen wir einen kulturellen Austausch.«

Sie nahm einen Schluck Tee, stellte die Tasse auf den Unterteller zurück und wandte sich mir zu. Sie lächelte. »Da Aki es empfiehlt, verabreden wir uns. Das wird sicher lustig. Wann passt es dir?«

Mir fehlten die Worte. Dass es mir in entscheidenden Augenblicken die Sprache verschlug, war eines meiner grundlegenden Probleme. Da halfen auch kein Umzug und kein anderer Dialekt.

Erika nahm ein rotes Ledernotizbuch aus ihrer Tasche, schlug es auf und sah nach, wann sie Zeit hatte. »Kannst du diesen Samstag?«

»Am Samstag habe ich nichts vor«, sagte ich.

»Gut, dann Samstag. Wohin wollen wir gehen?«

»Er sieht gern Filme«, sagte Kitaru zu Erika. »Später einmal Drehbuchautor zu werden ist sein Traum. Er besucht gerade ein Drehbuchseminar.«

»Gut, dann lass uns ins Kino gehen. Welchen Film wollen wir uns anschauen? Das überlasse ich dir, ich mag keine Horrorfilme, aber sonst gefällt mir alles.«

»Sie ist ein echter Angsthase«, sagte Kitaru an mich gewandt. »Wenn wir als Kinder im Korakuen-Vergnügungspark im Spukhaus waren, hat sie sich immer an meine Hand geklammert –«

»Nach dem Kino könnten wir noch schön essen gehen«,

schnitt Erika ihm das Wort ab. Sie schrieb ihre Telefonnummer auf einen Zettel und gab ihn mir. »Das ist meine Nummer. Rufst du mich an, wenn du dich für eine Uhrzeit und einen Treffpunkt entschieden hast?«

Da ich zu jener Zeit kein Telefon hatte (bitte bedenken Sie, dass damals nicht der Schatten eines Mobiltelefons in Sicht war), gab ich ihr die Telefonnummer des Cafés, in dem ich jobbte. Ich sah auf die Uhr.

»Tut mir leid, ich muss gehen«, sagte ich so unbefangen wie möglich. »Ich muss morgen einen Aufsatz abgeben, den ich noch nicht fertig habe.«

»Hat das nicht Zeit?«, fragte Kitaru. »Wenn wir schon mal zu dritt zusammen sind, können wir doch noch ein bisschen reden, ja? Ganz in der Nähe gibt es einen prima Nudelladen …«

Erika äußerte sich nicht. Ich legte das Geld für meinen Kaffee auf den Tisch und stand auf. Der Aufsatz sei wichtig, sagte ich, es tue mir leid. In Wirklichkeit war er gar nicht wichtig.

»Ich rufe dich morgen oder übermorgen an«, sagte ich zu Erika Kuritani.

»Gut, ich erwarte deinen Anruf«, sagte sie und schenkte mir ein wunderschönes Lächeln. Ein Lächeln, das meinem Eindruck nach eigentlich zu schön war, um wahr zu sein.

Ich verließ das Café und machte mich auf den Weg zum Bahnhof. Unterwegs grübelte ich darüber nach, was ich da eigentlich tat. Es war ein weiteres meiner Probleme, dass ich immer über Gründe nachgrübelte, auch wenn alles längst entschieden war.

Am folgenden Samstag traf ich mich mit Erika in Shibuya, und wir sahen einen Woody-Allen-Film, der in New York spielte. Bei unserem Gespräch hatte ich das Gefühl gehabt, dass Woody Allen ihr gefallen könnte. Und Kitaru war bestimmt nie mit ihr in einem seiner Filme gewesen. Glücklicherweise war dieser gut, und wir verließen das Kino in bester Stimmung.

Nachdem wir eine Weile durch die abendlichen Straßen geschlendert waren, kehrten wir in einem kleinen italienischen Restaurant in Sakuragaoka ein, bestellten Pizza und tranken Chianti. Es war ein gemütliches und nicht sehr teures Lokal mit gedämpfter Beleuchtung und Kerzen auf den Tischen (damals hatten die meisten italienischen Restaurants Kerzen und rot-weiß karierte Tischdecken). Wir redeten über alles Mögliche. Was eben Studenten im vierten Semester bei einem ersten Rendezvous so redeten (falls man es ein »Rendezvous« nennen konnte). Wir sprachen über den Film, den wir gerade gesehen hatten, über unser Studium, unsere Hobbys. Sie war gesprächiger, als ich gedacht hatte, und ein paar Mal lachte sie laut. Ich will nicht angeben, aber ich glaube, ich habe die Begabung, Mädchen zum Lachen zu bringen.

»Aki hat mir erzählt, du hättest dich vor Kurzem von deiner Freundin aus der Schulzeit getrennt«, sagte sie.

»Stimmt«, sagte ich. »Wir waren fast drei Jahre zusammen. Es lief leider nicht mehr so gut.«

»Aki hat gesagt, es hatte etwas mit Sex zu tun. Dass sie dir – wie soll ich sagen? – nicht gegeben hat, was du wolltest.«

»Das auch. Aber das war es nicht allein. Wenn ich sie richtig geliebt hätte, hätte ich das ausgehalten, glaube ich. Also, wenn ich sicher gewesen wäre, dass ich sie wirklich liebe. Aber das war ich nicht.«

Erika nickte.

»Ich glaube, es wäre auf dasselbe herausgekommen, auch wenn

wir miteinander geschlafen hätten«, sagte ich. »Ich ging nach Tokio, wir hätten uns voneinander entfernt und uns irgendwann nicht mehr gesehen. Es ist schade, dass es nicht geklappt hat, aber da kann man eben nichts machen.«

»Ist das schwer für dich?«, fragte sie.

»Ist was schwer für mich?«

»Erst zu zweit zu sein und dann plötzlich allein.«

»Manchmal«, gab ich zu.

»Aber es ist besser, in der Jugend schlechte Erfahrungen zu machen und einsam zu sein. Das gehört zum Erwachsenwerden.«

»Meinst du?«

»Wie Bäume harte Winter überstehen müssen, um groß und kräftig zu werden. Wenn das Klima immer mild und heiter ist, entwickeln sie keine Jahresringe.«

Ich versuchte mir vorzustellen, dass ich Jahresringe in mir hätte. Aber ich sah nur die Überreste des Baumkuchens von vor drei Tagen vor mir. Als ich das sagte, lachte sie.

»Wahrscheinlich braucht man als Mensch wirklich solche Zeiten«, sagte ich. »Es wäre nur besser, wenn man wüsste, dass sie auch irgendwann zu Ende gehen.«

Sie lächelte. »Keine Sorge. Du findest bestimmt bald jemanden.«

»Das wäre schön«, sagte ich.

Erika Kuritani wirkte einen Moment lang in sich gekehrt und nachdenklich. Währenddessen aß ich allein von der Pizza, die man uns mittlerweile serviert hatte.

»Ich würde dich gern um einen Rat bitten, Tanimura. Darf ich?«

»Klar«, sagte ich. Du meine Güte, dachte ich. Ein weiteres

der ständigen Probleme, die ich habe, ist, dass die Leute immer gleich einen wichtigen Rat von mir wollen. Außerdem schwante mir bereits, dass der »Rat«, den Erika von mir wollte, sich auf nichts Erfreuliches bezog.

»Ich bin im Augenblick ziemlich verwirrt«, sagte sie. Ihre Augen wanderten langsam von links nach rechts, wie bei einer Katze, die etwas sucht.

»Du weißt es ja sicher. Obwohl Aki schon zweimal durch die Aufnahmeprüfung gefallen ist, tut er überhaupt nichts. Er schwänzt sogar dauernd die Yobiko. Also wird er wahrscheinlich auch im nächsten Jahr nicht bestehen. Natürlich könnte er auf einer Uni mit niedrigerem Niveau unterkommen, aber aus irgendeinem Grund hat er sich die Waseda in den Kopf gesetzt. Das schafft er aber nicht. Es hat überhaupt keinen Sinn, aber ganz gleich, was ich, seine Eltern oder die Lehrer sagen, er hört auf niemanden. Er könnte zumindest lernen, um auf die Waseda zu kommen, aber er macht es einfach nicht.«

»Und warum nicht?«

»Er glaubt allen Ernstes, dass er bestehen kann, wenn er nur etwas Glück hat«, sagte Erika. »Es sei Zeitverschwendung, für die Aufnahmeprüfung zu lernen, sogar eine Verschwendung von Lebenszeit. Ich verstehe nicht, wie er so denken kann.«

Ganz unrecht hat er nicht, dachte ich, sagte es aber natürlich nicht.

Erika seufzte und fuhr fort: »In der Grundschule hat er gelernt. Er gehörte sogar zu den besten. Aber ab der Mittelstufe ging es bergab mit ihm, seine Noten wurden immer schlechter. Er war eine Art Wunderkind und ziemlich intelligent, aber irgendwie nicht fürs Pauken geschaffen. Er konnte sich nicht an das System in der Schule gewöhnen und machte lieber seine eigenen seltsamen Sachen. Im Gegensatz zu mir. Ich bin nicht besonders schlau, aber ich kann büffeln.«

Ich war selbst nie besonders fleißig gewesen, hatte es aber ohne Probleme auf die Uni geschafft. Vielleicht hatte ich bloß Glück gehabt.

»Ich habe Aki sehr gern. Er hat viele gute Eigenschaften. Aber manchmal komme ich gar nicht mit, so extrem verhält er sich. Zum Beispiel die Sache mit dem Dialekt. Warum muss einer, der in Tokio geboren und aufgewachsen ist, unbedingt alles daransetzen, Kansai-ben zu lernen? Ich verstehe das nicht. Am Anfang hielt ich es für einen Witz, aber das war es nicht. Es war sein völliger Ernst.«

»Vielleicht wollte er einfach ein anderer sein als der, der er bis dahin war«, sagte ich. Im Grunde hatte ich das Gleiche getan, nur umgekehrt.

»Und deshalb spricht er nur noch Kansai-ben?«

»Ja, das ist schon ziemlich extrem, finde ich auch.«

Erika nahm ein Stück Pizza und biss ein Stück von der Größe einer Gedenkbriefmarke ab. Sie kaute sorgfältig, bevor sie sprach.

»Ich frage dich, Tanimura, weil ich das niemand anderen fragen kann, macht es dir etwas aus?«

»Frag nur«, sagte ich. Was sonst hätte ich antworten sollen?

»Wenn ein Junge und ein Mädchen lange zusammen sind, begehrt der Junge doch den Körper des Mädchens, oder? Also, im Allgemeinen?«

»Im Allgemeinen schon.«

»Wenn sie sich küssen, würde er gern weitergehen, ja?«

»Normalerweise ja.«

»Bei dir war es auch so?«

»Natürlich«, sagte ich.

»Aber bei Aki ist es nicht so. Auch wenn wir allein sind, will er nicht weitergehen.«

Ich brauchte eine Weile, um die richtigen Worte zu finden. »Letzten Endes ist das etwas sehr Persönliches, und jeder geht anders an das heran, was er sich wünscht. Kitaru hat dich natürlich sehr gern, aber vielleicht fühlt er sich dir zu nah und kann deshalb nicht so vorgehen, wie es allgemein üblich ist.«

»Meinst du wirklich?«

Ich zuckte mit den Schultern. »Ich kann dazu nichts Definitives sagen. Mir fehlt die Erfahrung. Ich sage nur, dass es *vielleicht so sein könnte.*«

»Manchmal denke ich, er begehrt mich einfach nicht.«

»Das tut er sicher. Er schämt sich vielleicht nur, es sich einzugestehen.«

»Aber wir sind schon zwanzig. Das ist doch kein Alter, in dem man sich noch schämt.«

»Die Zeit vergeht für jeden anders«, sagte ich.

Erika Kuritani dachte nach. Sie schien immer sehr ernsthaft und direkt an die Dinge heranzugehen.

»Kitaru ist, glaube ich, ernsthaft auf der Suche nach etwas«, fuhr ich fort. »Er sucht auf seine eigene Weise und in seinem eigenen Tempo – und wahrscheinlich anders als normale Leute. Aber er hat noch nicht begriffen, was es ist, das er sucht. Deshalb kommt er nicht richtig voran. Nicht genau zu wissen, was man sucht, kann die Suche ungemein erschweren.«

Erika schaute auf und sah mir eine Weile wortlos in die Augen. Die Flamme der Kerze spiegelte sich so lebendig und wunderschön in ihren schwarzen Pupillen, dass ich wegsehen musste.

»Natürlich kennst du ihn viel besser als ich«, sagte ich entschuldigend.

Sie seufzte erneut.

»Ehrlich gesagt, treffe ich mich noch mit einem anderen Mann. Aus meinem Tennisclub, er ist ein Jahr älter als ich.«

Jetzt war es an mir zu schweigen.

»Ich liebe Aki von ganzem Herzen, und ich glaube nicht, dass ich so tief und echt für jemand anderen empfinden könnte. Wenn wir getrennt sind, verspüre ich an einer bestimmten Stelle in meiner Brust einen ständigen Schmerz. Doch zugleich wünsche ich mir so sehr, Neues zu entdecken, mit anderen Dingen in Berührung zu kommen. Es ist wie Neugier oder Wissensdurst. Das Gefühl kommt von ganz allein, und ich kann es nicht unterdrücken, selbst wenn ich es wollte.«

Wie eine kräftige Pflanze, die ihren Blumentopf sprengt, dachte ich.

»Das ist die Verwirrung, von der ich spreche«, sagte Erika.

»Dann solltest du ehrlich mit Kitaru darüber sprechen.« Ich wählte meine Worte mit Bedacht. »Wenn du ihm verheimlichst, dass du dich mit jemand anderem triffst, und er käme durch Zufall dahinter, wäre er sehr verletzt. Das wäre eine blöde Situation.«

»Aber wird er akzeptieren können, dass ich mich mit jemand anderem treffe?«

»Ich könnte mir vorstellen, dass er dich versteht«, sagte ich.

»Meinst du?«

»Ja, meine ich«, sagte ich.

Wahrscheinlich würde Kitaru ihre Unentschlossenheit und Verwirrung verstehen. Weil er das Gleiche empfand. In der Hinsicht passten die beiden wirklich gut zusammen. Allerdings war ich ganz und gar nicht überzeugt davon, dass er das, was sie konkret tat (oder *vielleicht* tat), so gleichmütig hinnehmen würde. Wie gesagt, war Kitaru nicht gerade die Stärke in Person. Aber noch weniger würde er es ertragen, wenn sie Heimlichkeiten vor ihm hatte oder ihn belog.

Erika Kuritani starrte stumm auf die im Luftzug der Klimaanlage flackernde Kerze.

»Ich habe häufig den gleichen Traum«, sagte sie dann. »Aki und ich sind auf einem großen Schiff. Auf einer langen Reise. Wir teilen eine winzige Kabine, es ist Nacht, und durch das Bullauge sehen wir den Vollmond. Aber er ist aus transparentem, reinem Eis. Seine untere Hälfte ist im Meer versunken. ›Sieht aus wie der Mond, aber in Wirklichkeit ist es Eis und nur ungefähr zwanzig Zentimeter dick‹, sagt Aki zu mir. ›Das heißt, wenn am Morgen die Sonne aufgeht, schmilzt es. Schau es dir an, solange es noch zu sehen ist‹, sagt er. Das habe ich schon viele Male geträumt. Es ist ein sehr schöner Traum. Immer derselbe Mond. Immer zwanzig Zentimeter dick. Die untere Hälfte im Meer. Ich lehne mich an Aki, der Mond scheint, wir sind allein, und die Wellen plätschern. Aber wenn ich aufwache, bin ich jedes Mal furchtbar traurig. Denn der Mond aus Eis ist nirgends mehr zu sehen.«

Erika Kuritani schwieg einen Moment.

»Ich denke, wie wunderschön es wäre, wenn Aki und ich, nur wir beide, für immer auf einer langen Reise bleiben könnten. Jeden Abend würden wir aneinandergeschmiegt durch das Bullauge den Mond aus Eis betrachten. Der Mond würde schmelzen, wenn es Morgen würde, aber in der Nacht wäre er wieder da. Aber so wäre es vielleicht nicht. Vielleicht würde der Mond eines Nachts nicht mehr kommen. Dieser Gedanke macht mir

74

schreckliche Angst. Wenn ich daran denke, was ich morgen träumen werde, fürchte ich mich so sehr, dass mein Körper sich hörbar zusammenzieht.«

Als ich Kitaru am nächsten Tag bei der Arbeit traf, fragte er mich nach unserem Rendezvous.

»Hast du sie geküsst oder so was?«

»Aber nein.«

»Ich werde schon nicht sauer«, sagte er.

»Jedenfalls habe ich es nicht getan.«

»Ihre Hand gehalten?«

»Nein, auch das nicht.«

»Was habt ihr dann gemacht?«

»Wir waren im Kino, spazieren, dann essen, dabei haben wir geredet«, sagte ich.

»Das war alles?«

»Normalerweise überstürzt man es bei einer ersten Verabredung nicht so.«

»Aha«, sagte Kitaru. »Ich habe ja quasi noch keine normale Verabredung gehabt. Woher soll ich das also wissen?«

»Aber es war schön, mit ihr zusammen zu sein. Wenn sie meine Freundin wäre, würde ich sie unter keinen Umständen aus den Augen lassen.«

Kitaru dachte einen Moment nach. Er wollte etwas sagen, entschied sich dann aber dagegen und schluckte es herunter. »Und was habt ihr gegessen?«, sagte er dann.

Ich erzählte, dass wir Pizza und Chianti bestellt hatten.

»Pizza und Chianti?« Kitaru klang erstaunt. »Ich wusste gar nicht, dass sie Pizza mag. Wir gehen immer in Nudellokale. Und Wein? Ich wusste auch nicht, dass sie Alkohol trinkt.«

Kitaru selbst rührte nie einen Tropfen Alkohol an.

»Du scheinst alles Mögliche nicht zu wissen«, sagte ich.

Ich beantwortete ihm in aller Ausführlichkeit seine Fragen. Wie der Woody-Allen-Film gewesen war (er ließ sich die Handlung in allen Einzelheiten erzählen), wie das Essen gewesen war (was es gekostet hatte und ob wir die Rechnung geteilt hatten), was sie angehabt hatte (ein weißes Baumwollkleid, die Haare hochgesteckt), welche Unterwäsche sie getragen hatte (wusste ich nicht) und was der Inhalt unseres Gesprächs gewesen war. Natürlich verschwieg ich ihm, dass sie sich mit dem ein Jahr älteren Mann traf. Auch von dem Traum mit dem Mond aus Eis erzählte ich ihm nichts.

»Habt ihr schon etwas Neues verabredet?«

»Nein, haben wir nicht«, sagte ich.

»Und warum nicht? Sie gefällt dir doch, ja?«

»Ja, sie ist toll. Aber so kann das nicht weitergehen. Sie ist doch deine Freundin, oder nicht? Du sagst zwar, ich könnte sie küssen, aber das kommt nicht infrage.«

Kitaru dachte nach. »Weißt du, ich bin seit dem Ende der Mittelschule regelmäßig in Therapie, ja? Meine Eltern und die Lehrer haben gesagt, ich soll hingehen. Ich habe in der Schule ein paar komische Dinger gedreht. Sachen gemacht, die nicht normal waren. Aber ich habe überhaupt nicht den Eindruck, dass die Therapie etwas genützt hat. Therapie, das klingt so hochtrabend, aber nützen tut es nichts. Der Typ macht ein Gesicht, als wüsste er alles, dann lässt er dich reden, immer weiter, und hört einfach nur zu. Das könnte ich auch.«

»Gehst du noch immer zu diesem Therapeuten?«

»Zweimal im Monat. Da kann man das Geld auch gleich aus dem Fenster werfen. Hat Erika dir nichts davon erzählt?«

Ich schüttelte den Kopf.

»Ehrlich gesagt, weiß ich nicht, was an mir so unnormal sein soll. Aus meiner Sicht mache ich nur ganz normale Sachen, ja? Aber die Leute finden fast alles, was ich mache, unnormal.«

»Einiges kann man sicher nicht als völlig ›normal‹ bezeichnen«, sagte ich.

»Und was zum Beispiel?«

»Dass du als Tokioter so perfekt Kansai-ben gelernt hast, zum Beispiel.«

Kitaru musste zugeben, dass ich recht hatte. »Na ja, das ist vielleicht ein bisschen abseitig.«

»Es könnte normalen Leuten unheimlich sein.«

»Vielleicht.«

»Ein normal veranlagter Junge würde so weit nicht gehen.«

»Sicher nicht.«

»Aber soweit ich sehe und soweit ich weiß, störst du ja niemanden, auch wenn das, was du machst, nicht normal ist.«

»Im Augenblick nicht.«

»Genügt dir das nicht?«, sagte ich. Ich glaube, ich wurde allmählich etwas wütend (wenn ich auch nicht wusste, auf wen). Ich merkte selbst, dass mein Ton rauer wurde. »Was stimmt denn damit nicht? Wenn du *im Augenblick* niemanden störst, ist das doch in Ordnung. Wenn du Kansai-ben sprechen willst, dann sprich es, so viel du willst. Sprich es bis zum Umfallen. Wenn du nicht für die Aufnahmeprüfung lernen willst, dann lass es. Wenn du deine Hand nicht in Erikas Höschen stecken willst, dann lass es. Es ist dein Leben. Du kannst machen, was dir gefällt. Kümmere dich nicht darum, was die anderen denken.«

Kitaru starrte mich verwundert mit leicht geöffnetem Mund

an. »Weißt du, Tanimura, du bist wirklich ein guter Kerl. Mitunter vielleicht ein wenig zu normal.«

»Da kann man nichts machen«, sagte ich. »Seinen Charakter kann man nicht ändern.«

»Genau. Kann man nicht. Mehr will ich gar nicht sagen, ja?«

»Aber Erika ist so ein tolles Mädchen«, sagte ich. »Sie meint es ernst mit dir. Du solltest sie auf keinen Fall gehen lassen. So ein Mädchen findest du nie wieder.«

»Ich weiß«, sagte Kitaru. »Aber diese Erkenntnis hilft mir auch nicht weiter.«

»Du hast dich selbst überlistet«, sagte ich.

Etwa zwei Wochen später hörte Kitaru in unserem Café auf. Das heißt, eines Tages tauchte er plötzlich nicht mehr auf. Er rief nicht mal an, um sich freizunehmen. Weil wir gerade Hochbetrieb hatten, war der Chef ziemlich sauer. Kitaru hatte noch eine Woche Lohn zu bekommen, aber er holte auch das Geld nicht ab. Der Inhaber fragte mich nach Kitarus Adresse, aber ich sagte, ich hätte sie nicht. Tatsächlich hatte ich weder seine Adresse noch seine Telefonnummer. Ich wusste nur, wo sein Haus in Denenchofu war, und hatte Erikas Telefonnummer.

Nachdem Kitaru, ohne mir etwas zu sagen, nicht mehr zur Arbeit kam, meldete er sich nie wieder bei mir. Er war einfach verschwunden. Ein wenig verletzte mich das schon, denn ich hatte gedacht, wir seien gute Freunde. Dass er mich so einfach abservierte, war schmerzhaft. Andere Freunde hatte ich nicht in Tokio.

Aufgefallen war mir nur, dass Kitaru an den beiden Tagen vor seinem Verschwinden sehr schweigsam gewesen war. Auch auf meine Versuche, ihn anzusprechen, hatte er kaum reagiert.

Und dann war er verschwunden. Ich hätte Erika Kuritani anrufen können, um nach ihm zu fragen, aber aus irgendeinem Grund war mir nicht danach. Ich fand, ich solle das, was zwischen den beiden war, ihnen überlassen. Es wäre nicht gesund, noch tiefer in die seltsame Beziehung der beiden verstrickt zu werden. Ich musste sehen, dass ich in der kleinen Welt überlebte, in die ich gehörte.

Ich wusste nicht, warum, aber nach diesen Ereignissen dachte ich öfter an meine ehemalige Freundin. Wahrscheinlich hatten mich Kitaru und Erika Kuritani dazu angeregt. Irgendwann schrieb ich ihr einen langen Brief, in dem ich mich für mein Verhalten entschuldigte. Ich hätte freundlicher zu ihr sein müssen. Aber ich erhielt nie eine Antwort.

Ich erkannte Erika Kuritani auf den ersten Blick. Ich hatte sie bis dahin nur zwei Mal gesehen, und seit unserer letzten Begegnung waren sechzehn Jahre vergangen. Aber es war kein Irrtum möglich. Sie war noch genauso schön, mit demselben lebhaften Ausdruck wie früher. Sie trug ein schwarzes Spitzenkleid, schwarze Schuhe mit hohen Absätzen und um den schlanken Hals eine zweireihige Perlenkette. Sie erinnerte sich auch sofort an mich. Wir waren auf einer Weinprobe in einem Hotel in Akasaka, eine ziemlich steife Angelegenheit, und ich trug einen dunklen Anzug und Krawatte. Die Erklärung, was ich dort zu suchen hatte, würde zu lange dauern. Sie war jedenfalls die Repräsentantin der Werbefirma, die die Party veranstaltete, und wirkte äußerst kompetent.

»Ach, Tanimura, warum hast du mich damals nie mehr angerufen? Ich hätte mich so gern noch mal in Ruhe mit dir unterhalten.«

»Weil du ein wenig zu schön für mich warst«, sagte ich.

Sie lachte. »Das hört man gern, auch wenn es nur Schmeichelei ist.«

»Ich schmeichle nie«, sagte ich.

Ihr Lächeln vertiefte sich. Aber ich hatte weder gelogen, noch hatte ich ihr geschmeichelt. Sie war zu schön, als dass ich ernsthaftes Interesse an ihr hätte haben können. Früher und auch jetzt noch. Und ihr Lächeln war noch immer zu schön, um wahr zu sein.

»Ich habe in dem Café angerufen, wo du damals ausgeholfen hast, aber man sagte mir, du seist nicht mehr da.«

Nach Kitarus Verschwinden war es mir dort so langweilig geworden, dass auch ich zwei Wochen später aufhörte.

Erika und ich erzählten einander in Kurzfassung, was wir in den vergangenen sechzehn Jahren erlebt hatten. Ich hatte nach dem Examen eine Stelle in einem kleinen Verlag angenommen, wo ich nach drei Jahren kündigte, und arbeitete jetzt als freiberuflicher Schriftsteller. Mit siebenundzwanzig hatte ich geheiratet. Kinder hatten wir bis jetzt keine. Erika war noch ledig. Sie arbeite sehr viel und habe deshalb keine Zeit zu heiraten, scherzte sie. Ich vermutete, dass sie seit damals so einige Liebhaber gehabt hatte. Irgendwie wirkte sie so. Sie brachte als Erste das Gespräch auf Kitaru.

»Aki arbeitet jetzt als Sushi-Koch in Denver«, sagte sie.

»In Denver?«

»Ja, in Colorado. Zumindest stand das auf der Postkarte, die ich vor zwei Monaten von ihm bekommen habe.«

»Warum in Denver?«

»Das weiß ich nicht«, sagte Erika Kuritani. »Die Karte davor kam aus Seattle. Dort war er auch Sushi-Koch. Das war vor etwa einem Jahr. Sooft es ihm gerade einfällt, schickt er diese Post-karten. Sie sind immer albern, und es steht fast nichts darauf. Nicht einmal seine Adressen schreibt er.«

»Sushi-Koch«, sagte ich. »Dann ist er doch nie auf die Uni gegangen?«

Sie schüttelte den Kopf. »Es war, glaube ich, im Spätsommer, als er plötzlich verkündete, er würde keine Aufnahmeprüfung mehr machen. Das sei reine Zeitverschwendung. Dann ging er auf eine Kochschule in Osaka. Er wolle die Kansai-Küche von Grund auf lernen und die Hanshin Tigers im Koshien-Stadion sehen. Natürlich habe ich ihn gefragt, wie er etwas so Wichtiges ganz allein entscheiden könne und was denn aus mir werden solle, wenn er nach Osaka ginge.«

»Was hat er gesagt?«

Sie schwieg und presste nur die Lippen zusammen. Sie woll-te etwas sagen, aber es schien, als würde sie in Tränen ausbre-chen, wenn sie es tat. Ihr Augen-Make-up durfte nicht leiden. Ich wechselte sofort das Thema.

»Das letzte Mal, als wir uns sahen, haben wir in dem italieni-schen Restaurant in Shibuya billigen Chianti getrunken, weißt du noch? Und heute verkosten wir Wein aus dem Napa Valley. Welch wundersame Fügung.«

»Ich kann mich noch gut daran erinnern«, sagte sie und ge-wann ihre Fassung zurück. »Damals haben wir einen Woody-Allen-Film gesehen. Wie hieß er noch mal?«

Ich nannte ihr den Titel.

»Das war ein sehr amüsanter Film.«

Ich pflichtete ihr bei. Eines seiner Meisterwerke.

»Und was ist aus dem Mann aus deinem Tennisclub gewor-den?«, fragte ich.

»Leider nichts. Wir passten nicht zusammen. Nach einem halben Jahr haben wir uns getrennt.«

»Darf ich dir eine Frage stellen? Sie ist ziemlich persönlich«, fragte ich.

»Bitte, wenn ich sie beantworten kann.«

»Ich möchte dir nicht zu nahe treten.«

»Ich werde es schon verkraften.«

»Hast du mit ihm geschlafen?«

Erika sah mich überrascht an. Sie errötete ein wenig.

»Also wirklich, warum fragst du das jetzt?«

»Ich weiß nicht. Es hat mich schon damals beschäftigt. Aber entschuldige, das ist eine zudringliche Frage.«

Erika Kuritani schüttelte den Kopf. »Macht nichts. Ich bin nicht beleidigt. Du hast mich damit nur überrumpelt. Es ist ja auch so lange her.«

Ich sah mich langsam um. Überall standen elegant gekleidete Menschen und probierten Wein. Eine edle Flasche nach der anderen wurde entkorkt. Eine junge Pianistin spielte »Like Someone in Love«.

»Die Antwort ist Ja«, sagte Erika Kuritani. »Ich hatte mehrmals Sex mit ihm.«

»Neugier und Wissensdurst«, sagte ich.

Sie lächelte ein wenig. »Genau. Neugier und Wissensdurst.«

»Auf diese Weise bekommen wir unsere Jahresringe.«

»Wenn du es sagst«, erwiderte sie.

»Ich vermute, das erste Mal mit ihm war kurz nach unserem Rendezvous in Shibuya, stimmt's?«

Sie blätterte in den Seiten ihrer Erinnerung. »Ja, ich glaube, es war eine Woche danach. Ich kann mich recht gut an diese Zeit erinnern. Es war mein *erstes Mal*.«

»Und Kitaru ist ein Mann mit viel Intuition«, sagte ich und sah ihr in die Augen.

Sie senkte den Blick und ließ die Perlen ihrer Kette einzeln durch die Finger gleiten. Als würde sie sich vergewissern, dass noch alle da waren. Dann seufzte sie ein wenig, wie unter der Last einer Erinnerung. »Es stimmt. Kitaru ist sehr intuitiv.«

»Aber am Ende hat es mit dem anderen Mann nicht geklappt.«

Sie nickte. »Ich bin leider nicht sehr klug. Deshalb musste ich einen Umweg nehmen. Ich mache immer noch viele Umwege.«

Wir alle machen endlose Umwege, lag es mir auf der Zunge, aber ich schwieg. Die Neigung zu Sentenzen ist auch eines meiner Probleme.

»Ist Kitaru verheiratet?«

»Soweit ich weiß, nicht«, sagte Erika Kuritani. »Zumindest hat er mir nie etwas in der Richtung mitgeteilt. Vielleicht gehören wir zu den Leuten, die es nicht schaffen zu heiraten.«

»Oder er nimmt auch nur einen Umweg.«

»Kann sein.«

»Könntet ihr noch einmal zusammenkommen, wenn ihr euch wieder begegnen würdet?«

Lachend senkte sie den Blick und schüttelte leicht den Kopf. Nein, da sei nichts zu machen.

»Träumst du immer noch von dem Mond aus Eis?«, fragte ich.

Sie schaute abrupt auf und sah mich an. Dann breitete sich ein Lächeln auf ihrem Gesicht aus. Ganz langsam. Ein herzliches, natürliches Lächeln.

»Du erinnerst dich noch an meinen Traum?«

»Ja, noch sehr gut.«

»An den Traum eines anderen Menschen?«

»Träume kann man im Bedarfsfall leihen und verleihen«, sagte ich. Sentenzen sind definitiv meine Schwäche.

»Ein schöner Gedanke«, sagte Erika Kuritani.

Jemand hinter mir rief ihren Namen. Sie musste wieder arbeiten.

»Ich habe diesen Traum nicht mehr«, sagte sie noch. »Aber ich erinnere mich auch jetzt noch ganz genau an ihn. An die Szenerie und daran, wie ich mich gefühlt habe. Das vergisst man nicht so leicht. Wahrscheinlich nie.«

Und Erika Kuritani blickte über meine Schulter hinweg in die Ferne. Als hielte sie an einem nächtlichen Himmel Ausschau nach dem Mond aus Eis. Dann drehte sie sich um und ging rasch davon. Vielleicht, um im Waschraum ihr Augen-Make-up aufzufrischen.

Wenn ich im Auto sitze und im Radio wird »Yesterday« gespielt, kommt mir jedes Mal der Text in den Sinn, den Kitaru immer in der Badewanne sang. Und ich bereue es, ihn nicht irgendwo notiert zu haben. Die Zeilen waren so schräg, dass ich mich noch eine ganze Weile an sie erinnern konnte, aber mit der Zeit verschwammen sie, und irgendwann vergaß ich sie fast ganz. Jetzt erinnere ich mich nur noch bruchstückhaft daran und weiß gar nicht, ob Kitaru sie wirklich so gesungen hat. Mit der Zeit entwickelt das Gedächtnis eine Eigendynamik.

Als ich Anfang zwanzig war, versuchte ich mehrmals, ein Tagebuch zu führen, aber ich schaffte es einfach nicht. Damals passierte so viel um mich herum, dass ich kaum noch mitkam, geschweige denn innehalten und es in ein Heft schreiben konnte. Größtenteils waren es ohnehin keine so denkwürdigen Erlebnisse, dass ich gedacht hätte: Das musst du unbedingt aufschreiben. Außerdem war der Gegenwind so stark, dass ich kaum imstande war, die Augen offen zu halten, Atem zu holen und vorwärtszugehen.

Seltsamerweise erinnere ich mich so gut an Kitaru, obwohl unsere Freundschaft nur ein paar Monate lang gedauert hatte. Doch jedes Mal, wenn ich »Yesterday« im Radio höre, kommen mir spontan unsere Gespräche und gewisse Szenen in den Sinn. Diese langen Gespräche im Bad bei seinen Eltern in Denenchofu: die Aufstellung der Hanshin Tigers; die Schwierigkeiten gewisser Aspekte beim Sex; wie öde es war, für die Aufnahmeprüfungen zu lernen; die Geschichte der Grundschulen von Denenchofu im Bezirk Ota; der ideologische Unterschied zwischen Eintöpfen in Kansai und Kanto; der emotionale Reichtum des Kansai-Dialekts. Und das seltsame, einmalige Rendezvous mit Erika Kuritani, an dem Kitaru so viel gelegen hatte. Das, was sie mir in dem italienischen Restaurant bei Kerzenlicht anvertraut hatte. Und dann ist mir, als wäre all das erst gestern passiert. Musik hat die Macht, Erinnerungen so klar und deutlich zu beschwören, dass es schmerzt.

Doch rückblickend ist es vor allem meine Einsamkeit, an die ich mich erinnere. Mit zwanzig hatte ich keine Freundin, um meinen Körper und mein Herz zu wärmen, und keine Freunde, um ihnen selbiges auszuschütten. Ich wusste nicht, was ich mit mir und meiner Zeit anfangen sollte, und hatte keine Vision für meine Zukunft. Für gewöhnlich schloss ich mich ein, und mitunter redete ich eine ganze Woche lang mit keiner Menschenseele. Dieses Leben führte ich etwa ein Jahr lang. Es war ein sehr langes Jahr. Vielleicht kam diese Zeit einem harten Winter gleich, der wertvolle Jahresringe in mir hinterließ. Ich weiß es nicht.

Damals hatte auch ich das Gefühl, jede Nacht durch ein Bullauge auf einen Mond aus Eis zu blicken. Einen zwanzig Zentimeter dicken, hart gefrorenen, transparenten Mond. Doch niemand war bei mir. Ich musste ihn allein betrachten, ohne seine Schönheit und Kälte mit jemandem teilen zu können.

»Das Gestern / Das Vorgestern von morgen ist / Und weil ja morgen vorgestern ist ...«

DAS EIGENSTÄNDIGE ORGAN

Es gibt Menschen, die aufgrund mangelnder innerer Refle-
xion und einer gewissen Unbedarftheit ein erstaunlich geküns-
teltes Leben führen müssen. Es kommt nicht häufig vor, aber
gelegentlich lässt sich so etwas beobachten. Dr. Tokai war solch
ein Mensch.

Menschen wie diesen wird von der komplexen Welt um sie
herum ein beträchtliches Maß an Anpassung abverlangt, doch
meist merken sie nicht, mit welch umständlichen Manövern sie
ihre Tage verbringen. Sie selbst sind fest überzeugt, dass sie
völlig natürlich und bar aller Hintergedanken und Finessen leben. Und wenn ihnen bei irgendeiner Gelegenheit, durch eine
besondere Erleuchtung plötzlich das Künstliche oder Unnatürliche ihres Tuns und Treibens auffällt, geraten sie bisweilen in
tragische oder auch komische Situationen. Natürlich gibt es
viele, die mit Unwissenheit gesegnet sind (anders kann man es
nicht nennen) und diese Erleuchtung bis zu ihrem Tod nie erfahren oder, selbst wenn sie es tun, nichts Besonderes dabei
empfinden.

Ich möchte hier alles schildern, was ich über Dr. Tokai in Erfahrung bringen konnte. Den größten Teil davon habe ich aus seinem eigenen Mund gehört, aber ich habe auch einiges hinzu-
gefügt, was mir eine (vertrauenswürdige) ihm nahestehende

Person erzählt hat. Außerdem habe ich mehr oder weniger persönliche Vermutungen ergänzt, die ich aufgrund meiner Beobachtungen seines alltäglichen Verhaltens und seiner Äußerungen anstellen konnte. Sie sind der Kitt, der die Fugen zwischen den einzelnen Fakten füllt. Was ich also sagen will, ist, dass dieses Porträt nicht aus objektiven Tatsachen besteht. Und so kann ich als Autor dem geneigten Leser nicht empfehlen, meine Schilderung als gerichtliches Beweismaterial oder als Grundlage für geschäftliche Transaktionen (welche das auch immer sein könnten) zu verwenden.

Doch wenn Sie die Güte hätten, etwas zurückzutreten (ich bitte Sie, sich vorher zu vergewissern, dass sich hinter Ihnen kein Abgrund befindet), um mein Porträt aus gebührender Distanz zu betrachten, werden Sie wahrscheinlich verstehen, dass die Authentizität einzelner Details nicht so ausschlaggebend ist. Und dass der individuelle Charakter Dr. Tokais plastisch und deutlich daraus hervorgeht – so zumindest die Hoffnung des Autors. Kurzum, er war ein Mensch, der nicht viel an sich hatte, das, wie soll ich sagen, »Raum zu Missverständnissen bot«.

Das heißt nicht, dass er ein Mensch von schlichtem Gemüt war. Seine Persönlichkeit war zumindest in Teilen sehr komplex und nicht leicht zu erfassen. Was im Dunkel seines Unterbewusstseins lauerte und an welchen Altlasten er zu tragen hatte, werde ich natürlich nie erfahren. Doch da er stets ein bestimmtes Verhaltensmuster beibehielt, darf ich behaupten, dass es vergleichsweise einfach war, ein Gesamtbild von ihm zu erstellen. Vielleicht klingt das ein wenig vermessen, aber als berufsmäßiger Stilist hatte ich diesen Eindruck.

Tokai war zweiundfünfzig Jahre alt und nie verheiratet gewesen. Er hatte auch nie mit jemandem zusammengelebt. Man konnte ihn als eingefleischten Junggesellen bezeichnen. Er lebte allein in einer Wohnung mit zwei Schlafzimmern im fünften Stock eines eleganten Apartmenthauses in Azabu. Kochen, Waschen, Bügeln und Putzen, also den größten Teil der Hausarbeit, konnte er erledigen; zweimal im Monat beschäftigte er einen professionellen Reinigungsdienst. Im Grunde war er ein reinlicher Charakter, und Hausarbeit war ihm keine Qual. Bei Bedarf konnte er köstliche Cocktails mixen und auch einigermaßen kochen. Gerichte von Fleisch-Kartoffel-Eintopf bis Flussbarsch in Pergamentpapier waren kein Problem für ihn (weil er wie die meisten solcher Köche beim Kauf der Zutaten nicht aufs Geld sah, gelangen ihm die Gerichte in der Regel gut). Nie empfand Tokai es als unangenehm, keine Frau zu haben, noch langweilte er sich jemals allein zu Hause, und er fühlte sich auch allein im Bett nicht einsam. Jedenfalls *bis zu einem gewissen Zeitpunkt* nicht.

Dr. Tokai war Schönheitschirurg und leitete die »Schönheitsklinik Tokai« in Roppongi, die er von seinem Vater übernommen hatte. Natürlich hatte er in seinem Beruf unzählige Gelegenheiten, Frauen kennenzulernen. Man konnte nicht sagen, dass er ein schöner Mann war, aber er sah recht passabel aus (er kam nicht ein einziges Mal auf den Gedanken, sich selbst einer Schönheitsoperation zu unterziehen), und die Leitung der Klinik sicherte ihm ein hohes Jahreseinkommen. Er war aus gutem Hause und gebildet, hatte ausgezeichnete Manieren und war ein hervorragender Gesprächspartner. Sein Haar war noch voll (auch wenn es ein wenig grau wurde), und obwohl er an einigen Stellen etwas Speck angesetzt hatte, hielt er sich doch durch regelmäßige Besuche im Fitnessstudio in

Form. Es mag den ein oder anderen irritieren, aber offen gesagt machte es ihm nicht das Geringste aus, keine Frau zu haben.

Aus irgendeinem Grund hatte Tokai von Jugend an nie den Wunsch verspürt, zu heiraten und eine Familie zu gründen. Er war seltsam fest davon überzeugt, dass das Eheleben nichts für ihn war. Daher ging er Frauen, die einen Mann zum Heiraten suchten, von vornherein aus dem Weg, ganz gleich, wie attraktiv sie waren. Demzufolge waren die Auserkorenen fast immer verheiratet oder hatten einen festen Freund. Solange er sich an diesen Grundsatz hielt, geriet er nie an eine Partnerin mit ernsten Heiratsabsichten. Vereinfacht gesprochen war Tokai immer die bequeme und amüsante »Nummer 2«, der praktische »Freund für Regentage« oder der handliche »Seitensprung«. Solche Affären waren für Tokai die angenehmsten und seine große Stärke. Beziehungen jedoch, die ihm in irgendeiner Weise partnerschaftliche Verantwortung abverlangten, riefen stets ein Gefühl der Nervosität bei ihm hervor.

Der Umstand, dass seine Freundinnen außer mit ihm auch mit anderen Männern schliefen, belastete ihn nicht sonderlich. Schließlich war das alles nur rein körperlich, fand Tokai (vor allem aus ärztlicher Sicht), und die meisten Frauen fanden das auch (aus weiblicher Sicht). Es genügte Tokai, dass sie an ihn dachten, wenn sie sich mit ihm trafen. Was sie in der übrigen Zeit dachten und taten, war allein ihr Problem und damit keines, über das Tokai im Einzelnen nachzudenken hatte. Absurd, sich da einzumischen.

Es war die reine Freude für Tokai, mit den Frauen essen zu gehen, Wein zu trinken und amüsante Gespräche zu führen. Sex war letztlich nicht mehr als eine Ausdehnung dieses Vergnügens und nicht sein ultimatives Ziel. Er suchte vor allem die intellektuelle Begegnung mit einer attraktiven Frau auf einer vertraulichen Ebene. Was danach geschah, kam später. Deshalb fühlten Frauen sich ganz natürlich zu Tokai hingezogen, genossen unbeschwert die Zeit mit ihm und gaben sich völlig ungezwungen hin. Meiner persönlichen Ansicht nach haben viele Frauen auf der Welt (besonders die bezaubernden) es satt, sich mit sexhungrigen Männern abzugeben.

Manchmal finde ich es richtig schade, dass er nicht gezählt hat, mit wie vielen Frauen er in den vergangenen etwa dreißig Jahren auf diese Weise verkehrte. Aber Tokai war von Natur aus kein Mensch, der sich für Mengenangaben interessierte. Ihm ging es um Qualität. So war er auch nicht besonders auf das Äußere seiner Partnerinnen fixiert. Es genügte ihm, wenn sie keinen so großen Makel besaßen, dass sein professionelles Interesse geweckt wurde, und nicht so langweilig aussahen, dass schon ihr Anblick ihn zum Gähnen brachte. Wenn jemand mit seinem Äußeren nicht zufrieden war und ordentlich Geld hinblätterte, ließ sich da einiges machen (als Spezialist auf diesem Gebiet kannte er viele erstaunliche Beispiele dafür). Er schätzte kluge und schlagfertige Frauen mit Sinn für Humor. Frauen, die sich nicht unterhalten konnten und ihre eigene Meinung nicht äußerten, enttäuschten ihn, selbst wenn sie noch so umwerfend aussahen. Keine Operation vermochte es, intellektuelle Fähigkeiten zu verbessern. Es bereitete ihm größtes Vergnügen, sich beim Essen mit einer geistreichen Frau zu unterhalten oder im Bett über Belanglosigkeiten zu plaudern, während er ihre Haut berührte. Solche Augenblicke hütete Tokai wie einen Schatz.

In keiner seiner Beziehungen hatte er jemals ernsthafte Schwierigkeiten erlebt. Zähe, emotionale Konflikte schätzte er ganz und gar nicht. Sobald aus irgendeinem Grund solche dunklen Wolken am Horizont aufzogen, trat er geschickt und ohne viel Aufhebens den Rückzug an, ohne seine Partnerin zu verletzen. Er verschwand so rasch und selbstverständlich wie ein Schatten, der von der nahenden Dämmerung verschluckt wird. Als erfahrener Junggeselle beherrschte er diese Kunst bis zur Perfektion.

Trennungen waren für ihn überhaupt ein regelmäßiges Ereignis. »Es ist schade, aber wir können uns nicht mehr treffen. Ich werde in Kürze heiraten«, sagten die meisten ledigen Damen mit einem festen Freund, wenn die Zeit gekommen war. Viele von ihnen beschlossen kurz vor ihrem dreißigsten oder vierzigsten Geburtstag zu heiraten. Sie gingen weg wie Kalender kurz vor Jahresende. Tokai begegnete dieser Ankündigung stets mit Gleichmut und einem angemessen betrübten Lächeln. Schade war es natürlich, aber da konnte man eben nichts machen. Die Institution der Ehe war schließlich etwas Heiliges, auch wenn er selbst keinerlei Neigung dazu verspürte. Das musste man respektieren.

Er kaufte ein kostspieliges Hochzeitsgeschenk und gratulierte. »Alles Gute zur Hochzeit. Ich wünsche dir alles Glück der Welt. Eine kluge, bezaubernde und schöne Frau wie du hat jedes Recht darauf.« Und das war seine ehrliche Ansicht. Diese Frauen hatten Tokai (wahrscheinlich) aus reiner Sympathie eine schöne Zeit beschert und ihm einen kostbaren Teil ihres Lebens geschenkt. Allein dafür war er ihnen von Herzen dankbar. Was mehr konnte er sich wünschen?

Ungefähr ein Drittel der Frauen, die den heiligen Bund der Ehe eingegangen waren, riefen Tokai nach einigen Jahren wieder an. »Hallo, wie geht es dir? Wollen wir uns nicht mal wieder treffen?«, sagten sie einladend und heiter. Und wieder begann ein sehr erfreuliches Verhältnis. Nur dass es sich ganz leicht von der Beziehung eines fröhlichen Junggesellen mit einer ledigen Dame zu einem (deshalb nicht weniger erfreulichen) Verhältnis mit einer verheirateten Dame gewandelt hatte. Aber was die beiden wirklich taten, war annähernd das Gleiche, nur mit etwas gesteigerter Raffinesse. Die übrigen zwei Drittel der Verheirateten meldeten sich nicht mehr. Sie führten vermutlich ein glückliches und zufriedenes Eheleben, waren ausgezeichnete Hausfrauen geworden und hatten vielleicht mehrere Kinder. An den einst von ihm zärtlich liebkosten Brustwarzen tranken wohl jetzt ihre Babys. Dieser Gedanke beglückte Tokai außerordentlich.

Tokais Freunde waren fast alle verheiratet und hatten Kinder. Tokai wurde häufig von ihnen eingeladen, aber kein einziges Mal empfand er Neid. Die Kinder waren, solange sie klein waren, recht niedlich, aber kaum kamen sie auf die Mittel- oder Oberschule, hassten sie ausnahmslos alle Erwachsenen, bereiteten aus Rache und Verachtung die peinlichsten Probleme und strapazierten erbarmungslos die Nerven und Verdauungsorgane ihrer Eltern. Andererseits hatten die Eltern nichts anderes im Sinn, als ihre Kinder auf renommierte Schulen zu schicken, und setzten sie ständig wegen der Noten unter Druck, und die Schuldzuweisungen und Streitigkeiten zwischen den Eltern hörten niemals auf. Die Kinder hüllten sich in verstocktes Schweigen, schlossen sich in ihre Zimmer ein, chatteten endlos mit ihren Klassenkameraden oder vertieften sich wie besessen in irgendwelche sinistren Pornospiele. Tokai verspürte nicht den geringsten Wunsch nach solchen Kindern. »Da kann man sagen, was man will, Kinder sind etwas Schönes«, tönten unisono seine Freunde, aber mit solchen Slogans vermochten sie ihn nicht zu überzeugen. Wahrscheinlich sollte Tokai bloß die schwere Last, die sie trugen, ebenfalls zu spüren bekommen, weil sie willkürlich davon überzeugt waren, dass alle Menschen auf der Welt die Pflicht hätten, die gleichen Scheußlichkeiten durchzumachen.

Ich selbst habe sehr jung geheiratet und bin immer verheiratet geblieben, aber da wir zufällig auch keine Kinder haben, kann ich Tokais Ansicht bis zu einem gewissen Grad verstehen (auch wenn sie aus etwas zu simplen Vorurteilen und rhetorischen Übertreibungen besteht). Wahrscheinlich hatte er sogar recht. Natürlich existieren nicht nur solch tragische Fälle. Auf dieser weiten Welt gibt es auch glückliche Familien, in denen das Verhältnis zwischen Eltern und Kindern von Anfang bis Ende liebevoll ist – wahrscheinlich in der Häufigkeit, in der ein Hattrick beim Fußball vorkommt. Aber ich traue mir nicht zu, zu diesen wenigen glücklichen Eltern gehören zu können, und ich kann mir auch nicht (wirklich gar nicht) vorstellen, dass Tokai der Typ Mensch war, der ein solcher Vater hätte werden können.

Wollte man es, ohne Missverständnisse befürchten zu müssen, mit einem Wort ausdrücken, so war Tokai ein »umgänglicher« Mensch. Zumindest oberflächlich betrachtet, hatte er keine Eigenschaften, die die stabile Ausgewogenheit seiner Persönlichkeit gestört hätten. Er war kein schlechter Verlierer, hatte keine Minderwertigkeitskomplexe, keine Neigung zur Eifersucht, war nicht übermäßig voreingenommen oder arrogant, reagierte nicht stark ablehnend, wenn ihm etwas missfiel, war nicht überempfindlich und hatte keine verbohrten politischen

Ansichten. Die Menschen in seiner Umgebung schätzten seinen redlichen, gutmütigen Charakter, sein wohlerzogenes Benehmen und seine heitere, positive Einstellung. Und die Summe dieser guten Eigenschaften machte seinen Erfolg bei Frauen – immerhin ungefähr die Hälfte der Menschheit – aus. Besondere Einfühlsamkeit und Rücksichtnahme gegenüber Frauen waren in seinem Beruf unerlässlich. Bei Tokai war das jedoch keine Technik, die er aus Notwendigkeit verfolgt und sich angeeignet hatte, sondern ein natürliches, ihm angeborenes Talent. Ebenso wie jemand eine schöne Stimme oder langgliedrige Finger hat, zum Beispiel. Aus diesem Grund florierte seine Klinik (natürlich kam noch hinzu, dass er ein ausgezeichneter Chirurg war). Und obwohl er keine Werbung in Zeitschriften usw. machte, war sein Terminkalender immer voll.

Wie den geschätzten Lesern vielleicht bekannt ist, fehlt es sogenannten »umgänglichen Menschen« oftmals an Tiefe, und viele von ihnen sind langweilig und mittelmäßig. Auf Tokai traf das jedoch nicht zu. Die Stunde, die ich wochenends beim Bier mit ihm verbrachte, war stets ein Genuss. Man konnte sich wunderbar mit ihm unterhalten, der Gesprächsstoff ging ihm nie aus. Sein Sinn für Humor war geradeheraus und praktisch, Geistreicheleien lagen ihm fern. Häufig sprach er fesselnd über die Hintergründe der kosmetischen Chirurgie (natürlich ohne je dabei seine Schweigepflicht zu verletzen). Seine Arbeit ermöglichte ihm hochinteressante Einblicke in das Wesen von Frauen. Niemals jedoch arteten diese Gespräche in banalen Klatsch aus. Er sprach immer mit Hochachtung und großer Sympathie von seinen Patientinnen und gab nie Informationen preis, die an bestimmte Personen gebunden waren.

»Ein Gentleman spricht nie über die Damen, mit denen er

geschlafen, und die Steuern, die er gezahlt hat«, sagte er einmal zu mir.

»Von wem stammt dieses Zitat?«, fragte ich.

»Von mir«, sagte er, ohne eine Miene zu verziehen. »Allerdings muss ich über die Steuern hin und wieder mit meinem Steuerberater sprechen.«

Es war ganz selbstverständlich für Tokai, zwei oder drei Freundinnen gleichzeitig zu haben. Jede von ihnen besaß einen Mann oder einen Freund, der stets Vorrang hatte, sodass sie naturgemäß nur einen geringen Teil seiner Zeit beanspruchten. Daher fand er es auch nicht besonders außergewöhnlich, mehrere Geliebte gleichzeitig zu haben, was er ihnen natürlich verschwieg. Er versuchte möglichst nicht zu lügen, aber er gab auch keine Informationen preis, wenn es nicht unbedingt nötig war. Das war sein Prinzip.

Er hatte einen sehr guten, langjährigen Sekretär, der sich wie ein erfahrener Fluglotse um Tokais komplizierten Terminkalender kümmerte. Es gehörte zu seinen Aufgaben, neben Tokais beruflichen Terminen auch dessen private Verabredungen zu organisieren. Er war bis ins Detail mit Tokais abwechslungsreichem Privatleben vertraut und erfüllte seine dienstlichen Pflichten gründlich, ohne überflüssige Bemerkungen über die Mehrarbeit zu machen oder Gesichter zu schneiden. Er regelte geschickt den Verkehr, damit Tokais galante Verabredungen sich nicht überschnitten. Er hatte bis hin zum Menstruationszyklus von Tokais aktuellen Bekanntschaften – kaum zu glauben, aber wahr – so gut wie alles im Kopf. Verreiste sein Chef mit einer Dame, besorgte er die Zugfahrkarten und buchte sogar die Ryokans oder Hotels. Ohne seinen tüchtigen Sekretär wäre Tokais wunderbares Privatleben bestimmt nicht so wunderbar organisiert gewesen. Er war ihm auch sehr dankbar und machte dem gut aussehenden jungen Mann (der natürlich schwul war) zu bestimmten Anlässen gern ein Geschenk.

Glücklicherweise war es noch nie vorgekommen, dass ein Ehemann oder ein Freund eine dieser Affären aufgedeckt hätte und Tokai dadurch in eine schwierige Lage geraten wäre. Er war von Natur aus ein umsichtiger Charakter und ermahnte auch seine Freundinnen stets zur Vorsicht. Drei Punkte riet er ihnen vor allem zu berücksichtigen: nichts Übereiltes zu tun, nicht immer demselben Muster zu folgen, und falls eine Lüge unerlässlich wurde, sie möglichst unkompliziert zu halten (das hieß zwar, eine Möwe das Fliegen lehren, aber zu viel Vorsicht ist besser als zu wenig).

Ganz ohne Verwicklungen geht so etwas natürlich nie vonstatten. Es ist unmöglich, über Jahre hinweg Beziehungen zu einer solchen Anzahl von Frauen zu führen – und seien sie noch so geschickt verwaltet –, ohne jemals in Bedrängnis zu geraten. Es kommt der Tag, an dem selbst ein Affe einmal den Ast verfehlt. So konnte es geschehen, dass eine der Damen es an Diskretion fehlen ließ, woraufhin ein misstrauischer Liebhaber in Tokais Büro anrief und Fragen über das Privatleben des Doktors und seine Moral stellte (die sein tüchtiger Sekretär gewandt parierte). Einmal gab es auch eine verheiratete Dame, die die Affäre mit ihm zu ernst nahm und deren Urteilsvermögen dadurch ins Wanken geriet. Ihr Mann war zufällig ein recht bekannter Kampfsportler. Aber nie wuchs sich so etwas zu einem größeren Problem aus. Der Doktor kam nie in die unglückliche Lage, dass ihm eine Schulter gebrochen wurde.

»Das kann doch nur Glück sein, oder?«, sagte ich.

»Wahrscheinlich.« Er lachte. »Vielleicht bin ich ein *Glücks-*

pilz. Aber das ist es nicht allein. Ich kann nicht behaupten, dass ich besonders scharfsinnig bin, aber in solchen Situationen verfüge ich über ein erstaunliches Taktgefühl.«

»Takt«, sagte ich.

»Wie soll ich sagen – wenn es brenzlig wird, setzt mein Verstand ein …«, sagte Tokai zögernd. Das Beispiel schien ihm nicht plötzlich eingefallen zu sein. Vielleicht hatte er auch Skrupel, davon zu sprechen.

»Apropos Takt: Es gibt da eine Szene in einem alten Film von François Truffaut. Die Frau sagt zum Mann: ›Es gibt auf der Welt höfliche und taktvolle Menschen. Natürlich sind beides gute Eigenschaften, aber den meisten Fällen ist Takt der Höflichkeit überlegen.‹ Haben Sie den Film gesehen?«

»Nein, ich glaube nicht«, sagte Tokai.

»Sie erklärt es ihm anhand eines konkreten Beispiels. Wenn ein Mann versehentlich eine nackte Frau im Badezimmer überrascht, die Tür sofort schließt und sagt: ›Oh, pardon, Madame!‹, dann ist das Höflichkeit. Sagt der Mann jedoch: ›Oh, pardon, Monsieur!‹, dann ist es Takt.«

»Eine interessante Definition«, sagte Tokai beeindruckt. »Sehr scharfsinnig bemerkt. Ich bin selbst schon häufig in dieser Situation gewesen.«

»Und konnten Sie sich auch immer so taktvoll aus der Affäre ziehen?«

Tokai wurde ernst. »Ich möchte mich nicht überschätzen. Im Grunde bin ich einfach vom Glück begünstigt. Ich bin ein höflicher Mann, der sehr viel Glück hat. Der Gedanke erscheint mir sicherer.«

Mehr als dreißig Jahre lang führte Tokai dieses vom Glück begünstigte Leben. Das ist eine lange Zeit. Und eines Tages verliebte er sich so leidenschaftlich, wie er es nie für möglich gehalten hätte. Als wäre ein schlauer alter Fuchs in die Falle getappt.

Die Frau, in die er sich verliebte, war sechzehn Jahre jünger als er und verheiratet. Ihr zwei Jahre älterer Mann war bei einer ausländischen IT-Firma beschäftigt, sie hatten ein fünfjähriges Mädchen. Tokai und die Frau trafen sich seit eineinhalb Jahren.

»Herr Tanimura«, fragte er mich eines Tages, »kann man beschließen, jemanden nicht zu sehr zu lieben?« Ich glaube, es war im Frühsommer. Über ein Jahr war vergangen, seit ich Tokai kennengelernt hatte.

Damit hätte ich keine Erfahrung, antwortete ich.

»Ich auch nicht«, sagte er. »Aber jetzt ist die Situation eingetreten.«

»Dass Sie jemanden zu sehr lieben und beschlossen haben, es nicht zu tun?«

»Genau. Ich arbeite gerade daran.«

»Und warum?«

»Aus einem sehr einfachen Grund. Weil das Gefühl, so sehr zu lieben, mir das Herz zerreißt. Ich kann es kaum aushalten. Mein Herz verkraftet das nicht, also tue ich mein Möglichstes, diese Frau nicht zu lieben.«

Er schien es ganz ernst zu meinen. In seinem Gesicht war keine Spur seiner üblichen Heiterkeit zu erkennen.

»Und wie machen Sie das konkret?«, fragte ich.

»Ach, ich probiere alles Mögliche aus. Aber im Grunde versuche ich, an möglichst negative Dinge zu denken. Ich führe mir all ihre Fehler oder Minuspunkte vor Augen, die mir einfallen, und mache eine Liste. Die spule ich im Geist immer wieder ab wie ein Mantra und sage mir, dass ich diese Frau nicht stärker lieben werde, als ich unbedingt muss.«

»Und klappt das?«

»Nein, nicht besonders gut.« Tokai schüttelte den Kopf. »Zum einen fallen mir einfach nicht so viele negative Seiten an ihr ein. Außerdem finde ich diese negativen Dinge in Wirklichkeit sogar besonders anziehend. Und was ich unbedingt muss und was nicht, kann ich auch nicht mehr unterscheiden. Ich erkenne keine Grenze mehr, alles verschwimmt. Ich erlebe das zum ersten Mal. Es ist, als hätte ich den Verstand verloren.«

Ich fragte ihn, ob er bei keiner der vielen Frauen, die er bisher gekannt hatte, jemals so durcheinandergeraten sei.

»Es ist das erste Mal«, sagte Dr. Tokai, aber dann zog er doch aus den Tiefen seines Gedächtnisses eine alte Erinnerung hervor. »Jetzt, wo Sie es sagen – in der Oberschule hatte ich einmal für kurze Zeit ein ähnliches Gefühl. Wenn ich an jemand Bestimmten dachte, verspürte ich einen dumpfen Schmerz in der Brust. Ich konnte an fast nichts anderes mehr denken … Aber das war eine hoffnungslose, einseitige Angelegenheit. Jetzt ist das etwas ganz anderes. Ich bin ein reifer, erwachsener Mann und habe eine reale sexuelle Beziehung zu dieser Frau. Und doch bin ich so durcheinander, dass meine Organe schon verrücktspielen. Insbesondere mein Verdauungs- und mein Respirationssystem.«

»Trotz all Ihrer Bemühungen, sie nicht zu sehr zu lieben, wünschen Sie sich zugleich, sie nicht zu verlieren, nicht wahr?«, fragte ich.

»Stimmt genau. Ich bin ein wandelnder Widerspruch. Ich bin gespalten. Ich wünsche mir zwei gegensätzliche Dinge gleichzeitig. Und wenn ich mich noch so anstrenge, es kann

nichts daraus werden. Was soll ich tun? Ich kann sie nicht verlieren. Wenn das geschieht, werde ich mich selbst verlieren.«

»Aber sie ist verheiratet und hat ein Kind.«

»So ist es.«

»Wie denkt sie denn über Ihre Beziehung, Herr Tokai?«

Er legte den Kopf zur Seite und suchte nach Worten. »Das
kann ich nur vermuten, und Vermutungen versetzen mich noch
mehr in Verwirrung. Allerdings hat sie ganz klar gesagt, dass
sie sich nicht scheiden lassen will. Da ist ja auch noch das Kind,
und sie will ihre Familie nicht zerstören.«

»Dennoch führt sie die Beziehung zu Ihnen fort.«

»Im Augenblick finden wir noch Gelegenheit, uns zu sehen.
Aber wer weiß, was später wird? Sie fürchtet sich sehr davor,
dass ihr Mann von uns erfahren könnte, und macht vielleicht
deshalb irgendwann mit mir Schluss. Oder der Mann bekommt
wirklich etwas heraus, und wir können uns nicht mehr treffen.
Oder sie hat plötzlich einfach genug von mir. Ich weiß nicht,
was morgen passiert.«

»Und das macht Ihnen am meisten Angst.«

»Es sind so viele Möglichkeiten, dass ich an nichts anderes
mehr denken kann. Ich bekomme kaum noch einen Bissen herunter.«

Dr. Tokai und ich waren uns in einem Fitnessstudio begegnet. Er kam immer an den Wochenenden vormittags mit einem
Squash-Schläger unter dem Arm, und im Laufe der Zeit ergab
es sich, dass wir hin und wieder ein Spiel zusammen machten.
Da er höflich war, Ausdauer hatte und ihm nur mäßig daran lag
zu gewinnen, war er genau der richtige Partner für ein angenehmes Spiel. Ich war ein wenig älter als er, aber wir gehörten
derselben Generation an und spielten auf ähnlichem Niveau.

Nachdem wir eine Weile rennend und schwitzend auf den Ball eingeschlagen hatten, gingen wir in ein Bierlokal um die Ecke und tranken Bier vom Fass. Wie viele wohlerzogene Menschen, die eine akademische Ausbildung genossen und noch nie materielle Not erlebt haben, dachte Dr. Tokai im Grunde nur an sich selbst. Was ihn, wie gesagt, nicht zu einem weniger angenehmen und interessanten Gesprächspartner machte.

Er wusste, dass Schreiben mein Beruf war, und sprach nicht nur von alltäglichen Dingen, sondern vertraute mir auch immer mehr Persönliches an. Vielleicht glaubte er, dass ein Schriftsteller wie ein Therapeut oder Priester das Recht (oder die Pflicht) hatte, sich die Bekenntnisse anderer Menschen anzuhören. Er war nicht der Einzige, ich hatte diese Erfahrung schon häufiger gemacht. Übrigens habe ich von Natur aus keine Abneigung dagegen, Menschen zuzuhören, und was Dr. Tokai mir anvertraute, war außerordentlich interessant. Er war von Grund auf ehrlich und direkt und besaß die Fähigkeit, sich selbst unvoreingenommen zu betrachten. Er fürchtete sich auch nicht davor, einem anderen seine Schwachpunkte zu offenbaren – eine Eigenschaft, über die nicht viele Menschen auf der Welt verfügen.

»Ich habe viele Frauen gekannt, die schöner und geistreicher waren als sie, die eine bessere Figur und einen besseren Geschmack hatten. Aber diese Vergleiche sind völlig bedeutungslos. Denn, ich weiß nicht, warum, sie ist für mich ein besonderes Wesen. Vielleicht könnte man es eine *Synthese* nennen? Alle Eigenschaften, die sie besitzt, sind in einem Kern verdichtet. Zerlegt man ihn in seine Einzelteile, lässt sich daran nicht messen oder analysieren, wem sie unterlegen oder überlegen ist. Und das Wesen mit diesem Kern zieht mich unwiderstehlich an. Wie ein starker Magnet. Jenseits jeder Vernunft.«

Wir tranken große Gläser Black and Tan und aßen Kartoffel-chips und Mixed Pickles dazu.

»Es gibt da ein Gedicht: ›Ein Stelldichein mit meiner Liebe / Wenn ich mein Herz / Seither vergleiche / An vergangene Dinge / Denke ich nicht mehr …‹«

»Von Gonchunagon Atsutada, aus den *Hundert Gedichten von hundert Dichtern*«, sagte ich. Keine Ahnung, warum ich mir das gemerkt hatte.

»›Stelldichein‹ verweist auf eine Begegnung, bei der es zu einer sexuellen Beziehung kommt, hat man mir bei einer Vorlesung an der Uni beigebracht. Damals dachte ich nur: ›Aha, so ist das also‹, aber ich musste so alt werden wie jetzt, um endlich empfinden zu können, was der Dichter fühlte. Der geliebten Frau zu begegnen, sich mit ihr zu vereinigen, Abschied zu nehmen und das tiefe Gefühl von Verlust zu erleben, das man danach empfindet. Es nimmt einem den Atem, so bedrückend ist es. Eigentlich hat sich daran seit tausend Jahren nichts geändert. Dieses Gefühl bisher nicht gekannt zu haben, empfinde ich als einen schmerzlichen Mangel an Lebenserfahrung. Anscheinend kommt die Erkenntnis ein wenig zu spät.«

Ich sei nicht der Meinung, dass es hier ein Zu-früh- oder Zu-spät-Kommen geben könne, sagte ich. Auch eine späte Erkenntnis sei doch besser als gar keine.

»Aber mir wäre es lieber, ich hätte das in meiner Jugend durchgemacht«, sagte Tokai. »Dann hätte ich Antikörper dagegen entwickeln und immun werden können.«

Wenn das so einfach wäre, dachte ich. Ich kannte mehrere Menschen, in deren Körpern latent bösartige Krankheiten lauerten, ohne dass sich Antikörper bildeten. Aber das sagte ich nicht. Es hätte zu weit geführt.

»Anderthalb Jahre bin ich nun mit ihr zusammen. Ihr Mann ist häufig auf Geschäftsreisen im Ausland, dann gehen wir essen und schlafen anschließend in meiner Wohnung miteinander. Die Affäre mit mir hat sie begonnen, nachdem sie erfahren hatte, dass ihr Mann sie betrog. Er hat sie um Verzeihung gebeten, sich von seiner Geliebten getrennt und versprochen, dass so etwas nie wieder passiert. Aber sie kommt nicht darüber hinweg. Sie schläft sozusagen mit mir, um ihr seelisches Gleichgewicht zurückzugewinnen. ›Aus Rache‹ wäre vielleicht zu viel gesagt, aber Frauen brauchen eine Art psychologischen Ausgleich. Das gibt es oft.«

Ich war mir nicht sicher, ob es das wirklich so *oft gab*, aber ich schwieg und hörte zu.

»Wir hatten immer viel Spaß und fühlten uns wohl miteinander. Unterhielten uns angeregt, vertrauten einander Geheimnisse an, hatten ausgiebigen, köstlichen Sex. Es war eine wunderbare Zeit. Sie lachte viel. Sie hat ein so fröhliches Lachen. Doch im Laufe unserer Beziehung verliebte ich mich bis über beide Ohren in sie, und jetzt kann ich nicht mehr zurück. Und in letzter Zeit stelle ich mir immer wieder die Frage: *Was bin ich eigentlich?*«

Da ich das Gefühl hatte, bei seinem letzten Satz etwas verpasst (oder mich verhört) zu haben, bat ich ihn, ihn noch einmal zu wiederholen.

»*Was bin ich eigentlich?*, frage ich mich jetzt immer wieder«, wiederholte er.

»Eine schwierige Frage«, sagte ich.

»So ist es. Sehr schwierig«, sagte Tokai. Und er nickte mehrmals, wie um die Schwierigkeit seines Problems zu unterstreichen. Mein leicht ironischer Ton schien ihm entgangen zu sein.

»Ja, was bin ich überhaupt?«, fuhr er fort. »Bisher habe ich hart in meinem Beruf als Schönheitschirurg gearbeitet, ohne dass ich je an mir gezweifelt hätte. Ich habe Medizin mit dem Schwerpunkt plastische Chirurgie studiert. Anfangs war ich Assistenzarzt bei meinem Vater, und seit er wegen seiner nachlassenden Sehkraft aufhören musste, leite ich die Klinik. Ich will mich nicht loben, aber ich halte mich für einen guten Chirurgen. Auf dem Gebiet der Schönheitschirurgie gibt es große Qualitätsunterschiede. Manche machen grelle Werbung, handeln aber faktisch unverantwortlich. Wir haben jedoch von Anfang an immer gewissenhaft gearbeitet, und es gab bisher nicht einen einzigen Fall, in dem ein Patient eine größere Beschwerde hatte. Ich habe schließlich eine Berufsehre. Auch mit meinem Privatleben bin ich nicht unzufrieden. Ich habe viele Freunde und gesundheitlich keine Probleme. Ich genieße mein Leben. Aber in letzter Zeit frage ich mich: *Was bist du denn überhaupt?* Ganz ernsthaft. Wenn mir mein Beruf, meine Fähigkeiten als Chirurg und mein bequemer, angenehmer Lebensstil genommen würden und ich, ohne zu wissen, warum, als nacktes Individuum in die Welt geworfen würde, was bliebe dann noch von mir?«

Tokai sah mir unmittelbar ins Gesicht, als verlangte er eine Reaktion.

»Wie kommt es, dass Sie plötzlich über so etwas nachdenken?«, fragte ich.

»Ich glaube, das kommt, weil ich vor Kurzem ein Buch über Konzentrationslager in der Nazizeit gelesen habe. Darin steht auch die Geschichte eines Arztes, der während des Krieges nach Auschwitz deportiert wurde. Er war Jude und hatte eine Praxis in Berlin, aber eines Tages wurde er mitsamt seiner Familie verhaftet und in ein Konzentrationslager verschleppt. Bis dahin hatte er ein zufriedenes Leben in einem schönen Haus geführt, von seiner Familie geliebt, von seinen Nachbarn geachtet und von seinen Patienten geschätzt. Er hielt Hunde, spielte Cello – vor allem Schubert und Mendelssohn – und veranstaltete an Wochenenden Hauskonzerte mit seinen Freunden. Er genoss ein heiteres und erfülltes Dasein. Doch jäh änderte sich alles, und man warf ihn bei lebendigem Leib in die Hölle. Dort war er kein Berliner Bürger mehr, kein geachteter Arzt, ja, nicht einmal mehr ein Mensch. Man trennte ihn von seiner Familie und behandelte ihn schlechter als jeden räudigen Hund. Er bekam nichts zu essen. Vielleicht weil der Lagerleiter wusste, dass er ein renommierter Arzt war, und glaubte, er könne ihm noch nützlich sein, brachte man ihn vorläufig nicht in die Gaskammer. Dennoch wusste er nie, was am nächsten Tag geschehen würde. Vielleicht würde einer der Aufseher ihn aus einer Laune heraus mit einem Stock erschlagen. Seine Familie hatte man wahrscheinlich längst getötet.«

Tokai machte eine Pause.

»Plötzlich begriff ich es. Das furchtbare Schicksal dieses Arztes hätte genauso mich ereilen können, wenn ich zu einer anderen Zeit an einem anderen Ort auf die Welt gekommen wäre. Würde man mich aus irgendeinem Grund – mir fällt keiner ein – eines Tages jäh aus meinem gewohnten Leben reißen, mich aller meiner Privilegien berauben und auf eine Nummer reduzieren, was wäre ich dann noch? Ich klappte das Buch zu und dachte nach. Ohne meine beruflichen Fertigkeiten und meinen Ruf als Schönheitschirurg bin ich nur ein zweiundfünfzig Jahre alter Mann ohne besondere Verdienste und Talente. Auch wenn ich einigermaßen gesund bin, bin ich längst nicht mehr so kräftig wie in meiner Jugend. Schwere körperliche Arbeit würde ich nicht lange durchhalten. Ich kann mich allenfalls rühmen, einen schmackhaften Pinot Noir auswählen zu können, ein paar gute Restaurants, Sushi-Lokale und Bars zu kennen, einen Sinn für geschmackvolle Accessoires zu haben und ein wenig Klavier spielen zu können (leichtere Stücke sogar auf den ersten Blick), aber das war es dann auch schon. Und in Auschwitz würde mir keine dieser Fähigkeiten etwas nützen.«

Ich pflichtete ihm bei. Weinkenntnisse, amateurhaftes Klavierspiel und elegante Konversation nützen an einem solchen Ort wahrscheinlich gar nichts.

»Verzeihen Sie, aber haben Sie auch schon einmal über so etwas nachgedacht, Herr Tanimura? Sich gefragt, was aus Ihnen würde, wenn Sie nicht mehr schreiben könnten?«

Ich erklärte es ihm. Ich ging davon aus, dass ich mein Leben als ein Niemand, quasi splitternackt begonnen hatte. Durch eine irgendeine Fügung fing ich an zu schreiben und konnte nun glücklicherweise davon leben. Deshalb brauchte ich nicht eigens große Hypothesen wie die mit dem Konzentrationslager heranzuziehen, um zu bestätigen, dass ich ohne meine besonderen Fähigkeiten nur ein gewöhnlicher Mensch war.

Tokai dachte eine Zeit lang ernsthaft nach. Anscheinend hörte er zum ersten Mal, dass man es auch so betrachten konnte.

»Ich verstehe. Möglicherweise leben Menschen wie Sie bequemer.«

Ich wies ihn schüchtern darauf hin, dass man es doch nicht als »bequem« bezeichnen könne, sein Leben nackt und als ein Niemand zu beginnen.

»Natürlich, Sie haben recht«, sagte Tokai. »Ein Leben aus dem Nichts aufzubauen ist sehr schwer. In dieser Hinsicht hatte ich mehr Glück als die meisten. Aber es ist auch *schmerzhaft*, solche tiefen Zweifel am eigenen Wert als Mensch zu hegen, nachdem man ein gewisses Alter erreicht, sich einen persönlichen Lebensstil angeeignet und eine gewisse gesellschaftliche Position errungen hat. Das Leben, das man bis dahin geführt hat, hat überhaupt keine Bedeutung mehr, scheint vergeblich. Wenn man jung ist, besteht noch die Möglichkeit zur Veränderung, es gibt noch Hoffnung. Aber in meinem Alter trägt man das ganze Gewicht seiner Vergangenheit mit sich. Da kann man das Ruder nicht mehr so leicht herumreißen.«

»Das Buch über die Konzentrationslager der Nazis war also der Auslöser für Ihre trüben Gedanken?«, sagte ich.

»Ja, der Inhalt hat mir einen seltsam persönlichen Schock versetzt. Hinzu kommt, dass meine Zukunft mit dieser Frau so unklar ist, und das hat wohl eine leichte Midlife-Crisis bei mir hervorgerufen. Ich grübele die ganze Zeit nur darüber nach, *was ich überhaupt bin.* Aber alles Nachdenken hilft nicht, ich finde keinen Ausweg. Ich drehe mich ständig im Kreis. An allem, was mir früher Freude gemacht hat, habe ich das Interesse verloren. Ich habe keine Lust, Sport zu treiben oder Kleidung zu kaufen. Sogar den Klavierdeckel zu öffnen ist mir zu mühsam. Am Essen liegt mir auch nichts mehr. All meine Gedanken drehen sich nur um sie. Nicht einmal wenn ich Patienten behandle, höre ich auf, an sie zu denken, und sage unwillkürlich ihren Namen.«

»Wie oft treffen Sie sich mit der Dame?«

»Das variiert. Es kommt auf den Terminkalender ihres Mannes an. Auch das gehört zu den Dingen, die mich bedrücken. Wenn er eine lange Geschäftsreise macht, treffen wir uns andauernd. Sie bringt dann das Kind zu ihren Eltern oder engagiert einen Babysitter. Aber wenn der Mann in Japan ist, sehen wir uns wochenlang überhaupt nicht. In dieser Zeit leide ich furchtbar. Allein die Vorstellung, dass ich sie vielleicht nie wieder sehe, entschuldigen Sie den abgedroschenen Ausdruck, zerreißt mich fast.«

Ich hörte schweigend zu. Seine Worte mochten abgedroschen sein, aber sie klangen nicht so. Stattdessen klangen sie sehr real.

Er holte langsam Luft und atmete wieder aus. »Ich habe immer mehrere Freundinnen gehabt. Vielleicht schockiert Sie das, aber manchmal waren es vier oder sogar fünf zur selben Zeit. Wenn eine nicht konnte, traf ich mich eben mit einer anderen. Das war ziemlich bequem. Aber seit ich mich in sie verliebt habe, haben alle anderen Frauen für mich ihren Zauber verloren. Wenn ich mich einmal mit einer anderen treffe, ist immer ihr Bild in meinem Kopf und lässt sich nicht vertreiben. Es ist wie eine schwere Krankheit.«

Eine schwere Krankheit, dachte ich. Ich sah vor mir, wie Tokai zum Telefon griff und einen Rettungswagen rief. »Hallo, kommen Sie! Ein Notfall. Ich kann nicht atmen, und es zerreißt mir die Brust ...«

Er fuhr fort. »Ein großes Problem ist, dass ich sie immer mehr liebe, je länger ich sie kenne. Es sind jetzt anderthalb Jahre, aber ich bin hingerissener denn je. Ich spüre, dass zwischen unseren Herzen eine feste Verbindung besteht. Bei jeder Regung ihres Herzens spüre auch ich ein Ziehen in mir. Es ist wie bei zwei Booten, die durch ein Tau verbunden sind. Und auch wenn man es durchtrennen wollte, es gäbe es keine Klinge, die das vermöchte. Ich habe noch nie so empfunden. Dieses Gefühl macht mir Angst. Wenn meine Leidenschaft sich in diesem Maße weiter vertieft, was soll dann aus mir werden?«

»Ich verstehe«, sagte ich. Aber Tokai schien eine substanziellere Antwort zu erwarten.

»Herr Tanimura, was soll ich tun?«

Ich wisse von keiner konkreten Gegenmaßnahme, die er ergreifen könne, sagte ich, aber die Gefühle, soweit er sie mir geschildert habe, erschienen mir tendenziell verständlich und nachvollziehbar. Im Allgemeinen nenne man das wohl »Liebe«. »Sie haben Ihre Gefühle nicht unter Kontrolle, und Ihnen ist, als würden Sie von irrationalen Kräften aus der Bahn geschleudert werden. Das ist aber keine sehr abseitige Erfahrung und verstößt auch nicht gegen den gesunden Menschenverstand. Sie haben sich einfach ernsthaft verliebt. Sie möchten die geliebte Person nicht verlieren, wollen immer mit ihr zusammen sein. Sie glauben, wenn Sie sie nicht mehr sehen, geht die Welt unter. Das ist eine ganz natürliche, häufig vorkommende Empfindung. Sie ist weder verwunderlich noch außergewöhnlich, sondern ein ganz normaler Teil des Lebens.«

Dr. Tokai verschränkte die Arme und ließ sich durch den Kopf gehen, was ich gesagt hatte. Wieder schien er nicht recht zu verstehen. Vielleicht fiel es ihm schwer, sich den Akt des »Liebens« praktisch als einen »ganz normalen Teil des Lebens« vorzustellen. Wir tranken unser Bier aus und wollten gerade aufbrechen, als er sich noch einmal in vertraulichem Ton an mich wandte. »Wissen Sie, Herr Tanimura, was ich am meisten fürchte und was mich am meisten beunruhigt, ist diese Wut in mir.«

»Welche Wut?«, fragte ich entgeistert. Diese Empfindung schien mir gar nicht zu einem Menschen wie Tokai zu passen. »Auf wen oder was sind Sie denn wütend?«

Tokai schüttelte den Kopf. »Ich weiß es selbst nicht. Auf jeden Fall bin ich nicht wütend auf sie. Aber wenn ich sie nicht sehen kann, steigt diese Wut in mir auf. Wogegen sie sich richtet, ist mir selbst nicht klar. Doch ich habe noch nie zuvor eine so leidenschaftliche Wut empfunden. Am liebsten würde ich wahllos alles aus dem Fenster werfen. Stühle, Fernseher, Bücher, Teller, Bilder, alles eben. Auf die Köpfe der Leute, die unten vorbeigehen, auch wenn sie erschlagen würden. Es ist verrückt, aber ich denke dann tatsächlich so. Im Moment kann ich diese Wut natürlich noch kontrollieren, ich würde so etwas nicht wirklich tun. Aber vielleicht kommt irgendwann der Tag, an dem ich es nicht mehr kann, und ich verletze dadurch jemanden ernsthaft. Davor habe ich Angst. Dann würde ich mich lieber selbst verletzen.«

Ich erinnere mich nicht mehr, was ich darauf sagte. Wahrscheinlich ein paar harmlose, tröstliche Worte. Denn ich verstand damals überhaupt nicht, was diese »Wut«, von der er sprach, bedeutete und welche Richtung sie nehmen würde. Er hätte sich genauer ausdrücken sollen. Aber selbst wenn er sich genauer ausgedrückt hätte, hätte es an dem Schicksal, das ihn später ereilte, wahrscheinlich nichts geändert.

Wir beglichen die Rechnung, verließen das Lokal, und jeder machte sich auf seinen Heimweg. Er stieg mit seiner Sporttasche in ein Taxi und winkte mir noch aus dem Wagen zu. Das war das Letzte, was ich von Dr. Tokai sah. Es war Ende September, und es herrschte noch sommerliche Hitze.

Danach ließ Tokai sich nicht mehr im Fitnessstudio blicken. Ich ging zwar an den Wochenenden dorthin, um ihn zu treffen, doch er kam nicht. Die anderen Leute wussten auch nichts über seinen Verbleib. Aber in Fitnessstudios erlebt man so etwas

111

häufiger. Jemand, den man die ganze Zeit gesehen hat, bleibt von einem Tag auf den anderen fort. Ein Fitnessstudio ist kein Arbeitsplatz. Jeder kann kommen und gehen, wie es ihm beliebt. Deshalb machte ich mir keine großen Gedanken darüber. So vergingen zwei Monate.

An einem Nachmittag Ende November erhielt ich einen Anruf von Tokais Sekretär. Er hieß Goto und sprach mit einer dunklen, samtigen Stimme. Sie erinnerte mich an Barry White, den die UKW-Sender besonders gern nachts spielen.

»Entschuldigen Sie, dass ich Sie so überfalle, aber Herr Dr. Tokai ist letzten Donnerstag verstorben, und am Montag wird es eine Totenfeier im kleinsten Kreis geben.«

»Er ist verstorben?«, sagte ich, wie vom Donner gerührt. »Als ich ihn vor ungefähr zwei Monaten das letzte Mal sah, wirkte er ganz gesund. Was ist denn passiert?«

Am anderen Ende der Leitung herrschte kurz Stille, bevor Goto fortfuhr. »Dr. Tokai hat mir zu seinen Lebzeiten noch aufgetragen, Ihnen etwas zu übergeben, Herr Tanimura. Könnten wir uns vielleicht irgendwo treffen? Dann könnte ich Ihnen ausführlich berichten. Mir passt es jederzeit und überall.«

Ich fragte ihn, ob wir uns gleich treffen könnten. Natürlich, sagte er. Ich schlug eine Cafeteria in einer Seitenstraße der Aoyama-dori vor. Um sechs Uhr. Dort könnten wir uns in aller Ruhe und ungestört unterhalten. Goto kannte das Lokal nicht, sagte aber, er würde es leicht finden.

Als ich um fünf vor sechs dort eintraf, saß er schon da und erhob sich rasch, als ich näher kam. Wegen seiner tiefen Stimme am Telefon hatte ich mir einen stämmigen Mann vorgestellt, aber er war groß und schlank. Wie ich bereits von Tokai wusste, sah er sehr gut aus. Er trug einen braunen Anzug aus Wolle, ein sehr weißes, durchgeknöpftes Hemd und eine gedeckte senffarbene Krawatte. Er war tadellos gekleidet. Auch sein langes Haar war sehr gepflegt und fiel ihm auf attraktive Art in die Stirn. Er war Mitte dreißig, und hätte Tokai mir nicht erzählt, dass er schwul war, hätte ich es nicht bemerkt. Er war einfach ein gut angezogener junger Mann (an seiner Erscheinung war noch viel Jugendliches) mit einem dichten dunklen Bart. Vor ihm stand ein doppelter Espresso.

Wir begrüßten uns, und ich bestellte ebenfalls einen doppelten Espresso.

»Sein Tod kam sehr plötzlich, nicht wahr?«, sagte ich.

Der junge Mann kniff die Augen zusammen, wie von einem starken Licht geblendet. »Ja, wirklich. Völlig unerwartet. Allerdings ist er nicht schnell, sondern recht qualvoll gestorben.«

Schweigend wartete ich auf weitere Erklärungen. Doch er zögerte noch – wahrscheinlich wollte er warten, bis mein Espresso serviert wurde.

»Ich habe Dr. Tokai von ganzem Herzen geschätzt«, sagte Goto, wohl um das Thema zu wechseln. »Er war als Arzt und auch als Mensch eine wunderbare Persönlichkeit. Er hat mir so vieles beigebracht. Fast zehn Jahre durfte ich in seiner Klinik arbeiten, und wäre ich ihm nicht begegnet, dann wäre ich nicht der, der ich jetzt bin. Er war ein aufrichtiger Mensch, ohne jeden Hintergedanken. Er war immer freundlich, niemals arrogant, stets darauf bedacht, niemanden zu bevorzugen, und alle mochten ihn. Nie hat er schlecht über jemanden gesprochen.«

Ich hatte übrigens auch nie gehört, dass er jemanden schlechtgemacht hätte.

»Dr. Tokai hat oft von Ihnen gesprochen«, sagte ich. »Ohne

Sie hätte er die Klinik nicht führen können, und in seinem Privatleben wäre Chaos ausgebrochen.«

Ein trauriges, schwaches Lächeln erschien auf Gotos Lippen. »Nein, so wichtig war ich nicht. Ich wollte Herrn Dr. Tokai einfach so nützlich wie möglich sein. Darum habe ich mich wirklich bemüht, und es war mir eine große Freude.«

Mein Espresso wurde gebracht, und als die Bedienung gegangen war, begann Goto endlich vom Tod des Doktors zu erzählen.

»Als erste Veränderung bemerkte ich, dass Herr Dr. Tokai nicht mehr zu Mittag aß. Bis dahin hatte er immer etwas gegessen, und war es auch nur eine Kleinigkeit. Ganz gleich, wie beschäftigt er war, seine Mahlzeiten nahm er pünktlich ein. Aber irgendwann aß er mittags gar nichts mehr. Wenn ich ihn darum bat, sagte er nur, ich solle mir keine Gedanken machen, er habe keinen Appetit. Das war Anfang Oktober. Diese Veränderung beunruhigte mich, denn Dr. Tokai war ein Mensch mit festen Gewohnheiten, die er nur ungern änderte. Seine tägliche Routine war ihm überaus wichtig. Und nicht nur, dass er nicht mehr zu Mittag aß, er ging auch nicht mehr ins Fitnessstudio. Früher war er dreimal in der Woche gegangen, war geschwommen, hatte Squash gespielt und ein Muskeltraining absolviert. Anscheinend hatte er jedes Interesse daran verloren. Schließlich begann er sein Äußeres zu vernachlässigen. Er war immer ein adretter, eleganter Mann gewesen, aber nun, wie soll ich sagen, ließ er sich regelrecht gehen. Mitunter trug er mehrere Tage lang die gleichen Sachen. Er wurde schweigsam, als wäre er ständig in Gedanken versunken, und bald sagte er gar nichts mehr. Immer häufiger verfiel er in einen Zustand der Geistesabwesenheit. Wenn ich ihn ansprach, war es, als hörte er nichts.

Er verabredete sich auch nicht mehr mit Frauen nach der Arbeit.«

»Diese Veränderung konnten Sie ja genau verfolgen, weil Sie seinen Terminkalender organisierten, nicht wahr?«

»Sie sagen es. Besonders seine Verabredungen mit Frauen waren für Herrn Doktor wichtige tägliche Ereignisse. Sozusagen die Quelle seiner Lebenskraft. Und dass er das plötzlich alles völlig auf null herunterfuhr, war auf keinen Fall alltäglich. Mit zweiundfünfzig Jahren ist man ja noch nicht alt. Sie wissen wahrscheinlich, Herr Tanimura, dass Herr Dr. Tokai ein sehr aktives Leben führte, was Frauen betraf?«

»Er hat nie versucht, es zu verbergen. Ich will sagen, dass er offen darüber sprach, nicht, dass er prahlte.«

Goto nickte. »In dieser Hinsicht war er sehr freimütig. Er hat mir auch vieles erzählt. Daher war es kein geringer Schock für mich, als er sich plötzlich so veränderte. Er vertraute mir auch nichts mehr an. Was immer es war, er behielt es für sich, wie ein Geheimnis. Natürlich fragte ich ihn, ob er Unannehmlichkeiten oder Sorgen habe. Aber er schüttelte nur den Kopf und sagte nicht, was in ihm vorging. Er sprach überhaupt kaum noch mit mir. Er wurde nur von Tag zu Tag zusehends dünner und schwächer. Es war eindeutig, dass er nicht ausreichend Nahrung zu sich nahm. Aber ich konnte mich doch nicht ungebeten in sein Privatleben einmischen. Dr. Tokai war ein sehr umgänglicher Mensch, aber er gewährte niemandem so leicht Einblick in seine Privatsphäre. Ich war zwar lange sein persönlicher Sekretär, aber bis dahin war ich erst ein einziges Mal bei ihm zu Hause gewesen. Und das auch nur, um etwas Wichtiges zu holen, das er vergessen hatte. Freien Zugang hatten wahrscheinlich nur die Damen, die vertrauten Umgang mit ihm pflegten.

Mir blieb nichts anderes übrig, als aus der Distanz besorgte Vermutungen anzustellen.«

Goto seufzte wieder leise, wie um seine Ergebenheit angesichts der *Damen, die vertrauten Umgang mit ihm pflegten,* zu demonstrieren.

»Und er wurde jeden Tag magerer?«, fragte ich.

»Ja. Seine Augen lagen tief in den Höhlen, und sein Gesicht war weiß wie Papier. Sein Gang war ein regelrechtes Schlurfen geworden, und er konnte kaum noch ein Skalpell halten. Natürlich war er in keinem Zustand, Operationen durchzuführen. Zum Glück hatte er einen sehr tüchtigen Assistenzarzt, der vorläufig für ihn einsprang. Aber so konnte es ja nicht ewig weitergehen. Ich sagte so viele Termine wie möglich ab, und die Klinik war faktisch schon so gut wie geschlossen. Irgendwann kam Dr. Tokai überhaupt nicht mehr. Das war Ende Oktober. Als ich bei ihm zu Hause anrief, hob niemand ab. Zwei Tage verstrichen, ohne dass ich ihn erreichen konnte. Ich hatte einen Schlüssel von ihm in Verwahrung, und am dritten Tag ging ich in seine Wohnung. Eigentlich hatte ich keine Erlaubnis dazu, aber ich hielt es vor Sorge nicht mehr aus.

Als ich die Tür öffnete, schlug mir ein entsetzlicher Geruch entgegen. Überall waren Sachen auf dem Boden verstreut, vor allem Kleidung – Anzüge, Krawatten, Unterwäsche. Es sah aus, als wäre monatelang nicht aufgeräumt worden. Die Fenster waren fest verschlossen, und die Luft stand. Und Herr Dr. Tokai lag nur ganz still in seinem Bett.«

Der junge Mann schien die Szene einen Moment lang vor sich zu sehen. Er schloss die Augen und schüttelte den Kopf. »Auf den ersten Blick dachte ich, der Doktor sei tot. Es wirkte, als hätte sein Herz plötzlich ausgesetzt. Aber so war es nicht.

Er wandte mir sein abgemagertes bleiches Gesicht zu, öffnete die Augen und sah mich an. Hin und wieder blinzelte er. Er war sehr schwach, aber er atmete. Er war bis zum Hals zugedeckt und regte sich nicht. Ich sprach ihn an, aber er reagierte nicht. Seine ausgedörrten Lippen waren fest verschlossen, wie zugenäht. Sein Bart war stark gewachsen. Ich öffnete erst einmal die Fenster, um frische Luft hineinzulassen. Es machte nicht den Eindruck, als müsste ich den Rettungsdienst rufen, und da er nicht zu leiden schien, beschloss ich, zuerst einmal die verwahrloste Wohnung aufzuräumen. Ich sammelte die verstreuten Kleider ein und wusch das, was man in die Waschmaschine stecken konnte, was in die Reinigung musste, packte ich in Tüten. Ich ließ das abgestandene Wasser aus der Badewanne und spülte sie aus. An dem Kalkrand konnte man sehen, dass das das Wasser ziemlich lange in der Wanne gestanden hatte. Bei dem Wert, den der Doktor auf Sauberkeit legte, wäre so etwas früher undenkbar gewesen. Offenbar hatte er auch seinem regelmäßigen Reinigungsdienst abgesagt, denn alle Möbel waren von einer hellen Staubschicht bedeckt. Überraschend war nur, dass sich im Spülbecken in der Küche kein schmutziges Geschirr fand. Sie war überhaupt in sauberem Zustand. Vermutlich hatte er sie lange nicht benutzt. Es gab keinerlei Anzeichen dafür, dass er irgendetwas gegessen hätte, nur ein paar Mineralwasserflaschen standen herum. Als ich den Kühlschrank öffnete, schlug mir ein unbeschreiblicher Gestank von verdorbenen Lebensmitteln entgegen: Tofu, Gemüse, Obst, Milch, Sandwiches, Schinken und solche Sachen. Ich warf alles in eine große Abfalltüte und brachte sie zu den Müllcontainern im Keller.«

Der junge Mann griff nach seiner leeren Espressotasse und betrachtete sie von allen Seiten. Dann blickte er auf.

»Ich brauchte drei Stunden, um die Wohnung wieder annähernd in ihren Ursprungszustand zu versetzen. Da ich währenddessen Zeit die Fenster geöffnet ließ, hatte sich der unangenehme Geruch anschließend so gut wie verflüchtigt. Der Doktor gab keinen Ton von sich. Er verfolgte nur mit den Augen, wie ich mich durch die Wohnung bewegte. Da er so abgemagert war, wirkten sie viel größer und glänzender als sonst. Dennoch waren sie völlig ausdruckslos. Obwohl sie mich ansahen, sahen sie nichts. Wie Kameraobjektive, die so eingestellt sind, dass sie automatisch alles, was sich bewegt, ins Visier nehmen, verfolgten sie nur *irgendeinen Gegenstand*. Ob ich dort war und was ich machte, war vollkommen gleichgültig. Es waren sehr traurige Augen. Ich werde sie mein ganzes Leben lang nicht vergessen.

Anschließend stutzte ich dem Doktor den Bart mit einem elektrischen Rasierer und wischte ihm mit einem feuchten Handtuch das Gesicht ab. Er sträubte sich überhaupt nicht. Alles, was ich tat, ließ er einfach geschehen. Danach rief ich seinen Hausarzt an und schilderte ihm die Situation. Er kam sofort und führte eine einfache Untersuchung durch. Auch dabei sprach der Doktor nicht und starrte uns nur mit seinen blickleeren Augen an.

Vielleicht drücke ich mich unpassend aus, aber er wirkte nicht mehr wie ein lebender Mensch. Er machte eher den Eindruck einer ausgezehrten Mumie, die unter der Erde hätte sein müssen, aber von ihren weltlichen Begierden getrieben aus ihrem Grab gekrochen war. Ich weiß, das klingt scheußlich. Aber genau so kam es mir damals vor. Seine Seele war bereits verschwunden. Es war auch nicht zu erwarten, dass sie zurückkehrte, auch wenn seine Organe noch selbstständig funktionierten. So schien es mir.«

Der junge Mann schüttelte den Kopf.

»Entschuldigen Sie, jetzt habe ich viel zu lange geredet. Ich will es kurz machen. Vereinfacht ausgedrückt litt Dr. Tokai an einer Art Anorexie. Er aß so gut wie nichts und hielt sich nur mit Wasser am Leben. Aber genau genommen würde man nicht ›Anorexie‹ dazu sagen. Wie Sie wissen, bekommen hauptsächlich junge Mädchen diese Krankheit, weil sie aus Schönheitsgründen abnehmen wollen. Das Körpergewicht zu reduzieren wird allmählich zum Selbstzweck, bis sie die Nahrungsaufnahme fast völlig einstellen. Im Extremfall ist es ihr Ideal, ihr Körpergewicht auf null zu bringen. Dass ein Mann in mittleren Jahren magersüchtig wird, kommt eigentlich nicht vor. Aber in Dr. Tokais Fall trat genau dieses Phänomen ein. Natürlich hat der Doktor nicht wegen seiner Figur gehungert. Dass er nichts mehr gegessen hat, lag meiner Ansicht nach daran, dass er buchstäblich nichts mehr herunterbekommen hat.«

»Aus Liebeskummer?«, fragte ich.

»Wahrscheinlich so etwas Ähnliches«, sagte Goto. »Oder vielleicht sehnte er sich auch danach, sich selbst immer mehr zu reduzieren. Vielleicht wollte der Doktor sich auslöschen. Sonst könnte ein normaler Mensch die Qualen des Verhungerns nicht ertragen. Die Freude, den eigenen Körper allmählich schwinden zu sehen, überwog vielleicht die Schmerzen. Womöglich empfand er dabei ganz ähnlich wie die magersüchtigen jungen Frauen, wenn ihr Körpergewicht sich immer mehr verringert.«

Ich versuchte mir vorzustellen, wie Dr. Tokai leidenschaftlich seiner einzigen Liebe hingegeben und zur Mumie abgemagert auf seinem Bett lag. Aber ich konnte ihn nur in der Gestalt des heiteren, gesunden Feinschmeckers heraufbeschwören.

»Der Arzt gab ihm Aufbauspritzen, bestellte eine Krankenschwester, und Dr. Tokai bekam Infusionen. Aber die Spritzen halfen nicht viel, und den Tropf riss er sich immer wieder heraus. Auch ich konnte nicht vierundzwanzig Stunden an seinem Bett sitzen. Wenn man ihm etwas in den Mund zwang, spuckte er es wieder aus. Wir konnten ihn ja auch nicht mit Gewalt ins Krankenhaus einweisen, wenn er nicht wollte. Zu diesem Zeitpunkt hatte Dr. Tokai bereits jeden Willen weiterzuleben aufgegeben und beschlossen, uneingeschränkt seine Selbstauflösung zu verfolgen. Mit all unseren Bemühungen und allen Aufbauspritzen der Welt hätten wir diesen Prozess nicht aufhalten können. Wir konnten nur tatenlos zusehen, wie der Hunger ihn aufzehrte. Es waren Tage voller Sorge. Man hätte etwas tun müssen, doch wir konnten nichts tun. Es half, dass der Doktor kaum Schmerzen zu haben schien. Zumindest sah ich in jenen Tagen nie einen Ausdruck des Leidens auf seinem Gesicht. Ich ging jeden Tag zu ihm, schaute die Post durch, machte sauber, setzte mich zu ihm ans Bett und erzählte ihm alles Mögliche. Ich sprach über seine Arbeit oder über alltägliche Dinge. Aber der Doktor sagte nie ein einziges Wort. Es gab nichts, was auch nur Ähnlichkeit mit einer Reaktion gehabt hätte. Ich wusste nicht einmal, ob er etwas wahrnahm. Er sah mich nur stumm mit seinen großen, ausdruckslosen Augen an, die seltsamerweise so transparent wirkten, dass man glaubte, durch sie hindurchsehen zu können.«

»War zwischen ihm und dieser Frau etwas vorgefallen?«, fragte ich. »Er hatte mir erzählt, dass er sich auf eine sehr leidenschaftliche Beziehung mit einer Frau eingelassen habe, die Mann und Kind hatte.«

»Das stimmt. Der Doktor hatte sich vor längerer Zeit ernsthaft in diese Frau verliebt. Es war keine seiner üblichen spielerischen Affären. Anscheinend war zwischen ihm und der Frau et-was Schwerwiegendes vorgefallen, und er wollte deshalb nicht mehr leben. Ich habe einmal bei dieser Frau angerufen. Aber nur ihr Mann war zu Hause. Ich sagte, ich wolle seine Frau we-gen eines Arzttermins sprechen. Sie sei nicht da, sagte er. Ich fragte, ob ich sie irgendwo telefonisch erreichen könne. Das wisse er nicht, sagte er kalt und legte auf.«

Wieder schwieg Goto einen Moment, bevor er fortfuhr.

»Um eine längere Geschichte abzukürzen: Nach einiger Zeit habe ich die Adresse der Frau herausgefunden. Sie hatte Ehe-mann und Kind verlassen und lebte mit einem anderen Mann zusammen.«

Einen Moment lang fehlten mir die Worte. Zuerst glaubte ich, nicht richtig verstanden zu haben. »Das heißt also, die Frau hat sowohl ihrem Mann als auch Dr. Tokai den Laufpass gegeben?«

»Im Grunde ja.« Es fiel dem jungen Mann sichtlich schwer, darüber zu sprechen. Mit gerunzelter Stirn fuhr er fort.

»Es gab einen dritten Mann. Ich kenne die Einzelheiten nicht, aber er scheint jünger zu sein als sie. Das ist nur meine persönliche Ansicht, aber ich habe nicht den Eindruck, dass er ein Ehrenmann ist. Und für diesen Mann hat sie ihre Familie verlassen. Dr. Tokai war sozusagen nicht mehr als ein bequemes Sprungbrett für sie. Offenbar hat sie die Gunst der Stunde ge-nutzt. Es gibt Hinweise darauf, dass der Doktor ihr ziemlich viel Geld gegeben hat. Bei der Durchsicht seiner Konto- und Kreditkartenabrechnungen sind mir ungewöhnliche Bewegun-gen größerer Summen aufgefallen. Vielleicht brauchte er das Geld für kostspielige Geschenke und dergleichen. Oder sie hat ihn um Geld gebeten. Es gibt keine eindeutigen Belege mehr über seinen Verbleib, und die genaueren Umstände sind unklar, aber jedenfalls wurden in kürzeren Abständen größere Summen abgehoben.«

Ich seufzte tief. »Das kann man vergessen, oder?«

Der junge Mann nickte. »Ich glaube, wenn diese Frau zu ihm gesagt hätte: ›Ich kann meinen Mann und mein Kind nicht verlassen. Deshalb müssen wir unsere Beziehung beenden‹, dann hätte Dr. Tokai das ausgehalten. Er wäre natürlich zutiefst verzweifelt gewesen, weil er diese Frau aufrichtig liebte, aber nicht verzweifelt genug, um seinen eigenen Tod herbeizuführen. Wäre das Ganze irgendeiner Art von Logik gefolgt, hätte er sich auch aus einem noch so tiefen Abgrund irgendwann wieder emporgearbeitet. Aber das Auftauchen des dritten Mannes und der Umstand, dass sie ihn so raffiniert benutzt hatte, haben dem Doktor wohl einen zu heftigen Schlag versetzt.«

Ich hörte schweigend zu.

»Als er starb, wog er nur noch ungefähr fünfunddreißig Kilo«, sagte Goto. »Normalerweise wog er über siebzig, er hatte also über die Hälfte seines Körpergewichts verloren. Seine Rippen ragten hervor wie spitze Felsen am Strand bei Ebbe. Ich konnte den Anblick kaum ertragen. Er erinnerte mich an die ausgemergelten Körper der aus Konzentrationslagern befreiten jüdischen Häftlinge, wie man sie in alten Filmaufnahmen sieht.«

Konzentrationslager. In gewissem Sinne hatte er eine Vorahnung gehabt. *In letzter Zeit frage ich mich oft, was ich eigentlich bin.*

»Aus medizinischer Sicht war Herzversagen die unmittelbare Todesursache. Sein Herz hatte nicht mehr die Kraft, das Blut zu transportieren. Er ist, wenn ich das so sagen darf, buchstäblich an gebrochenem Herzen gestorben. Aus Liebeskummer. Ich habe diese Frau damals immer wieder angerufen, ihr

die Situation erklärt, sie gebeten, ja, regelrecht auf Knien ange-
fleht, Dr. Tokai wenigstens ein einziges Mal ganz kurz zu besuchen. Ihr gesagt, der Doktor würde sonst nicht überleben. Aber
sie kam nicht. Natürlich war ich nicht so verblendet zu glauben,
dass der Anblick dieser Frau ihn retten würde. Sein Entschluss
zu sterben stand längst fest. Aber dennoch hoffte ich insgeheim
vielleicht doch auf ein Wunder. Oder dass der Doktor mit einem Gefühl der Erleichterung sterben könnte. Aber vielleicht
hätte ihr Erscheinen ihn auch nur verwirrt. Oder unnötig traurig gemacht. All das konnte ich nicht wissen. Ehrlich gesagt, ich
war mir selbst nicht im Klaren. Ich wusste nur eines: Es gab
wohl kaum je einen Menschen auf der Welt, der aus Liebe keinen Bissen mehr essen konnte und dadurch wirklich sein Leben
verloren hat. Was meinen Sie?«

Ich pflichtete ihm bei. Tatsächlich hatte ich so etwas noch nie
gehört. Als ich sagte, in dieser Hinsicht sei Dr. Tokai sicherlich
ein ganz besonderer Mensch gewesen, schlug Goto die Hände
vors Gesicht und weinte lautlos. Offenbar hatte er den Doktor
wirklich sehr gern gehabt. Ich hätte ihn gern getröstet, aber im
Grunde konnte ich nichts tun. Nach einer Weile hörte er auf zu
weinen, zog ein sauberes weißes Taschentuch hervor und wischte sich die Tränen ab.

»Entschuldigen Sie, dass ich mich so dumm benehme.«

Ich fände es keinesfalls dumm, um jemanden zu weinen,
sagte ich. Und schon gar nicht, wo der Verstorbene ihm doch so
nahegestanden hatte.

»Vielen Dank, es hilft mir, dass Sie das sagen.«

Er holte eine Schlägerhülle unter dem Tisch hervor und über-
reichte sie mir. Ein nagelneuer, sehr kostspieliger Black-Knight-
Schläger befand sich darin.

»Dr. Tokai hat ihn mir in Verwahrung gegeben. Er hatte ihn sich bestellt, aber als der Schläger ankam, hatte er schon nicht mehr die Kraft, Squash zu spielen. Als es zu Ende ging, hat er kurzfristig noch einmal das Bewusstsein zurückerlangt und mir einige Dinge aufgetragen. Eines davon war, Ihnen diesen Schläger zu geben. Sie möchten ihn bitte benutzen.«

Ich bedankte mich und fragte, was denn nun aus der Klinik würde.

»Sie ist vorläufig geschlossen. Entweder wird sie früher oder später ganz geschlossen oder mit allem Drum und Dran verkauft«, sagte er. »Natürlich muss das Büro übergeben werden, und ich werde auch noch eine Weile aushelfen, aber was danach geschieht, ist noch nicht entschieden. Auch ich muss seelisch wieder etwas zur Ruhe kommen. Im Augenblick bin ich noch immer in einem Zustand, in dem ich nicht richtig nachdenken kann.«

Ich hoffte, dass der junge Mann sich von seinem Schock erholen und von nun an ein gutes Leben führen würde. Das sagte ich ihm zum Abschied.

»Herr Tanimura, ich hätte noch eine Bitte, die Sie hoffentlich nicht als zudringlich empfinden. Ich wünsche mir, dass Sie Dr. Tokai im Gedächtnis behalten, solange Sie können. Er war ein Mensch mit einem so reinen Herzen. Und ich finde, wir können etwas für die Verstorbenen tun, indem wir uns so lange wie möglich an sie erinnern. Aber das ist nicht so leicht, wie es sich sagt. Um so etwas kann man nicht jeden bitten.«

Genau, sagte ich. Einen Verstorbenen im Gedächtnis zu behalten ist nicht so leicht, wie manche vielleicht glauben. Ich versprach, Dr. Tokai so lange wie möglich in gutem Andenken zu behalten. Ob sein Herz tatsächlich so rein gewesen war, konnte ich nicht beurteilen, aber ein außergewöhnlicher Mensch war er ganz sicher gewesen, und es hatte einen Sinn, sich an ihn zu erinnern. Dann trennten wir uns mit einem Händedruck.

Um Dr. Tokai nicht zu vergessen, habe ich diese Geschichte geschrieben. Denn über etwas zu schreiben ist für mich die beste Methode, es nicht zu vergessen. Zum Schutz der Betroffenen habe ich Namen und Orte geändert, aber sonst hat sich alles in Wirklichkeit genau so zugetragen. Es wäre schön, wenn der junge Goto diese Geschichte irgendwo lesen würde.

Und noch eine Erinnerung habe ich an Dr. Tokai: Ich weiß nicht mehr, in welchem Zusammenhang, aber irgendwann äußerte er mir gegenüber einmal eine persönliche Ansicht über Frauen im Allgemeinen.

Dr. Tokai war nämlich der Meinung, dass alle Frauen von Geburt an mit einem eigenständigen Lügenorgan ausgestattet seien. Welche Lügen sie wo und wie erdächten, unterscheide sich von Fall zu Fall. Aber alle Frauen lögen unter allen Umständen irgendwann und auch bei wichtigen Dingen. Natürlich lögen sie auch bei unwichtigen Dingen, aber selbst bei den wichtigsten scheuten sie nicht davor zurück. Die meisten zuckten nicht einmal mit der Wimper dabei, nicht einmal ihr Tonfall ändere sich, was daran liege, dass nicht sie selbst, sondern das eigenständige Organ, über das sie verfügten, eigenmächtig agiere. Deshalb störe die Lüge – von Ausnahmen abgesehen – weder ihr gutes Gewissen und noch ihren ruhigen Schlaf.

Ich erinnere mich gut daran, weil er in einem für seine Verhältnisse sehr entschiedenen Ton gesprochen hatte. Auch wenn ich seinen Anschauungen im Prinzip beipflichtete, stimmte ich in konkreten Einzelheiten nicht mit ihm überein. Wahrscheinlich waren wir auf verschiedenen, individuellen Aufstiegsrouten auf dem gleichen, wenig erfreulichen Gipfel angelangt.

Vor seinem Tod hatte er zweifellos, wenn auch ohne Genugtuung, feststellen müssen, dass er sich nicht geirrt hatte. Es verstand sich von selbst, dass Dr. Tokai mir leid tat und ich seinen Tod zutiefst bedauerte. Die Nahrung zu verweigern und einen qualvollen Hungertod zu sterben war ein extremer Entschluss. Er musste physisch und psychisch maßlos gelitten haben. Doch in gewisser Weise beneidete ich ihn auch darum, eine Frau so bis zur Selbstauflösung geliebt zu haben – vom Charakter der Frau einmal abgesehen. Sonst hätte er vielleicht sein bisheriges galantes Leben fortführen und bis zur Neige auskosten können. Er hätte sich mit mehreren Frauen gleichzeitig vergnügt, edlen Pinot Noir getrunken, auf dem Flügel in seinem Wohnzimmer »My Way« gespielt und sich in einem Winkel der großen Stadt seines Lebens gefreut. Doch er hatte sich so leidenschaftlich verliebt, dass er keinen Bissen mehr herunterbekam und eine völlig neue Welt betrat, Landschaften sah, die er bisher nie gesehen hatte, und schließlich seinen eigenen Tod herbeiführte. Dass er, um es mit den Worten des jungen Herrn Goto zu sagen, *sich auslöschen* wollte. Welches seiner Leben für ihn im wahrsten Sinne glücklich oder authentisch gewesen war, vermag ich nicht zu beurteilen. Das Schicksal, das Dr. Tokai in jenem Jahr von September bis November ereilt hatte, war für mich ebenso unverständlich wie für den jungen Goto.

Ich spielte noch immer Squash, aber weil ich nach Dr. Tokais Tod umgezogen war, hatte ich das Fitnessstudio gewechselt. In dem neuen spielte ich meist mit fest angestellten Trainern. Das kostete eine Gebühr, war aber sehr bequem. Den Schläger, den ich von Dr. Tokai bekommen hatte, benutzte ich kaum, weil ich ihn etwas zu leicht fand. Und wenn ich diese Leichtigkeit in meiner Hand spürte, musste ich unweigerlich an seinen ausgezehrten Körper denken.

Bei jeder Regung ihres Herzens spüre auch ich ein Ziehen in mir. Es ist wie bei zwei Booten, die durch ein Tau verbunden sind. Und auch wenn man es durchtrennen wollte, es gäbe keine Klinge, die das vermöchte.

Im Nachhinein denkt man, dass er sich an das falsche Boot gebunden hatte. Aber kann man das so einfach sagen? Ich glaube, ebenso wie diese Frau (wahrscheinlich) mit ihrem eigenständigen Organ gelogen hatte, liebte auch Dr. Tokai mit einem eigenständigen Organ, wenngleich es da natürlich einen großen Unterschied gibt. Sein Handeln war fremdbestimmt und nicht mehr willentlich steuerbar. Es ist leicht, das Verhalten von Dritten im Nachhinein selbstgerecht zu kritisieren und mitleidig den Kopf zu schütteln. Doch ohne die Intervention dieses Organs, das unser Leben in ungeahnte Höhen trägt, in Abgründe stößt, uns ratlos macht, uns die schönsten Trugbilder vorgaukelt und uns manchmal in den Tod treibt, wäre unser Leben eine ziemlich armselige Angelegenheit. Oder es würde in simpler Routine enden.

Natürlich haben wir keine Möglichkeit zu erfahren, was Dr. Tokai dachte, als er am Rande seines selbst gewählten Todes stand. Doch selbst in seinem tiefen Schmerz und in seiner Agonie scheint er, wenn auch nur zeitweise, sein Bewusstsein zumindest so weit zurückerlangt zu haben, um mir seinen unbenutzten Schläger zu vermachen. Oder vielleicht vertraute er mir damit auch eine Botschaft an. *Was bin ich eigentlich?* Vielleicht hatte sich ihm ganz zuletzt die Antwort auf diese Frage offenbart. Und Dr. Tokai wollte sie mir übermitteln. Glaube ich.

SCHEHERAZADE

Jedes Mal, wenn Habara mit ihr schlief, erzählte sie ihm eine
spannende und wundersame Geschichte. Wie die Königin Scheherazade aus *Tausendundeine Nacht*. Anders als der König im
Märchen hatte Habara natürlich keineswegs die Absicht, ihr
den Kopf abzuschlagen, sobald der Morgen graute (eigentlich
blieb sie ohnehin nie bis zum Morgen bei ihm); sie erzählte ihm
die Geschichten aus freien Stücken und um ihm, der immer allein in der Wohnung sein musste, die Langeweile zu vertreiben.
Aber das war es nicht allein. Habara vermutete, dass es ihr gefiel, sich im Bett vertraulich mit einem Mann zu unterhalten –
insbesondere während der trägen Zweisamkeit nach dem Geschlechtsverkehr.

Den Namen »Scheherazade« hatte Habara ihr gegeben. Er
redete sie nie damit an, aber an den Tagen, an denen sie ihn
besuchte, schrieb er mit Kugelschreiber *Scheherazade* in sein
kleines Tagebuch. Darin notierte er auch den Inhalt der Geschichten, die sie ihm erzählte – so verkürzt jedoch, dass, sollte
jemand den Eintrag lesen, der Sinn unverständlich bliebe.

Habara war unklar, ob die Geschichten, die sie ihm erzählte,
wahr, völlig frei erfunden oder zum Teil wahr und zum Teil erfunden waren. Es war ihm unmöglich, das zu entscheiden. Realität und Vermutung, Beobachtung und Einbildung schienen
unterschiedslos ineinander überzugehen. Also hatte Habara be-

schlossen, einfach vorbehaltlos zuzuhören, ohne über den Wahrheitsgehalt der Geschichten nachzudenken. Ob sie nun wahr oder ausgedacht waren oder ob Elemente von beidem sich in ihnen mischten – was bedeutete das schon in seiner jetzigen Situation?

Jedenfalls beherrschte Scheherazade die Kunst des fesselnden Erzählens. Ganz gleich, was sie erzählte, aus ihrem Mund wurde es zu etwas ganz Besonderem. Ihr Tonfall, die Art, wie sie ihre Pausen setzte und dann fortfuhr, alles war vollkommen. Sie weckte das Interesse ihres Zuhörers, spannte ihn auf die Folter, ließ ihn grübeln und spekulieren, bis ihm schließlich nichts mehr zu wünschen übrig blieb. Mit geradezu schauriger Raffinesse ließ sie ihren Zuhörer die Wirklichkeit um ihn herum zumindest zeitweise vergessen. Hartnäckig schmerzende Erinnerungssplitter oder Ängste, die er möglichst vergessen wollte, verschwanden, wie mit einem feuchten Lappen sauber von der Tafel gewischt. Ist allein das nicht schon genug?, dachte Habara. Im Augenblick wünschte er sich nichts mehr als das.

Scheherazade war fünfunddreißig und damit vier Jahre älter als Habara. Sie war Hausfrau (gelegentlich schien sie als examinierte Krankenschwester noch zum Einsatz gerufen zu werden) und hatte zwei Kinder im Grundschulalter. Ihr Mann arbeitete bei irgendeiner Firma. Sie wohnte etwa zwanzig Minuten mit dem Auto entfernt. Zumindest hatte sie Habara das gesagt. Das waren (so gut wie) alle Informationen, die er über sie hatte. Natürlich konnte er deren Wahrheitsgehalt nicht überprüfen. Aber er sah auch keinen Grund, ihn anzuzweifeln.

Wie sie hieß, hatte sie ihm nicht mitgeteilt. »Meinen Namen brauchst du nicht zu wissen«, hatte sie gesagt. Damit hatte sie gewiss recht. Für ihn war sie ohnehin Scheherazade, und das war ihm nicht unangenehm. Auch sie nannte Habara nie bei seinem Namen – obwohl sie diesen natürlich wusste. Sie umging ihn so sorgfältig, als würde es Unglück bringen, ihn auszusprechen.

Äußerlich hatte Scheherazade auch bei wohlwollender Betrachtung nichts mit der wunderschönen Königin aus *Tausendundeine Nacht* gemein. Sie war eine Hausfrau aus der Provinz, die hier und da Fettpölsterchen bekam (als würden Fugen mit Kitt gefüllt) und zusehends auf das Reich der mittleren Jahre zusteuerte.

Sie hatte ein kleines Doppelkinn, und um ihre Augenwinkel hatten sich Fältchen der Erschöpfung gegraben. Ihre Haare, ihre Kleidung und ihr Make-up waren nicht direkt ungepflegt, aber auch nicht dazu angetan, Bewunderung hervorzurufen. Ihre Gesichtszüge waren an sich nicht unattraktiv, aber eher ausdruckslos und vermittelten nur einen verschwommenen Eindruck ohne erkennbaren Blickfang. Auf der Straße oder im Fahrstuhl wurde sie wahrscheinlich von den meisten übersehen. Vor zehn Jahren war sie vermutlich ein lebhaftes, hübsches Mädchen gewesen, nach dem sich so einige Männer umgedreht hatten. Doch selbst wenn es einmal so gewesen war, war irgendwann der Vorhang gefallen. Und im Augenblick sah es nicht so aus, als würde er sich noch einmal heben.

Scheherazade besuchte das »Haus« zweimal in der Woche. Sie kam an keinen bestimmten Tagen, niemals jedoch an Wochenenden. Die musste sie wohl mit ihrer Familie verbringen. Eine Stunde bevor sie auftauchte, rief sie Habara an. Sie machte Einkäufe in einem Supermarkt in der Nähe und lud sie in ihren Wagen, einen kleinen blauen Mazda. Es war ein altes Modell, mit verbeulter hinterer Stoßstange und einem fleckigen, schwärzlichen Lenkrad. Sie stellte ihr Auto auf dem zum »Haus« gehörigen Parkplatz ab, öffnete die hintere Wagenklappe, nahm die Einkaufstüten heraus und drückte so bepackt die Klingel. Habara vergewisserte sich durch den Spion, dass sie es war, schloss auf, löste die Kette und öffnete die Tür. Sie ging in die Küche und verstaute die mitgebrachten Lebensmittel im Kühlschrank. Anschließend machte sie die Einkaufsliste fürs nächste Mal. Sie war eine tüchtige, sehr patente Hausfrau. Jede ihrer Bewegungen saß. Stumm und mit ernster Miene erledigte sie ihre Aufgaben.

Wenn sie fertig war, zogen die beiden, wortlos und wie von einer unsichtbaren Meeresströmung getragen, ins Schlafzimmer um. Dort entledigte Scheherazade sich rasch und ohne etwas zu sagen ihrer Kleidung und schlüpfte neben Habara ins Bett. Sie umarmten sich fast ohne ein Wort und schliefen ordnungsgemäß miteinander, als bemühten sie sich, eine Aufgabe, die man ihnen erteilt hatte, zu erfüllen. Wenn Scheherazade ihre Tage hatte, kam sie dieser Aufgabe manuell nach. Bei der routinierten, ein wenig dienstlichen Art, in der sie ihre Hände bewegte, musste er immer daran denken, dass sie examinierte Krankenschwester war.

Nach Beendigung der sexuellen Aktivitäten blieben sie im Bett liegen und unterhielten sich. Obwohl »unterhalten« vielleicht nicht ganz das richtige Wort dafür war, denn eigentlich sprach nur sie, während Habara zustimmend nickte oder hin und wieder eine kurze Frage stellte. Sobald die Zeiger der Uhr auf halb fünf standen, brach Scheherazade ab, auch wenn sie sich mitten in einer Geschichte befand (aus irgendeinem Grund war es immer die spannendste Stelle), stand auf, sammelte ihre auf dem Boden verstreuten Sachen ein, zog sich an und war zum Aufbruch bereit. Denn sie musste Abendessen machen, wie sie sagte.

Habara brachte sie zur Tür, legte dann wieder die Kette vor und beobachtete durch einen Spalt in der Gardine, wie ihr schmutziges kleines blaues Auto davonfuhr. Um sechs machte er sich aus den Lebensmitteln im Kühlschrank eine Kleinigkeit und aß. Eine Zeit lang hatte er auch eine Köchin gehabt, aber Mahlzeiten zuzubereiten fiel ihm nicht schwer. Zum Essen trank er Perrier (nie einen Tropfen Alkohol), anschließend schaute er sich zum Kaffee einen Film auf DVD an oder las (er bevorzugte schwierige Bücher, für die er möglichst viel Zeit brauchte, weil er manche Stellen mehrmals lesen musste). Mehr hatte er nicht zu tun. Er hatte niemanden zum Reden. Niemanden, mit dem er telefonieren konnte. Er hatte keinen Computer, also keinen Zugang zum Internet. Er las keine Zeitung und sah auch nicht fern (dafür gab es gute Gründe). Natürlich konnte er auch nicht nach draußen gehen. Falls Scheherazade aufgrund unvorhergesehener Umstände nicht mehr hätte kommen können, wäre damit seine Verbindung zur Außenwelt abgeschnitten gewesen, und er wäre allein am Ufer einer einsamen Insel zurückgeblieben.

Doch diese Möglichkeit beunruhigte Habara überhaupt nicht. Das sind Umstände, mit denen ich aus eigener Kraft fertigwerden muss, sagte er sich. Schwierige Umstände, aber ich werde es schon irgendwie schaffen. Es ist ja eigentlich nicht so, dass ich tatsächlich allein auf einer einsamen Insel wäre. *Ich bin selbst eine einsame Insel.* Er hatte sich längst daran gewöhnt, allein zu sein. Er drehte nicht leicht durch, obwohl er allein war. Was Habara in Unruhe versetzte, war, dass er, wenn es zu so etwas käme, sich nicht mehr im Bett mit Scheherazade würde unterhalten können. Oder um genau zu sein, dass er dann die Fortsetzung der Geschichte, die sie ihm gerade erzählte, nicht mehr hören würde.

Eine Weile nachdem Habara in das »Haus« gezogen war, begann er sich einen Bart stehen zu lassen. Er hatte von Natur aus einen starken Bartwuchs. Sein Ziel war es natürlich, sein Gesicht zu verändern, aber das war es nicht allein. Der Hauptgrund war Langeweile. Er fasste sich dauernd ans Kinn, an die Schläfen und unter die Nase und erfreute sich an dem Gefühl. Und er konnte sich die Zeit damit vertreiben, den Bart mit Schere und Rasiermesser in Form zu bringen. Bisher war ihm das nicht aufgefallen, aber sich einen Bart stehen zu lassen erwies sich als überraschend kurzweilig.

»Ich war in meinem früheren Leben ein Neunauge«, sagte Scheherazade eines Tages, als sie im Bett lagen. Sie sagte es beiläufig, als wäre es eine Selbstverständlichkeit wie »Der Nordpol liegt im Norden«.

Habara hatte keine Ahnung, um was für ein Lebewesen es sich bei einem Neunauge handelte und wie es aussah. Dementsprechend konnte er sich nicht dazu äußern.

»Weißt du, auf welche Art Neunaugen Forellen fressen?«, fragte sie.

»Nein«, sagte Habara. Dass diese Neunaugen Forellen fraßen, hörte er auch zum ersten Mal.

»Neunaugen haben keine Kiefer. Darin besteht der große Unterschied zu gewöhnlichen Aalen.«

»Gewöhnliche Aale haben also Kiefer?«

»Hast du denn noch nie einen Aal gesehen?«, fragte sie entgeistert.

134

»Ich esse ab und zu Aal, aber ich hatte dabei selten Gelegenheit, die Kiefer zu inspizieren.«

»Bei nächster Gelegenheit solltest du dir mal irgendwo einen anschauen. Geh in ein Aquarium oder so. Gewöhnliche Aale haben Kiefer und auch richtige Zähne. Aber die Neunaugen haben überhaupt keine Kiefer. Stattdessen haben sie so etwas wie ein Saugmaul. Damit heften sie sich an Steine auf dem Grund von Flüssen oder Seen und bewegen sich schlängelnd hin und her. Wie Wasserpflanzen.«

Habara stellte sich zahllose Neunaugen vor, die im Wasser wie Pflanzen hin und her wogten. Das Bild erschien ihm irgendwie wirklichkeitsfern. Dabei wusste er, dass die Wirklichkeit bisweilen wirklichkeitsfern ist.

»Die Neunaugen mischen sich praktisch unter die Wasserpflanzen. Dort verstecken sie sich, und wenn über ihnen die Forellen vorbeischwimmen, schießen sie in die Höhe und saugen sich mit ihrem Saugmaul an ihnen fest wie Blutegel. Sie leben parasitär. In dem Saugmaul haben sie eine mit Zähnchen besetzte Zunge, mit der sie die Haut des Fisches aufraspeln und nach und nach sein Fleisch verzehren.«

»Ich möchte keine Forelle sein«, sagte Habara.

»Bei den Römern gab es Fischteiche voller Neunaugen, und unbotmäßige Sklaven, die nicht gehorchten, wurden ihnen lebend zum Fraß vorgeworfen.«

Sklave in der Römerzeit möchte ich auch nicht gewesen sein, dachte Habara. Allerdings wäre er natürlich in überhaupt keiner Zeit gern Sklave gewesen.

»In der Grundschule sah ich zum ersten Mal in einem Aquarium ein Neunauge, und als ich die Beschreibung ihrer Lebensweise las, wusste ich plötzlich, dass ich in einem früheren Leben

eines gewesen war«, sagte Scheherazade. »Das heißt, ich erinnerte mich ganz deutlich, wie ich unter Wasser an einem Stein
festgesogen im Schutze der wogenden Wasserpflanzen die fet-
ten, über mir schwimmenden Forellen betrachtete.«

»Aber nicht daran, wie du an ihnen genagt hast?«

»Das nicht.«

»Da bin ich froh«, sagte Habara. »An mehr erinnerst du dich
nicht aus deiner Zeit als Neunauge? Nur, dass du dich unter
Wasser hin- und herbewegt hast?«

»Man kann sich nie an alles aus einem Vorleben erinnern«,
sagte sie. »Wenn man Glück hat, erinnert man sich bruchstückhaft an gewisse Momente. Eigentlich ist es, als würde man
durch ein zufälliges Loch in einer Wand spähen. Mehr als einen
winzigen Ausschnitt von der Landschaft auf der anderen Seite
kann man nicht sehen. Erinnerst du dich an etwas aus einem
Vorleben?«

»Nein, an nichts«, sagte Habara. Um die Wahrheit zu sagen:
Ihm stand auch nicht der Sinn danach, sich an frühere Leben
zu erinnern. Er hatte mehr als genug mit der Gegenwart zu tun,
die ihn hier und jetzt umgab.

»Aber auf dem Grund des Sees war es gar nicht so übel. An
einem Stein festgesogen über sich die vorüberschwimmenden
Fische zu beobachten. Ich habe auch riesige Schildkröten gesehen. Wenn man sie von unten sieht, sind sie dunkel und riesig
wie die feindlichen Raumschiffe in *Star Wars*. Und von oben
stürzen sich große weiße Vögel mit langen, scharfen Schnäbeln
wie Raptoren auf die Fische. Vom Grund aus betrachtet, erscheinen die Vögel nur wie Wolken, die über den blauen Himmel
ziehen. Zwischen den Wasserpflanzen in der Tiefe verborgen,
waren wir vor den Vögeln sicher.«

»Solche Szenen hast du vor Augen?«

»Sehr lebhaft«, sagte Scheherazade. »Ich sehe das Licht, das dort herrschte, und weiß, wie die Strömung sich anfühlte. Ich kann mich sogar erinnern, was ich damals dachte. Mitunter kann ich richtig in diese Szenen eintauchen.«

»Was du dachtest?«

»Ja.«

»Du hast also etwas gedacht?«

»Natürlich.«

»Was denken Neunaugen denn so?«

»Sie denken *sehr neunaugenartige Dinge.* Neunaugenartige Dinge in neunaugenartigen Zusammenhängen. Ich kann sie nicht mit unseren Worten ausdrücken. Weil es Gedanken sind, die das Leben im Wasser betreffen. Es ist das Gleiche, wie wenn man als Baby im Mutterleib ist. Man weiß, dass es dort Gedanken gibt, aber man kann diese Gedanken nicht in irdische Worte fassen. Habe ich recht?«

»Kannst du dich etwa auch an den Mutterleib erinnern?«, fragte Habara verblüfft.

»Natürlich«, sagte Scheherazade unbekümmert und legte ihren Kopf sacht auf seine Brust. »Du nicht?«

Nein, das könne er nicht, sagte Habara.

»Dann werde ich dir irgendwann einmal davon erzählen. Von der Zeit, als ich ein Embryo war.«

An jenem Tag hielt Habara in seinem Tagebuch fest: »Scheherazade, Neunauge, Vorleben.« Selbst wenn ein Fremder es lesen würde, wüsste er nicht, worum es ging.

Kennengelernt hatte Habara Scheherazade vier Monate zuvor. Man hatte ihn in das »Haus«, das in einer kleinen Stadt auf dem Land in Nord-Kanto lag, geschickt, und sie war ihm als örtliche »Kontaktperson« zugeteilt worden. Ihre Aufgabe war es, für Habara, der nicht nach draußen gehen konnte, Lebensmittel und verschiedene andere Dinge einzukaufen und diese in das »Haus« zu bringen. Sie kaufte seinen Wünschen entsprechend Bücher und Zeitschriften, die er lesen, und CDs, die er hören wollte. Es kam auch vor, dass sie ihm Filme auf DVD mitbrachte, die sie selbst ausgesucht hatte. (Ihre Auswahlkriterien waren für Habara nicht nachvollziehbar.)

Eine Woche nachdem er sich dort niedergelassen hatte, lud Scheherazade ihn wie selbstverständlich ein, mit ihr zu schlafen. Auch für Verhütungsmittel sorgte sie von Anfang an. Vielleicht gehörte das auch zu der »Unterstützungsaktion«, mit der man sie beauftragt hatte. Jedenfalls lief alles reibungslos wie am Schnürchen, ohne Durcheinander, ohne Zögern, und er wagte nicht, gegen diese Ordnung aufzubegehren. Also kletterte er ohne Widerrede ins Bett und schlief mit Scheherazade, ohne richtig zu verstehen, was da passierte.

Der Sex mit ihr war nicht so, dass er ihn als leidenschaftlich beschrieben hätte, aber auch nicht ganz und gar geschäftsmäßig. Auch wenn es zunächst als Auftrag (oder starke Empfehlung) begonnen hatte, schien sie doch ab einem gewissen Punkt – und wenn auch vielleicht nur zum Teil – Freude an ihrer Tätigkeit zu finden. Habara bemerkte das an ihren leicht veränderten Körperreaktionen, was ihn nicht wenig beglückte. Denn immerhin war er kein wildes Tier, das man in einen Käfig gesperrt hatte, sondern ein Individuum mit komplizierten Gefühlen. Geschlechtsverkehr ausschließlich zum Ziel sexueller Entladung war bis zu einem gewissen Grad vielleicht eine Notwendigkeit, aber kein großes Vergnügen. Bis zu welchem Punkt

Scheherazade also den Geschlechtsverkehr mit ihm als Teil ihrer dienstlichen Pflichten und ab wann sie ihr Tun als zu ihrem privaten Bereich gehörig betrachtete, vermochte Habara nicht genau zu bestimmen.

Allerdings galt das nicht nur für den Sex. Habara konnte nicht beurteilen, bis wohin bei all den alltäglichen Dingen, die sie für ihn verrichtete, die Pflichterfüllung ging und wo die persönliche Zuneigung anfing (und ob man überhaupt von »Zuneigung« sprechen konnte). Scheherazade war in vielerlei Hinsicht eine Frau, deren Empfindungen und Absichten schwer zu deuten waren. Zum Beispiel trug sie in der Regel schmucklose Unterwäsche aus einfachem Stoff von der Art, wie normale Hausfrauen in ihren Dreißigern sie wohl im Alltag trugen (Habara, der bisher keine Erfahrung im Geschlechtsverkehr mit Hausfrauen in ihren Dreißigern gemacht hatte, konnte das nur vermuten); Sachen, die sie vielleicht in irgendeinem Supermarkt im Sonderangebot erstanden hatte. Doch an manchen Tagen trug sie raffinierte und aufreizende Dessous. Er wusste nicht, wo sie sie kaufte, aber sie sahen auf jeden Fall teuer aus. Zierlich geschnitten, aus weicher Seide, mit feinen Spitzen und in zarten Farben. Habara hatte keine Vorstellung, wie dieser extreme Unterschied zustande kam.

Außerdem irritierte es ihn, dass der Beischlaf mit Scheherazade und die Geschichten, die sie ihm erzählte, offenbar untrennbar aneinander gekoppelt waren. Das eine war ohne das andere nicht denkbar. Habara hatte noch nie erlebt, dass er sich in einer nicht sonderlich leidenschaftlichen sexuellen Beziehung mit einer Frau, zu der er sich auch emotional nicht stark hingezogen fühlte, so verbunden – oder *fest angebunden* – fühlte. Das rief leichte Verwirrung in ihm hervor.

»Als Teenager«, vertraute Scheherazade ihm eines Tages an, als sie im Bett lagen, »bin ich manchmal in ein fremdes Haus eingestiegen.«

Habara konnte sich – wie bei den meisten ihrer Geschichten – nicht angemessen äußern.

»Bist du schon mal irgendwo eingebrochen?«

»Nein, ich glaube nicht«, sagte Habara mit trockener Stimme.

»Wenn man es einmal gemacht hat, kann es zur Gewohnheit werden.«

»Aber es ist illegal.«

»Natürlich. Wenn man erwischt wird, wird man von der Polizei verhaftet. Hausfriedensbruch plus Diebstahl (oder versuchter Diebstahl) ist ein ziemlich schweres Vergehen. Aber auch wenn man das weiß, wird man süchtig danach.«

Habara wartete schweigend auf die Fortsetzung.

»Das Schönste im Haus anderer Leute, wenn sie nicht da sind, ist wirklich die Ruhe. Ich weiß nicht, warum, aber es herrscht absolute Stille. Wahrscheinlich ist ein leeres Haus der stillste Ort auf der Welt. So kommt es mir vor. Wenn ich in dieser Stille einfach auf dem Fußboden saß, konnte ich wie von selbst in die Zeit zurückkehren, in der ich ein Neunauge gewesen war«, sagte Scheherazade. »Das war ein wunderbares Gefühl. Ich habe dir doch sicher schon erzählt, dass ich in einem früheren Leben ein Neunauge war?«

»Hast du.«

»Es war genauso. Ich sauge mich mit meinem Saugmaul an einem Stein unter Wasser fest, lasse meinen Schwanz nach oben steigen und im Wasser hin und her wogen. Wie die Pflanzen um mich herum. Es ist ganz still, kein Laut ist zu hören. Oder vielleicht habe ich auch keine Ohren. Bei schönem Wetter dringen

Lichtstreifen durch die Wasseroberfläche wie Pfeile. Mitunter bricht sich das Licht wie in einem Prisma. Fische in allen Farben und Formen schwimmen langsam über mich hinweg. Und ich denke an gar nichts. Das heißt, ich habe nur die Gedanken eines Neunauges. Sie sind verschwommen, aber doch ganz rein. Sie sind nicht transparent, aber von keiner Unreinheit getrübt. Obgleich ich ich bin, bin ich nicht ich. Und in diesem Gefühl zu sein ist irgendwie ganz wundervoll.«

Bei ihrem ersten Einbruch in ein fremdes Haus war Scheherazade in der elften Klasse. Sie ging auf eine öffentliche Schule und war in einen Jungen in ihrer Klasse verliebt. Er spielte Fußball, war groß und auch gut in der Schule. Besonders »gut aussehend« konnte man ihn nicht nennen, aber er war sauber und sehr sympathisch. Doch wie das bei Schulmädchenlieben meist so ist, blieb ihre Liebe unerwidert. Er schien ein anderes Mädchen aus der Klasse zu bevorzugen und würdigte Scheherazade keines Blickes. Er redete auch nie mit ihr und bemerkte vermutlich nicht einmal, dass sie in derselben Klasse waren. Aber sie konnte partout nicht von ihm lassen. Bei seinem Anblick stockte ihr der Atem, und manchmal musste sie sich vor Aufregung sogar beinahe übergeben. Sie würde verrückt, wenn sie nichts unternahm. Aber ihm ihre Liebe zu gestehen kam nicht infrage. Das wäre nicht gut gegangen.

Eines Tages schwänzte Scheherazade die Schule und ging zum Haus des Jungen, das etwa fünfzehn Minuten zu Fuß von ihrem entfernt lag. Er hatte keinen Vater mehr. Der Vater, der in einer Zementfabrik beschäftigt gewesen war, war vor mehreren Jahren bei einem Verkehrsunfall auf der Stadtautobahn ums Leben gekommen. Die Mutter des Jungen unterrichtete Japanisch an einer Schule im Nachbarort. Seine jüngere Schwester ging auf die Mittelschule. Tagsüber war nie jemand zu Hause. Scheherazade hatte die familiären Umstände gründlich im Voraus erforscht.

Die Haustür war natürlich verschlossen. Scheherazade schaute versuchsweise unter die Fußmatte und fand einen Schlüssel. In den friedlichen Wohngegenden in kleinen Provinzstädten geschieht kaum einmal ein Verbrechen. Deshalb achten die Leute nicht so sehr darauf, dass ihre Türen verschlossen sind. Und es ist ganz üblich, für vergessliche Familienmitglieder einen Schlüssel unter die Fußmatte oder unter einen Blumentopf zu legen.

Sicherheitshalber klingelte Scheherazade erst einmal und wartete dann eine Weile. Als keiner aufmachte und sie sich vergewissert hatte, dass niemand aus der Nachbarschaft sie beobachtete, schloss Scheherazade auf, ging ins Haus und schloss von innen wieder ab. Sie zog ihre Schuhe aus, packte sie in eine Plastiktüte und steckte sie in ihren Rucksack. Dann stieg sie leise in den ersten Stock hinauf.

Wie vermutet, war dort das Zimmer des Jungen. Sein kleines Holzbett war sorgfältig gemacht worden. Außerdem gab es ein vollgestopftes Bücherregal, einen Kleiderschrank und einen Schreibtisch. In einem kleinen Regal standen eine kleine Kompaktanlage und ein paar CDs. An einer Wand hingen ein Kalender vom FC Barcelona und ein Wimpel des Vereins. Mehr Dekoration gab es nicht. Keine Fotos, keine Bilder, nur cremefarbene Wände. Das Zimmer hatte weiße Gardinen und war sauber und sehr aufgeräumt. Weder Bücher noch Kleidungsstücke lagen herum. Die Papiere auf dem Schreibtisch waren wohlgeordnet. Alles wies auf den organisierten Charakter seines Bewohners hin. Oder vielleicht auch darauf, dass seine Mutter jeden Tag hier aufräumte. Oder beides. Scheherazade wurde unruhig. Wäre das Zimmer vernachlässigt und unordentlich gewesen, wäre es nicht aufgefallen, wenn sie etwas durcheinandergebracht hätte. Das wäre besser gewesen. So musste sie sich sehr in Acht nehmen. Doch zugleich freute es sie, dass sein Zimmer so blitzsauber und aufgeräumt war. Es passte zu ihm.

Scheherazade setzte sich an den Schreibtisch des Jungen. »Auf diesem Stuhl sitzt er jeden Tag.« Die Vorstellung bereitete ihr Herzklopfen. Sie nahm die Schreibutensilien nacheinander in die Hand, streichelte sie, sog ihren Geruch ein und küsste sie. Bleistifte, Schere, Lineal, Tacker, Kalender und so weiter. Allein dass er ihr Besitzer war, verlieh diesen Dingen einen Glanz, den Gegenstände dieser Art gewöhnlich nicht haben.

Eine Schublade nach der anderen öffnete sie und nahm den Inhalt genau in Augenschein. In der obersten Schublade waren Schreibwaren und irgendwelche Andenken auf Fächer verteilt. Die zweite Schublade enthielt die Schulhefte, die er momentan verwendete, die dritte (und tiefste) Schublade verschiedene Dokumente, alte Hefte und Klassenarbeiten. Alles hatte entweder mit der Schule oder mit Fußball zu tun. Nichts von Wert. Ein Tagebuch oder Briefe, wie sie es sich erhofft hatte, fand sie nicht. Und auch kein einziges Foto. Das kam Scheherazade unnatürlich vor. Hatte er denn außer der Schule und Fußball keinerlei persönliche Neigungen? Oder hatte er solche Dinge woanders verstaut, damit man sie nicht so leicht fand?

Doch es genügte Scheherazade schon, nur an seinem Schreibtisch zu sitzen und ihre Augen über das gleiten zu lassen, was er in seine Hefte geschrieben hatte. Vielleicht wurde sie verrückt. Um sich zu beruhigen, stand sie auf und setzte sich auf den Boden. Sie blickte zur Decke. Es war noch immer sehr still. Kein Laut. Und sie wurde zu einem Neunauge unter Wasser.

»Du bist nur in sein Zimmer gegangen, hast alle möglichen Dinge angefasst und dann einfach dort gesessen?«, fragte Habara.

»Nein, nicht nur«, sagte Scheherazade. »Ich wollte auch etwas von ihm haben. Etwas mitnehmen, das er täglich gebrauchte oder anzog. Aber es durfte nichts Wichtiges sein. Denn hätte etwas Wichtiges gefehlt, hätte er es ja sofort bemerkt. Also beschloss ich, einen Bleistift zu klauen.«

»Nur einen Bleistift?«

»Ja, einen benutzten Bleistift. Aber ich durfte ihn nicht einfach stehlen. Sonst wäre ich eine gewöhnliche Diebin gewesen. Das, *was ich war*, hätte seinen Sinn verloren. Denn ich war ja sozusagen eine ›Diebin aus Liebe‹.«

Diebin aus Liebe, dachte Habara. Klingt wie der Titel eines Stummfilms.

»Deshalb musste ich irgendein *Zeichen* zurücklassen. Als Zeugnis, dass ich dort gewesen war. Etwas, in dem sich manifestierte, dass hier kein Diebstahl, sondern ein Tausch vorlag. Ich durchsuchte meinen Rucksack und die Taschen meiner Kleidung, fand aber nichts Geeignetes. Ich hätte mich besser vorbereiten sollen, aber ich hatte vorher an so etwas nicht gedacht … Mir blieb nichts anderes übrig, als einen Tampon dort zu lassen – natürlich einen unbenutzten, noch verpackten. Weil meine Periode kurz bevor stand, hatte ich welche dabei. Ich beschloss, ihn in die hinterste Ecke der untersten Schublade an eine Stelle zu legen, wo man ihn nicht so leicht finden würde. Ich war sehr aufgeregt. Immerhin sollte ein Tampon von mir verborgen in seiner Schublade liegen. Wahrscheinlich regte ich mich zu sehr auf, denn gleich darauf bekam ich meine Tage.«

Bleistift gegen Tampon, dachte Habara. Vielleicht sollte er das in sein Tagebuch schreiben. »Diebin aus Liebe, Bleistift und Tampon.« Das würde bestimmt niemand verstehen.

»Damals hielt ich mich nur ungefähr fünfzehn Minuten in seinem Haus auf. Es war das erste Mal, dass ich in ein fremdes Haus eingedrungen war, und ich fürchtete die ganze Zeit, die Bewohner könnten jeden Augenblick zurückkommen. Nachdem ich die Umgebung sondiert hatte, verließ ich leise das Haus, schloss die Tür wieder ab, legte den Schlüssel an dieselbe Stelle unter die Fußmatte zurück und ging zur Schule, den Bleistift, den er benutzt hatte, liebevoll an mich gedrückt.«

Scheherazade schwieg eine Weile. Sie ging in der Zeit zurück, und anscheinend tauchten nacheinander alle möglichen Dinge aus der Vergangenheit vor ihrem inneren Auge auf.

»Eine Woche lang lebte ich in einem Gefühl der Befriedigung, wie ich es bis dahin noch nie empfunden hatte«, sagte Scheherazade. »Ständig schrieb ich wahllos irgendetwas mit dem Bleistift in mein Heft. Ich atmete seinen Geruch ein, küsste ihn, legte ihn an meine Wange und rieb ihn mit den Fingern. Manchmal lutschte ich auch daran. Durch das Schreiben wurde der Bleistift unweigerlich kürzer, was mir natürlich nicht gefiel, aber ich konnte nicht anders. Wenn er zu kurz würde, könnte ich mir ja immer noch einen neuen holen, dachte ich. In dem Bleistiftständer auf seinem Schreibtisch gab es noch jede Menge. Er würde es nicht merken, wenn einer fehlte. Wahrscheinlich wusste er auch nicht, dass in einer seiner Schreibtischschubladen ein Tampon von mir lag. Wenn ich daran dachte, wurde ich unglaublich aufgeregt. Ich verspürte ein seltsam kribbelndes Gefühl in meinem Unterleib. Um es zu unterdrücken, musste ich unter der Bank meine Knie reiben und zusammenpressen. Es machte mir nichts aus, dass er mich im wirklichen Leben keines Blickes würdigte und meine Existenz nicht einmal bemerkte. Denn ich hielt ja, ohne dass er es wusste, einen Teil von ihm in meiner Hand.«

»Wie bei einem magischen Ritual«, sagte Habara.

»Ja, in gewissem Sinne war das eine Art magisches Denken. Als ich später zufällig ein Buch zu diesem Thema las, fiel mir das auch auf. Aber damals war ich noch Oberschülerin, und solche Gedanken lagen mir fern. Ich wurde einfach von meinem Verlangen mitgerissen. Immer wieder sagte ich mir, es könne auch schlimm ausgehen. Würde ich auf frischer Tat ertappt, würde man mich vielleicht der Schule verweisen. Und wenn die Geschichte sich verbreitete, hätte ich wahrscheinlich einen schweren Stand in der Stadt. Aber es half nichts. Es waren Umstände eingetreten, unter denen mein Verstand nicht richtig funktionierte.«

Zehn Tage später schwänzte Scheherazade wieder die Schule und ging zum Haus des Jungen. Es war elf Uhr vormittags. Wie zuvor nahm sie den Schlüssel unter der Fußmatte hervor, betrat das Haus und ging in den ersten Stock. Wie beim ersten Mal war sein Zimmer tadellos aufgeräumt und das Bett sorgfältig gemacht. Sie nahm zunächst einen langen, benutzten Bleistift und legte ihn sorgfältig in ihr Mäppchen. Dann legte sie sich ganz behutsam auf sein Bett. Sie strich ihren Rock glatt, faltete die Hände über der Brust und blickte zur Decke. In diesem Bett schlief er jede Nacht. Bei diesem Gedanken schlug ihr Herz wie wild, und sie keuchte. Die Luft drang nicht richtig bis in ihre Lungen vor. Ihre Kehle brannte, und jeder Atemzug schmerzte.

Scheherazade gab auf, verließ das Bett und strich die Tagesdecke glatt. Wie beim letzten Mal setzte sie sich auf den Fußboden und starrte zur Decke. Es war wohl noch zu früh gewesen, sich auf sein Bett zu legen, sagte sie sich. Der Reiz war einfach zu stark.

Diesmal blieb Scheherazade etwa eine halbe Stunde lang in seinem Zimmer. Sie nahm seine Hefte aus der Schublade und ließ ihren Blick darüberwandern. Sie las seine Aufsätze über ihre Schullektüre. Was er über *Kokoro*, den Roman von Natsume Soseki, geschrieben hatte. Der Aufsatz war die Hausaufgabe für die Sommerferien gewesen. Er war ein guter Schüler und hatte eine ordentliche, schöne Schrift. Allem Anschein nach gab es keine Fehler und Auslassungen. Er hatte ein »sehr gut« bekommen. Selbstverständlich. Angesichts solch wundervoller Zeichen und Sätze verspürte bestimmt jeder Lehrer den Wunsch, ihm stillschweigend eine gute Note zu geben, auch wenn er den Inhalt nicht gelesen hatte.

Als Nächstes öffnete Scheherazade die Schubladen der Kommode und betrachtete eins nach dem anderen die darin befindlichen Kleidungsstücke. Die Unterwäsche und die Socken des Jungen. Seine Hemden und Hosen. Seine Fußballtrikots. Alles sauber und ordentlich gefaltet. Nichts war schmutzig oder abgetragen.

Ob er die Sachen faltete? Oder seine Mutter? Wahrscheinlich die Mutter. Starke Eifersucht auf die Frau, die diese Dinge jeden Tag für ihn tun durfte, überkam Scheherazade.

Sie steckte ihre Nase in die Schubladen und roch an jedem einzelnen Kleidungsstück. Alle hatten den Duft frisch gewaschener und in der Sonne getrockneter Textilien. Sie nahm ein einfaches graues T-Shirt aus der Schublade, breitete es aus und barg ihr Gesicht darin. Sie hoffte, unter den Armen den Schweiß des Jungen riechen zu können. Aber sie wurde enttäuscht. Dennoch vergrub sie ihr Gesicht lange in dem T-Shirt und atmete durch die Nase ein. Sie hätte es gern mitgenommen, aber das war wohl zu gefährlich. Alle Kleidungsstücke waren so systematisch geordnet und gestapelt, dass er (oder seine Mutter) wahrscheinlich genau wusste, wie viele T-Shirts in der Schublade lagen. Wenn eines fehlte, würde wahrscheinlich ein kleiner Aufruhr entstehen.

Schließlich verabschiedete sich Scheherazade von dem Gedanken, das T-Shirt mitzunehmen, und legte es ordentlich gefaltet wieder zurück in die Schublade. Sie musste vorsichtig sein. Sie durfte kein Risiko eingehen.

Sie beschloss, diesmal außer dem Bleistift noch einen kleinen Anstecker in der Form eines Fußballs mitzunehmen, den sie hinten in einer Schublade entdeckt hatte. Er stammte anscheinend von der Mannschaft, in der er in der Grundschule gewesen war. Er war alt, und es sah nicht so aus, als würde der Junge besonders daran hängen. Wahrscheinlich würde er nicht einmal merken, dass er fort war. Oder es würde jedenfalls eine Zeit dauern. Als Nächstes überprüfte sie, ob der Tampon, den sie beim letzten Mal in der untersten Schublade versteckt hatte, noch dort lag. Das tat er.

Scheherazade fragte sich, was die Mutter wohl tun würde, falls sie den Tampon entdeckte. Was würde sie denken? Würde sie ihren Sohn direkt darauf ansprechen und ihn ins Kreuzverhör nehmen? Ihn fragen, wie er dazu komme, Hygieneartikel in seiner Schublade aufzubewahren? Oder würde sie insgeheim alle möglichen düsteren Mutmaßungen anstellen? Scheherazade wusste nicht, wie die Mutter reagieren würde. Dennoch beschloss sie, den Tampon auf jeden Fall dort zu lassen. Denn immerhin war er das erste Zeichen, dass sie zurückgelassen hatte.

Als ihr zweites Zeichen wollte Scheherazade diesmal drei Haare von sich zurücklassen. Sie hatte sie am Abend zuvor abgeschnitten, in Plastikfolie gewickelt, in einen kleinen Umschlag gesteckt und diesen verschlossen. Nun zog sie ihn aus ihrem Rucksack und legte ihn zwischen drei alte Mathematikhefte in eine Schublade. Es waren glatte schwarze Haare, weder lang noch kurz. Ohne einen DNS-Test ließe sich nicht feststellen, wem sie gehörten. Doch sah man auf den ersten Blick, dass es sich um die Haare einer jungen Frau handelte.

Sie verließ das Haus des Jungen, ging zu Fuß zur Schule und nahm nach der Mittagspause wieder am Unterricht teil. Und noch einmal verbrachte sie zehn Tage in einem Gefühl der Befriedigung. Ihr war, als besäße sie nun ein großes Stück von ihm. Aber natürlich ging die Geschichte nicht ohne Schwierigkeiten ab. In das leere Haus fremder Menschen einzudringen wurde, wie Scheherazade schon angedeutet hatte, zu einer *Gewohnheit*.

Als Scheherazade bis dahin erzählt hatte, warf sie einen Blick auf die Uhr am Kopfende. »So«, sagte sie wie zu sich selbst, »es wird allmählich Zeit.« Sie stand auf und begann sich anzuziehen. Die Uhr zeigte 4.32 Uhr. Sie schlüpfte in ihre schlichte, praktische, weiße Unterwäsche, hakte sich den BH am Rücken zu, stieg in ihre Jeans und streifte sich ihr dunkelblaues Sweatshirt mit dem Nike-Logo über den Kopf. Nachdem sie sich im

Bad gründlich mit Seife die Hände gewaschen und rasch die Haare gebürstet hatte, fuhr sie in ihrem blauen Mazda davon.

Habara blieb allein zurück, und weil ihm nichts Besseres einfiel, ließ er sich die Geschichte, die sie ihm im Bett erzählt hatte, noch einmal in allen Einzelheiten durch den Kopf gehen, wie eine Kuh, die ihre Nahrung wiederkäut. Wie immer hatte er keine Vorstellung, wie die Geschichte weitergehen würde. Ebenso wenig davon, wie Scheherazade in der elften Klasse ausgesehen haben mochte. Ob sie damals noch schlank gewesen war? Hatte sie eine Schuluniform, weiße Socken und Zöpfe getragen?

Weil er noch keinen Appetit hatte, wollte er, bevor er sich etwas zu essen machte, ein angefangenes Buch weiterlesen, aber er konnte sich partout nicht auf die Lektüre konzentrieren. Unvermittelt sah er vor sich, wie Scheherazade heimlich in den ersten Stock des Hauses hinaufschlich, ihr Gesicht im T-Shirt ihres Mitschülers vergrub und den Geruch einsog. Habara konnte es nicht erwarten, die Fortsetzung der Geschichte zu hören.

Es dauerte drei Tage, bis Scheherazade das nächste Mal kam, ein Wochenende lag dazwischen. Wie immer brachte sie Lebensmittel in großen Papiertüten mit, sortierte den Inhalt des Kühlschranks den Verfallsdaten entsprechend um, vergewisserte sich, ob der Vorrat an Dosen, Flaschen und Gewürzen noch ausreichte, und erstellte die nächste Einkaufsliste. Sie stellte neues Perrier kalt. Die Bücher und DVDs, die sie mitgebracht hatte, stapelte sie auf dem Tisch.

»Gibt es sonst noch etwas, das du gern hättest?«

»Mir fällt nichts Besonderes ein«, antwortete Habara.

Dann gingen die beiden wie immer ins Bett und schliefen miteinander. Nach einem mäßigen Vorspiel streifte er das Kondom über (aus medizinischen Gründen bestand sie darauf, dass er es von Anfang bis Ende konsequent benutzte), drang in sie ein und ejakulierte in angemessener Zeit. Auch wenn der Akt für sie keine Pflicht war, waren sie beide nicht besonders mit dem Herzen dabei. Scheherazade schien dabei grundsätzlich auf der Hut vor übermäßiger Leidenschaft zu sein. So wie ein Fahrlehrer bei seinen Schülern grundsätzlich keine übermäßige Leidenschaft erwartet.

Sobald sie sich mit professionellem Blick vergewissert hatte, dass Habara die angemessene Samenmenge in das Verhütungsmittel ejakuliert hatte, begann sie zu erzählen.

Nach ihrem zweiten Besuch im Haus des Jungen verbrachte Scheherazade also zehn Tage in einem Gefühl der Befriedigung. Den Fußball-Anstecker trug sie in ihrem Mäppchen bei sich und streichelte ihn manchmal während des Unterrichts. Oder sie knabberte an dem Bleistift und leckte an der Mine. Dabei dachte sie an sein Zimmer. An den Schreibtisch, an dem er lernte, an das Bett, in dem er schlief, an die Kommode, in der seine Kleidung lag, an seine sauberen weißen Shorts, an ihren Tampon und ihre drei Haare, die in seiner Schreibtischschublade versteckt waren.

Sie konnte sich nicht mehr auf den Unterrichtsstoff konzentrieren. Selbstvergessen gab sie sich allerlei Tagträumen hin oder versenkte sich in das Spiel mit seinem Bleistift oder dem Anstecker. Außerdem hatte sie nicht die geringste Lust, ihre Hausaufgaben zu machen. Ursprünglich war sie nicht schlecht in der Schule gewesen. Sie hatte nicht zu den Besten gehört, aber sie war ein Typ, der regelmäßig lernte, und eigentlich hatten ihre Noten immer über dem Durchschnitt gelegen. Als sie jedoch, wenn sie aufgerufen wurde, kaum noch antworten konnte, machten ihre Lehrer eher besorgte als verärgerte Gesichter. Man ließ sie ins Lehrerzimmer kommen. Was denn mit ihr los sei. Ob sie irgendeinen Kummer habe. Aber darauf konnte sie nicht richtig antworten. Sie stammelte nur etwas davon, dass es ihr nicht so gut gehe. Natürlich konnte sie nicht sagen, dass sie in einen Jungen verliebt war, sich tagsüber manchmal in sein Haus schlich, Bleistifte und Anstecker stibitzte, geistesabwesend mit ihnen herumspielte und an nichts anderes denken konnte als an ihn. Es war ein gewichtiges, düsteres Geheimnis, das nur sie allein kannte.

»Es kam so weit, dass ich mich regelmäßig in sein Haus stehlen musste«, sagte Scheherazade. »Natürlich war das sehr gefährlich. Ich durfte diesen Drahtseilakt nicht ewig fortführen. Das wusste ich selbst sehr gut. Irgendwann würde mich jemand erwischen und die Polizei holen. Wenn ich daran dachte, hielt ich es vor Angst kaum aus. Doch ein Rad, das einmal begonnen hat, einen Abhang hinunterzurollen, kann man nicht ohne Weiteres anhalten. Zehn Tage nach meinem zweiten ›Besuch‹ führten meine Füße mich wie von selbst wieder zu seinem Haus. Ich musste, sonst wäre ich verrückt geworden. Aber wenn ich es mir jetzt überlege, denke ich, dass ich bereits verrückt war.«

»Ist es nicht aufgefallen, dass du immer wieder die Schule geschwänzt hast?«, fragte Habara.

»Meine Eltern hatten ein Geschäft und sehr viel zu tun. Sie achteten kaum auf mich. Bis dahin hatte ich ihnen nie Schwierigkeiten gemacht oder offen etwas gegen ihren Willen getan.

Deshalb glaubten sie wohl, sie könnten mich ruhig mir selbst überlassen. Die Entschuldigungen für die Schule konnte ich leicht fälschen. Ich schrieb in der Handschrift meiner Mutter einfach einen Grund auf, aus dem ich dem Unterricht fernbleiben musste, unterschrieb und setzte ihren Stempel darunter. Meinem Klassenlehrer hatte ich gleich gesagt, ich müsse manchmal einen halben Tag fehlen, um zum Arzt zu gehen, da ich nicht gesund sei. In der Klasse gab es mehrere Schulverweigerer. Die bereiteten den Lehrern genügend Kopfzerbrechen, und es dachte sich niemand etwas dabei, dass ich ab und zu einen halben Tag nicht da war.«

Scheherazade warf einen Blick auf die Digitaluhr am Kopfende des Bettes und fuhr fort.

»Wieder holte ich den Schlüssel unter der Fußmatte hervor, schloss die Tür auf und ging ins Haus. Alles war wie immer, doch nein, aus irgendeinem Grund war es im Haus noch stiller als sonst. Als sich in der Küche der Kühlschrankthermostat einschaltete – es klang wie das Stöhnen eines großen Tieres –, fuhr ich zusammen. Dann klingelte auf einmal das Telefon. Es klang so schrill, dass ich dachte, mir bliebe das Herz stehen. Mir brach am ganzen Körper der Schweiß aus. Aber natürlich konnte niemand ans Telefon gehen, und nachdem es zehnmal geläutet hatte, hörte es auf. Sobald das Klingeln verstummt war, erschien mir die Stille noch tiefer.«

An diesem Tag lag Scheherazade lange auf dem Bett des Jungen. Diesmal klopfte ihr Herz nicht so stark wie beim letzten Mal, und sie konnte normal atmen. Ein Gefühl, als schliefe er ruhig neben ihr, stellte sich ein. Als brauchte sie nur die Hand auszustrecken, um seine kräftige Brust zu berühren. Doch na-

türlich lag er nicht neben ihr. Sie war nur in eine Wolke aus Tagträumen gehüllt.

Auf einmal drängte es Scheherazade, ihn zu riechen. Sie stand
auf, öffnete eine Schublade der Kommode und suchte nach einem Hemd. Alle Hemden waren frisch gewaschen, in der Sonne getrocknet und säuberlich zusammengerollt wie Biskuit-
rollen. Jeder Fleck beseitigt, jeder Geruch getilgt. Wie beim
letzten Mal.

Plötzlich hatte sie eine Idee. Das könnte gehen. Rasch lief sie
die Treppe hinunter. Im Bad entdeckte sie einen Korb und öffnete den Deckel. Er enthielt die schmutzige Wäsche des Jungen, seiner Mutter und seiner Schwester von ungefähr einem
Tag. Scheherazade suchte ein Männerunterhemd heraus. Es
war ein weißes BVD-Shirt mit rundem Ausschnitt. Sie roch daran. Unzweifelhaft der Schweißgeruch eines jungen Mannes.
Sie kannte diesen strengen Geruch schon von den Jungen in ihrer Klasse und hatte ihn nie als besonders angenehm empfunden. Aber *sein* Geruch beglückte Scheherazade unendlich. Als
sie ihr Gesicht unter die Achseln drückte und den Geruch ein-
atmete, hatte sie das Gefühl, ihn zu umarmen und von ihm
umarmt zu werden.

Scheherazade nahm das Hemd mit in den ersten Stock und
legte sich wieder auf das Bett. Sie vergrub ihr Gesicht in dem
Hemd und atmete den Schweißgeruch unermüdlich ein. Ein
süßes Ziehen breitete sich in ihrem Unterleib aus. Ihre Brustwarzen richteten sich auf. Ob sie ihre Tage bekam? Nein, dazu
war es noch zu früh. Wahrscheinlich war es sexuelle Erregung.
Sie wusste nicht, wie sie damit umgehen sollte, wie sie sie loswerden konnte. Oder zumindest konnte sie es nicht *hier*, in seinem Zimmer, in seinem Bett.

Scheherazade beschloss, das nach Schweiß riechende Hemd mitzunehmen. Das war natürlich riskant. Seine Mutter würde sicher merken, dass eines seiner Hemden fehlte. Auch wenn sie nicht an einen Diebstahl glauben würde, würde sie sich doch fragen, wohin es verschwunden sei. So sauber und aufgeräumt, wie das Haus war, musste die Mutter ein Putz- und Kontrollfreak sein. Sobald etwas fehlte, würde sie bestimmt das ganze Haus auf den Kopf stellen und wie ein ausgebildeter Polizeihund im Zimmer ihres geliebten Sohnes Scheherazades Spuren entdecken. Doch obwohl Scheherazade das alles wusste, wollte sie nicht auf das Hemd verzichten. Ihr Verstand konnte ihr Herz nicht überzeugen.

Scheherazade überlegte, was sie im Austausch zurücklassen könnte. Sie dachte an ihre Unterhose. Die war unauffällig und vergleichsweise neu, und sie hatte sie am Morgen frisch angezogen. Sie konnte sie im Wandschrank verstecken. Sie erschien ihr als wirklich angemessenes Tauschobjekt. Aber als sie sie ausziehen wollte, merkte sie, dass sie im Schritt heiß und feucht war. Vor Erregung, dachte sie. Sie roch daran, nahm aber keinen Geruch wahr. Dennoch konnte sie kein so von sexueller Erregung feuchtes Ding in seinem Zimmer zurücklassen. Dafür hätte sie sich verachtet. Sie zog die Unterhose wieder an und beschloss, etwas anderes dort zu lassen. Aber was?

An dieser Stelle schwieg Scheherazade. Lange sagte sie kein Wort und atmete mit geschlossenen Augen ruhig durch die Nase. Auch Habara lag schweigend da und wartete darauf, dass sie weitersprach.

»Du, Habara«, sagte Scheherazade und öffnete die Augen. Es war das erste Mal, dass sie ihn mit seinem Namen ansprach.

155

Habara sah sie an.

»Meinst du, du könntest noch einmal mit mir schlafen?«, fragte sie.

»Ich glaube schon«, sagte Habara.

Und die beiden schliefen noch einmal miteinander. Scheherazades Körper war ganz anders als vorher. Weich und feucht bis tief ins Innere. Ihre Haut war straff und glänzend. Habara vermutete, dass dies mit ihrer lebendigen Erinnerung an das Erlebnis im Haus ihres Schulkameraden zusammenhing. Das hieß, sie hatte *wirklich* die Zeit zurückgedreht und war wieder zu sich als Siebzehnjährige zurückgekehrt. Wie in ein früheres Leben. Scheherazade war imstande, die Macht ihrer Erzählkunst auf sich selbst auszudehnen, wie ein genialer Hypnotiseur sich mit einem Spiegel selbst zu hypnotisieren vermag.

Die beiden liebten sich wie nie zuvor, lange und leidenschaftlich. Und sie hatte am Ende einen Orgasmus, bei dem ihr Körper mehrmals heftig zuckte. In diesem Moment schien Scheherazade bis hin zu ihrem Gesicht völlig verändert. Habara konnte einen Moment lang wie durch einen schmalen Spalt einen Blick auf das siebzehnjährige Mädchen erhaschen, das sie einmal gewesen war. Und dieses problembeladene siebzehnjährige Mädchen, zufällig eingeschlossen im Körper einer fünfunddreißigjährigen Hausfrau, hielt er jetzt in seinen Armen. Das begriff Habara sehr wohl. Zitternd und mit geschlossenen Augen roch sie am schweißgetränkten Unterhemd eines Jungen.

Nachdem sie miteinander geschlafen hatten, sprach Scheherazade nicht weiter. Sie kontrollierte auch nicht wie üblich Habaras Kondom. Schweigend lagen die beiden nebeneinander. Sie starrte mit weit geöffneten Augen an die Decke. Wie ein Neunauge, das zur hellen Wasseroberfläche hinaufblickte. Wenn sie ein Neunauge war, war sie in einer anderen Welt oder in einer anderen Zeit – wie gut wäre es, dachte Habara, wenn ich nicht ein so beschränkter Mensch mit Namen Habara wäre, sondern ein namenloses Neunauge. Scheherazade und Habara wären beide Neunaugen, hätten sich nebeneinander an einem Stein festgesogen, schauten in der Strömung hin- und herschwankend zur Wasseroberfläche und warteten darauf, dass eine fette Forelle vorüberschwamm.

»Was hast du ihm denn am Ende für sein Hemd hingelegt?«, brach Habara das Schweigen.

Sie schwieg noch einen Augenblick lang, bevor sie antwortete. »Am Ende habe ich nichts dortgelassen. Denn ich hatte nichts bei mir, was sein Hemd aufgewogen hätte. Also habe ich einfach nur das Hemd mitgenommen. Das war der Punkt, an dem ich zu einer echten Einbrecherin wurde.«

Als Scheherazade zwölf Tage später zum vierten Mal zu seinem Haus kam, hatte man das Türschloss ausgewechselt. Das neue war golden und blitzte stolz und solide in den Strahlen der Mittagssonne. Der Schlüssel lag auch nicht mehr unter der Fußmatte. Vermutlich hatte es den Argwohn der Mutter erregt, dass ein Unterhemd ihres Sohnes aus dem Wäschekorb verschwunden war. Daraufhin hatte sie mit scharfem Blick alles durchsucht und bemerkt, dass in ihrem Haus seltsame Dinge vor sich gingen. Vielleicht war jemand in ihrer Abwesenheit eingestiegen. Also wechselte sie sofort das Schloss aus. Sie war eine Frau, die präzise urteilte und schnell handelte.

Natürlich war Scheherazade niedergeschmettert, als sie das neue Schloss sah; zugleich war sie jedoch erleichtert. Als wäre ihr eine schwere Last von den Schultern genommen worden. *Jetzt brauche ich mich nicht mehr in sein Haus zu schleichen,* dachte sie. Wäre das Schloss nicht ausgewechselt worden, hätte sie gewiss immer weitergemacht und sich immer extremer verhalten. Früher oder später wäre die Katastrophe eingetreten. Womöglich wäre jemand aus der Familie unerwartet nach Hause gekommen, während sie sich im ersten Stock aufhielt. Sie hätte nirgendwohin flüchten können. Eine Ausrede hätte sie auch nicht gehabt. Irgendwann wäre das sicher passiert. Nun blieb sie vor dieser Katastrophe bewahrt. Obwohl sie seiner Mutter nie begegnet war, sollte sie ihr vielleicht dankbar dafür sein, dass sie solche Adleraugen hatte.

Jeden Abend, bevor sie einschlief, roch Scheherazade am Unterhemd des Jungen. Sie schlief neben dem Hemd. Wenn sie zur Schule ging, wickelte sie es in Papier und versteckte es, wo niemand es finden würde. Sie aß zu Abend, und wenn sie allein in ihrem Zimmer war, nahm sie es heraus, streichelte es und roch daran. Sie fürchtete, dass der Geruch mit der Zeit schwächer werden und verschwinden würde, doch das passierte nicht. Der Geruch nach Schweiß blieb in dem Hemd haften, wie eine bedeutsame Erinnerung, die nie vergeht.

Nun, da sie wusste, dass sie sich nicht mehr in sein Haus schleichen konnte (schleichen musste), normalisierte sich Scheherazades Seelenleben wieder. In der Schule träumte sie weniger und vernahm sogar bisweilen die Stimmen ihrer Lehrer. Aber statt ihnen zuzuhören, konzentrierte sie sich während des Unterrichts ganz auf den Jungen. Sie beobachtete unermüdlich, ob er sich irgendwie seltsam verhielt oder irgendwie aufgeregt schien. Doch sein Verhalten war völlig normal und unverändert. Wie üblich lachte er laut und mit weit aufgerissenem Mund, antwortete, wenn die Lehrer ihn etwas fragten, wie aus der Pistole geschossen und spielte nach dem Unterricht Fußball wie

ein Wilder. Schreiend und schwitzend. Es war nicht die geringste Absonderlichkeit an ihm zu bemerken. Was für ein erstaunlich normaler Mensch, dachte sie beeindruckt. *Ohne eine
dunkle Seite.*

Aber, dachte Scheherazade, ich weiß ja doch von einer dunklen Seite oder zumindest etwas Ähnlichem. Wahrscheinlich bin
ich die Einzige, die sie kennt (außer seiner Mutter vielleicht).
Als sie das dritte Mal in seinem Haus gewesen war, hatte sie
hinten im Schrank, gut versteckt, mehrere Hefte mit Fotos von
nackten Frauen entdeckt. Sie hielten die Beine gespreizt und
präsentierten ungeniert ihre Genitalien. Andere Fotos zeigten
Paare beim Geschlechtsverkehr, in höchst unnatürlichen Posi-
tionen. Geschlechtsteile wie Rohre wurden in die Frauen einge-
führt. Scheherazade hatte solche Fotos noch nie gesehen. Sie
saß am Schreibtisch des Jungen und blätterte die Zeitschriften
mehrmals durch, während sie die einzelnen Fotos interessiert
betrachtete. Sie vermutete, dass er sich die Fotos ansah und dabei masturbierte. Aber das störte sie nicht besonders. Sie war
nicht enttäuscht, dass er diese verborgene Seite hatte. Ihr war
bewusst, dass dies eine ganz natürliche Beschäftigung war. Die
Samenflüssigkeit, die er produzierte, musste irgendwo austre-
ten. So funktionierte der männliche Körper (das, was bei der
Frau einmal im Monat geschah, war ungefähr das Gleiche). In
dieser Hinsicht war er ein ganz normaler Teenager. Er war weder ein Held noch ein Heiliger, eine Erkenntnis, die Scheherazade eher erleichterte.

»Eine Weile nachdem ich aufgehört hatte, mich in sein Haus zu
schleichen, schwand meine brennende Sehnsucht immer mehr.
Wie die Flut sich von einem flachen Strand zurückzieht. Wa-

rum, weiß ich nicht, aber mit der Zeit roch ich nicht mehr so leidenschaftlich wie früher an seinem Hemd und streichelte auch den Bleistift und den Anstecker nur noch selten. Die Hitze verging wie ein Fieber. Es war nicht *wie* eine Krankheit, es *war* eine richtige, lang andauernde Krankheit mit hohem Fieber gewesen. Vielleicht verliert jeder in seinem Leben einmal so den Kopf. Oder vielleicht war es ein besonderes Erlebnis, das nur ich hatte. Ist dir so etwas schon mal passiert?«

Habara überlegte, aber ihm fiel nichts ein. »Nein, eigentlich nicht«, sagte er.

Scheherazade wirkte ein wenig enttäuscht. »Jedenfalls hatte ich ihn, als ich mit der Oberschule fertig war, ohne es zu merken, einfach vergessen. So leicht, dass ich mich selbst wunderte. Ich konnte kaum noch nachvollziehen, was ich als Siebzehnjährige so anziehend an ihm gefunden hatte. Das Leben ist seltsam, nicht wahr? Dinge, die man einmal für absolut begehrenswert hielt und für die man alles andere aufgegeben hätte, können mit der Zeit oder wenn der Blickwinkel sich ändert, erstaunlich schnell verblassen. Es ist mir völlig unverständlich, was ich damals in ihm gesehen habe. Das war die Geschichte meiner ›Periode als Einbrecherin‹.«

Klingt irgendwie nach der »Blauen Periode« von Picasso, dachte Habara. Aber er konnte sehr gut verstehen, was sie sagen wollte.

Sie warf einen Blick auf die Digitaluhr. Es wurde Zeit zu gehen. Sie machte eine vielsagende Pause, ehe sie fortfuhr.

»Doch eigentlich ist die Geschichte hier noch nicht zu Ende. Vier Jahre später, als ich in meinem zweiten Jahr auf der Schwesternschule war, bin ich ihm durch einen merkwürdigen Zufall wieder begegnet. Dabei hatte auch seine Mutter einen großen

Auftritt, und eine Art Geistergeschichte gehört auch dazu. Möchtest du sie hören, auch wenn sie dir vielleicht unglaubwürdig erscheint?«

»Sehr gern«, antwortete Habara.

»Gut, das machen wir dann nächstes Mal«, sagte Scheherazade.

Sie stand auf, zog Unterwäsche, Strümpfe und Mieder an und schlüpfte in Bluse und Rock. Habara beobachtete sie gedankenverloren vom Bett aus. Womöglich waren die Bewegungen, mit denen sie sich ankleidete, von größerem Interesse für ihn als die beim Entkleiden.

»Gibt es etwas, das du gern lesen würdest?«, fragte Scheherazade im Gehen. Eigentlich nichts, erwiderte Habara.

Alles, was ich will, ist die Fortsetzung deiner Geschichte hören, dachte er, sagte es aber nicht. Denn er hatte das Gefühl, wenn er es aussprach, würde er sie niemals zu hören bekommen.

An diesem Abend ging Habara ziemlich früh zu Bett und dachte an Scheherazade. Ihn beunruhigte der Gedanke, dass er sie vielleicht niemals wieder sehen würde. Das konnte durchaus geschehen. Zwischen ihm und Scheherazade existierte keinerlei persönliche Übereinkunft. Ihre Beziehung war eine rein zufällig von jemandem gestiftete, die dieser Jemand nach Lust und Laune jederzeit abstellen konnte. Sie hing sozusagen an einem seidenen Faden. Wahrscheinlich, nein, *ganz bestimmt sogar*, würde irgendwann ihr Ende eingeläutet, der Faden durchtrennt werden. Die einzige Frage war, ob es früher oder später geschehen würde. Und wenn Scheherazade einmal fort war, würde sie Habara keine Geschichten mehr erzählen können. Ihr Strom würde abreißen, und viele unbekannte wundersame Geschichten, die er noch hätte hören sollen, würden unerzählt bleiben.

Oder aber ihm würde alle Freiheit genommen und er würde nicht nur von Scheherazade, sondern von allen Frauen ferngehalten werden. Auch diese Möglichkeit bestand. Wenn es dazu käme, würde er nie mehr in ihre feuchten Körper eindringen können. Nie mehr ihr zartes Beben spüren. Das Schlimmste war für Habara jedoch nicht der Verzicht auf Geschlechtsverkehr, sondern dass er die vertrauten Momente der Gemeinsamkeit verlieren würde. Im Grunde bedeutete eine Frau zu verlieren genau dies. Frauen schenken uns besondere Momente, in denen sie für uns mitten in der Wirklichkeit die Wirklichkeit außer Kraft setzen. Und Scheherazade beschenkte ihn damit im Überfluss. Der Gedanke daran, dies irgendwann einmal verlieren zu müssen, erfüllte ihn mit größerer Traurigkeit als alles andere.

Habara schloss die Augen und hörte auf, an Scheherazade zu denken. Stattdessen stellte er sich die Neunaugen vor. Kieferlose Neunaugen, die sich, festgesogen an einem Stein, zwischen wogenden Wasserpflanzen verbargen. Er wurde zu einem von ihnen und wartete darauf, dass eine Forelle kam. Doch so lange er auch wartete, nicht eine Einzige schwamm vorüber. Weder eine fette noch eine magere noch überhaupt eine. Bald ging die Sonne unter, und tiefe Dunkelheit senkte sich über die Welt.

KINOS BAR

Der Mann saß immer auf demselben Platz. Auf dem letzten Hocker an der Theke. Natürlich nur, wenn er nicht besetzt war, aber er war fast immer frei. Das lag daran, dass das Lokal ohnehin nicht sehr gut besucht war, und auch daran, dass es nicht gerade ein ins Auge fallender, behaglicher Platz war. Dahinter befand sich eine Treppe, weshalb die Decke dort schräg und niedrig war. Man musste achtgeben, dass man sich beim Aufstehen nicht den Kopf stieß. Dem Mann schien jedoch genau diese Enge zu gefallen.

Kino konnte sich noch an das erste Mal erinnern, als der Mann seine Bar betreten hatte. Zum einen, weil er einen säuberlichen Bürstenschnitt trug (frisch, wie eben gerade von der Haarschneidemaschine bearbeitet), und zum anderen, weil er, obgleich er mager war, ziemlich breite Schultern und ein irgendwie scharfes Blitzen in den Augen hatte. Er hatte vorstehende Wangenknochen und eine breite Stirn. Vermutlich war er Anfang dreißig. Obwohl es nicht regnete und auch nicht danach aussah, trug er einen langen grauen Regenmantel, sodass Kino sich zuerst fragte, ob der Mann vielleicht zu den Yakuza gehörte, und etwas angespannt und auf der Hut war. Es war ein noch kühler Abend Mitte April, gegen halb acht, und der Mann war der einzige Gast.

Er wählte den letzten Platz an der Theke, zog seinen Mantel

aus, hängte ihn an einen Haken an der Wand, bestellte leise ein Bier und las dann schweigend in einem dicken Buch. Er schien völlig in seine Lektüre vertieft zu sein. Als er etwa eine halbe Stunde später sein Bier ausgetrunken hatte, rief er Kino, indem er kurz die Hand hob, und bestellte einen Whisky. Nach der gewünschten Marke gefragt, sagte er, er habe keine besondere Vorliebe. »Einen möglichst normalen doppelten Scotch mit der gleichen Menge Wasser und ein wenig Eis, bitte.«

Einen möglichst normalen Scotch? Kino schenkte ihm ein Glas White Label ein, fügte noch einmal die gleiche Menge Wasser hinzu, hackte etwas Eis und gab zwei hübsche kleine Stücke hinein. Der Mann nahm einen Schluck, schmeckte mit zusammengekniffenen Augen und befand ihn für gut.

Wieder las er dreißig Minuten, dann stand er auf und zahlte seine Rechnung in bar. Vielleicht um Kleingeld loszuwerden, zählte er das Geld in Münzen ab. Kino war erleichtert, als er fort war. Doch auch nachdem der Mann gegangen war, blieb noch eine Zeit lang etwas von seiner Präsenz im Raum zurück. Während Kino hinter der Theke Essen vorbereitete, blickte er hin und wieder auf und schaute zu dem Platz, auf dem der Mann bis vor Kurzem gesessen hatte, da ihm so war, als hätte dort jemand die Hand gehoben, um etwas zu bestellen.

Von nun an kam der Mann häufig in Kinos Bar, einmal oder oft auch zweimal in der Woche. Zuerst bestellte er ein Bier und danach einen Whisky (White Label, mit der gleichen Menge Wasser und wenig Eis). Hin und wieder trank er auch zwei Gläser, aber in der Regel hörte er nach einem auf. Manchmal bestellte er auch einen Imbiss von der Tafel mit den Tagesgerichten.

Er war ein wortkarger Mann. Obwohl er ein häufiger Gast in

Kinos Bar war, gab er außer der Bestellung nie etwas von sich. Wenn sie sich ansahen, nickte er kurz, wie um zu bestätigen, dass sie sich kannten. Er kam immer verhältnismäßig früh, legte das Buch, das er unter dem Arm trug, auf die Theke und las. Man sah ihn nie mit einem Taschenbuch, es waren stets dicke, gebundene Bücher. Wenn er des Lesens überdrüssig (oder vielleicht einfach nur müde) war, schaute er auf und betrachtete die einzelnen Flaschen im Regal, als sähe er sich seltene, ausgestopfte Tiere aus fernen Ländern an.

Als Kino sich daran gewöhnt hatte, störte es ihn nicht mehr, mit dem Mann allein zu sein. Er war selbst ein schweigsamer Charakter, und es machte ihm nichts aus, mit anderen Menschen in einem Raum zu sein und nichts zu sagen. Während der Mann sich in seine Lektüre versenkte, wusch Kino Geschirr, rührte Saucen an, suchte Schallplatten aus oder saß auf einem Stuhl und las gründlich die Morgen- und die Abendzeitung, ganz so, als wäre er allein.

Kino wusste nicht, wie der Mann hieß. Der Mann hingegen kannte Kinos Namen, denn nach ihm war ja die Bar benannt. Der Mann stellte sich ihm nicht vor, und Kino traute sich auch nicht, ihn nach seinem Namen zu fragen. Er war nicht mehr als ein Stammgast, der in seine Bar kam, Bier und Whisky trank, stumm seine Bücher las und die Rechnung bar bezahlte. Er störte niemanden. Mehr musste Kino über ihn nicht wissen.

Kino war siebzehn Jahre lang in einer Firma beschäftigt gewesen, die mit Sportartikeln handelte. Als Student war er ein sehr guter Mittelstreckenläufer gewesen, aber im dritten Jahr hatte er nach einer Verletzung an der Achillessehne aus seinem Team ausscheiden müssen. Nach dem Examen hatte er durch die Vermittlung seines Trainers bei besagter Firma, die vor allem auf Laufschuhe spezialisiert war, eine feste Stelle bekommen. Kinos Tätigkeit bestand darin, möglichst viele Artikel in den Sportgeschäften im ganzen Land zu platzieren und führende Athleten dazu zu bewegen, die Schuhe seiner Firma zu tragen. Das mittelständische Unternehmen mit Hauptsitz in Okayama konnte nicht mit Markennamen wie Mizuno oder Asics mithalten. Es verfügte auch nicht wie Nike oder Adidas über das Kapital, um große Summen für Verträge mit internationalen Spitzensportlern hinzulegen. Kino erhielt nicht einmal ausreichend Spesen, um bekanntere Sportler zu bewirten. Wenn er solche Sportler zum Essen einladen wollte, musste er seine Reisespesen opfern oder es aus eigener Tasche bezahlen.

Seine Firma produzierte gewissenhaft und ohne Profitgier handgefertigte Schuhe für Spitzenathleten, und nicht wenige Sportler würdigten ihre reelle Arbeitsweise. »Ehrliche und gewissenhafte Arbeit trägt Früchte« lautete die Devise des Firmengründers. Diese Philosophie, die dem Zeitgeist den Rücken kehrte, sagte Kino persönlich sehr zu. Auch wenn er nicht gern viele Worte machte, war er ein guter Verkäufer. Manche Trainer vertrauten ihm eben wegen seines geradlinigen Charakters, und einige Sportler bewunderten ihn persönlich (auch wenn es nicht viele waren). Er hörte sich genau an, welche Schuhe die einzelnen Sportler brauchten, und teilte es bei der Rückkehr in seine Firma den für die Herstellung Zuständigen mit. Er fand seine Arbeit interessant und befriedigend. Sein Gehalt war nicht berauschend, aber er fand, dass er genau den Beruf hatte, der zu ihm passte. Er konnte zwar selbst nicht mehr laufen, aber es machte ihm Freude, den jungen, begabten Nachwuchssportlern beim Training auf der Aschenbahn zuzusehen.

Dass Kino bei seiner Firma kündigte, lag also nicht an einer

Unzufriedenheit mit seiner Arbeit. Es war das Ergebnis plötzlicher ehelicher Probleme. Er hatte entdeckt, dass der Kollege, mit dem er am engsten befreundet war, ein Verhältnis mit seiner Frau hatte. Kino war häufiger auf Geschäftsreise, als er sich in Tokio aufhielt. Mit einer großen Sporttasche voller Muster reiste er zu den Sportgeschäften im ganzen Land und besuchte Universitäten und Firmen, die Leichtathletik-Teams hatten. In seiner Abwesenheit unterhielten die beiden ihre Affäre. Kino war kein Mensch, der so etwas gespürt hätte. Er hielt seine Ehe für gut und hegte keinerlei Zweifel an der Treue seiner Frau. Wäre er nicht zufällig eines Tages früher von einer Geschäftsreise nach Hause gekommen, wäre die Sache wahrscheinlich unentdeckt geblieben.

Er kehrte von der Reise direkt in seine Wohnung in Kasai zurück und fand seine Frau und diesen Mann nackt im Bett. In seinem Haus, in seinem Schlafzimmer, in seinem Ehebett überraschte er die beiden in einer unmissverständlichen Situation. Seine Frau saß oben, und Kino sah in ihr Gesicht, als er die Tür öffnete. Ihre wohlgeformten Brüste wippten heftig. Er war damals neununddreißig Jahre alt, seine Frau fünfunddreißig. Sie hatten keine Kinder. Kino wandte sich ab, schloss die Schlafzimmertür und verließ mit einer Reisetasche voll schmutziger Wäsche von einer Woche über der Schulter die Wohnung und kam nicht mehr zurück. Am nächsten Tag reichte er seine Kündigung ein.

Kino hatte eine ledige Tante. Sie war die ältere Schwester seiner Mutter und eine sehr attraktive Dame. Diese Tante hatte er schon in seiner Kindheit sehr gern gehabt. Sie war seit Langem die Geliebte eines älteren Mannes, der ihr großzügig ein kleines

Haus in Aoyama zur Verfügung stellte. Es war ein Arrangement wie in guten alten Zeiten. Sie wohnte im ersten Stock und
führte im Parterre ein Café. In einem kleinen Vorgarten stand
eine schöne Weide mit dichten, hängenden Zweigen. Das Haus
lag am Ende einer Gasse hinter dem Nezu-Museum, an einer
Stelle, an der nur wenige Leute vorbeikamen. Dennoch florierte
das Café, denn die Tante übte eine wundersame Anziehungs-
kraft auf andere Menschen aus.

Allerdings war sie inzwischen über sechzig und hatte Pro-
bleme mit der Hüfte. Es wurde immer schwieriger für sie, das
Café allein zu bewirtschaften. Daher hatte sie beschlossen, es
abzugeben und in eine Residenz mit Onsen – einer eigenen
Thermalquelle – nach Izukogen zu ziehen, wo es auch eine
Reha-Einrichtung gab.

»Willst du nicht das Lokal übernehmen, wenn ich aufhöre?«,
hatte sie Kino gefragt, etwa drei Monate bevor das Verhältnis
seiner Frau ans Licht gekommen war. Er sei ihr für den Vor-
schlag sehr dankbar, hatte er geantwortet, aber es sei nicht der
richtige Augenblick für ihn.

Nachdem Kino bei seiner Firma gekündigt hatte, rief er seine
Tante an und fragte, ob sie ihr Café schon verkauft habe. Sie
habe es einem Makler übergeben, sagte sie, aber bislang hätten
sich noch keine ernsthaften Interessenten gemeldet. Kino fragte, ob es ihr recht wäre, wenn er gegen eine monatliche Miete
eine Bar darin eröffnen würde.

»Was ist mit deiner Stelle bei der Firma?«, fragte die Tante.

»Ich habe gerade gekündigt.«

»Und deine Frau hat nichts dagegen?«

»Wir lassen uns demnächst scheiden.«

Kino erklärte nicht, warum, und seine Tante fragte auch nicht.

Am anderen Ende der Leitung herrschte kurzes Schweigen. Dann nannte sie ihm einen Mietpreis. Er war viel geringer, als Kino es erwartet hatte. Das könne er zahlen, sagte er.

»Ich bekomme wahrscheinlich eine kleine Abfindung, also musst du dir wegen des Geldes keine Sorgen machen.«

»Das tue ich sowieso nicht«, sagte die Tante knapp. Kino und seine Tante sprachen kaum miteinander, aber die beiden hatten sich seltsamerweise schon immer ohne viele Worte verstanden (was Kinos Mutter nie sonderlich begrüßt hatte). Sie wusste, dass Kino ein einmal gegebenes Versprechen nicht leichtfertig brechen würde.

Kino verwendete die Hälfte seiner Ersparnisse für den Umbau des Cafés in eine Bar. Er hielt die Einrichtung möglichst einfach, ließ eine lange Theke aus dickem Holz einbauen und erneuerte die Bestuhlung. Er tapezierte die Wände in einer dezenten Farbe und änderte die Beleuchtung so, dass sie einem Raum angemessen war, in dem Alkohol getrunken wurde. Er holte seine bescheidene Plattensammlung von zu Hause und stellte sie in ein Regal. Er besaß auch eine einigermaßen anständige Stereoanlage. Der Plattenspieler von Thorens, die Verstärker von Luxman und die kleinen Zwei-Wege-Lautsprecher von JBL waren verschwenderische Käufe aus seiner Junggesellenzeit. Er hatte schon immer gern alte Jazzplatten gehört. Sie waren fast sein einziges Hobby, und es gab niemanden in seinem Umfeld, der es teilte. Die meisten Cocktails konnte er aus dem Gedächtnis mixen, da er in seiner Studienzeit in Roppongi als Bartender gejobbt hatte.

Er nannte die Bar »Kinos Bar«. Ein anderer Name war ihm nicht eingefallen. In der ersten Woche kam kein einziger Gast. Doch damit hatte er gerechnet, und es machte ihm nicht allzu viel aus. Außerdem hatte er keinem seiner Bekannten von der Eröffnung erzählt. Er hatte keine Werbung gemacht und kein Schild aufgehängt. Er hatte einfach eine Bar am Ende einer Gasse eröffnet und wartete nun in Ruhe darauf, dass ein neugieriger Gast sich dorthin verirrte. Er hatte noch etwas von seiner Abfindung übrig, und seine Frau stellte keinerlei finanzielle Ansprüche an ihn. Da sie bereits mit Kinos Kollegen zusammenlebte, brauchte auch sie die gemeinsame Wohnung in Kasai nicht mehr. Also beschlossen sie, diese zu verkaufen und das nach Abzug der Kreditzahlungen verbleibende Geld zu teilen. Kino schlief im ersten Stock über der Bar. Es würde schon eine Zeit lang gehen.

In seiner Bar, in die keine Gäste kamen, hörte Kino seit Langem einmal wieder so viel Musik, wie er wollte, und las die Bücher, die er immer hatte lesen wollen. Wie ein ausgedörrter Boden den Regen nahm Kino das Alleinsein, die Stille und die Einsamkeit ganz natürlich in sich auf. Häufig legte er Platten von Art Tatum auf, dessen Klaviersoli perfekt zu seiner augenblicklichen Gemütslage passten.

Aus irgendeinem Grund empfand er weder Zorn noch Hass auf seine nun von ihm getrennt lebende Frau und den Kollegen, der mit ihr geschlafen hatte. Natürlich hatte er zunächst einen Schock erlitten, und dieser Zustand der Fassungslosigkeit hatte eine Zeit lang angedauert, aber er hatte sich dann doch ziemlich bald damit abgefunden. Im Grunde war sein Leben unbefriedigend und unproduktiv gewesen. Ohne jemanden glücklich machen zu können, kann man selbst natürlich auch nicht glücklich sein. Kino hatte ohnehin keine genaue Vorstellung davon, was Glück eigentlich sein sollte. Auch von Gefühlen wie Schmerz,

Zorn, Verzweiflung oder Resignation hatte er kein klares Bild. Es war ihm gerade so gelungen, sich einen Ort zu schaffen, an den er gebunden war, damit sein Herz, das seine Orientierung und Erdung verloren hatte, nicht unstet umherzog. Dieser Ort war die kleine Bar am Ende der Gasse. Und sie wurde – wohl deswegen – ein Raum, an dem auch andere Menschen sich sonderbar wohl fühlten.

Noch vor den Menschen entdeckte eine graue, streunende Katze das Wohlbehagen, das man in Kinos Bar empfand. Es war ein junges Weibchen mit einem schönen langen Schwanz. Ein verstecktes Regal in einem Winkel der Bar schien es ihr angetan zu haben, dort rollte sie sich zusammen und schlief. Nach Möglichkeit beachtete Kino sie nicht weiter. Wahrscheinlich wollte sie in Ruhe gelassen werden. Einmal am Tag gab er ihr Futter und wechselte ihr Wasser. Das war alles. Und er baute eine kleine Tür ein, durch die sie jederzeit nach Belieben kommen und gehen konnte. Dennoch zog die Katze es aus irgendeinem Grund vor zu warten, bis jemand kam oder ging, und dann die Vordertür zu benutzen.

Vielleicht erzeugte die Katze ein angenehmes Fluidum, denn allmählich stellten sich immer mehr Gäste in Kinos Bar ein. Das Haus am Ende der Gasse, das unauffällige kleine Schild, die schöne alte Weide, der schweigsame, nicht mehr ganz junge Wirt, die alten LPs, die er auflegte, die Tatsache, dass er nicht mehr als zwei leichte Tagesgerichte anbot, und die graue, in einer Ecke der Bar zusammengerollte Katze – es gab Gäste, denen dieses Arrangement gefiel und die immer wieder kamen. Manchmal brachten sie auch neue Gäste mit. Die Bar war noch längst kein gut gehendes Lokal, aber sie machte inzwischen ge-

nug Umsatz, um die monatliche Miete zu bezahlen. Das genügte Kino.

Als der junge Mann mit dem geschorenen Kopf das erste
Mal kam, waren seit Eröffnung der Bar zwei Monate vergangen. Und bis Kino seinen Namen erfuhr, dauerte es noch einmal zwei Monate. Er hieß Kamita. Er schrieb sich *Kami* wie
Gott und *Ta* wie Acker – Gottesacker. Mit den gleichen Zeichen wie der Tokioter Stadtteil Kanda, aber man spreche es
nicht Kanda, wie der Mann eigens betonte. Obwohl es eigentlich keinen Grund gab, Kino darauf hinzuweisen.

An jenem Tag regnete es. Ein Regen, bei dem man nicht sicher war, ob man einen Schirm brauchte. Außer Kamita waren
noch zwei Gäste in dunklen Anzügen in der Bar. Es war halb
sechs. Kamita saß wie immer auf dem letzten Hocker und las,
während er einen White Label mit Wasser trank. Die beiden
Männer saßen an einem Tisch und tranken eine Flasche Haut-
Médoc. Beim Betreten der Bar hatten sie die Flasche aus einer
Papiertüte genommen und gefragt, ob sie sie gegen eine Kork-
gebühr von fünftausend Yen dort trinken dürften. So etwas
war noch nie vorgekommen, aber Kino sah eigentlich keinen
Grund, es ihnen zu verweigern. Er entkorkte die Flasche und
brachte ihnen Weingläser. Er stellte ihnen auch einen Teller mit
Nüssen hin. Das machte ja keine Umstände. Das Einzige, was
Kino nicht gefiel, war, dass sie stark rauchten. So waren sie kei-
ne ganz willkommenen Gäste. Da er nichts zu tun hatte, setzte
Kino sich auf einen Hocker und lauschte der LP *Joshua Fit the
Battle of Jericho* von Coleman Hawkins. Besonders das Bass-
Solo von Major Holley fand er großartig.

Anfangs tranken die beiden Männer friedlich und gesittet
ihren Wein, doch dann begannen sie sich zu streiten. Kino ver-

stand nicht, worum es ging, aber über irgendetwas waren die beiden sich fürchterlich uneins, und alle Versuche, zu einer Einigung zu kommen, schienen zu scheitern. Die Gemüter erhitzten sich immer mehr, und die Auseinandersetzung verwandelte sich in einen wilden Streit. An einem Punkt sprang der eine auf, der Tisch kippte, und der volle Aschenbecher und ein Glas fielen zu Boden. Das Glas zersplitterte. Kino holte einen Besen, fegte den Boden und brachte einen neuen Aschenbecher und ein neues Glas.

Es war eindeutig, dass Kamita – damals kannte Kino seinen Namen allerdings noch nicht – das Verhalten der Männer missbilligte. Obwohl er keine Miene verzog, trommelte er mit den Fingern seiner linken Hand leicht auf die Theke, wie ein Pianist, der einen besonderen Akkord, der ihn beschäftigt, immer wieder ausprobiert. Ich muss einschreiten, dachte Kino. Ich trage hier die Verantwortung. Er trat auf die beiden zu und bat sie höflich, ihre Lautstärke ein wenig zu mäßigen.

Der eine sah mit einem unangenehmen Blick zu Kino auf und erhob sich langsam von seinem Sitz. Aus irgendeinem Grund war es Kino bisher nicht aufgefallen, aber der Mann war gewaltig. Gar nicht unbedingt groß, aber er hatte eine massige Brust und riesige Arme. Bei dem Körperbau hätte es nicht verwundert, wenn er Sumoringer gewesen wäre. Er hatte bestimmt noch keine Schlägerei verloren. Auch nicht als Kind. Er war es sicher gewohnt, andere herumzukommandieren, und schätzte es gar nicht, gemaßregelt zu werden. An der Sporthochschule war Kino solchen Kerlen häufiger begegnet. Man konnte nicht vernünftig mit ihnen reden.

Der andere Mann war viel kleiner. Er war dürr, und sein verschlagenes Gesicht hatte eine ungesunde Farbe. Er wirkte, als hätte er Erfahrung darin, andere zu provozieren. Auch er erhob sich langsam. Kino stand nun beiden gegenüber. Sie schienen beschlossen zu haben, ihren Streit fürs Erste beizulegen und sich gegen Kino zu verbünden. Sie waren sich bemerkenswert einig, als hätten sie diese Entwicklung insgeheim erwartet.

»Was fällt dir ein, unser Gespräch zu stören?«, sagte der Dicke mit lauter, heiserer Stimme.

Beide trugen teuer aussehende Anzüge, aber aus der Nähe betrachtet, waren sie nicht besonders fein. Die Männer waren vielleicht nicht gerade Yakuza, aber so etwas in der Art. Jedenfalls sahen sie nicht aus, als gingen sie einer ehrbaren Arbeit nach. Der Dicke trug einen Bürstenschnitt, der Mickrige einen sehr hoch gebundenen, braun gefärbten Pferdeschwanz. Kino machte sich auf Unannehmlichkeiten gefasst. Er begann unter den Achseln zu schwitzen.

»Entschuldigung«, ertönte es hinter ihm.

Er wandte sich um. Kamita hatte seinen Hocker an der Theke verlassen und stand dicht hinter ihm.

»Lassen Sie den Mann in Ruhe, er kann nichts dafür«, sagte er und deutete auf Kino. »Ich hatte ihn gebeten, Sie darauf aufmerksam zu machen, dass Sie zu laut sind. Ich kann so nicht lesen.«

Kamitas Stimme war eher sanfter und langsamer als gewöhnlich. Aber sie machte den Eindruck, dass sich an einer nicht sichtbaren Stelle darin langsam etwas zu regen begann.

»Soso, du kannst also nicht lesen«, wiederholte der Mickrige mit leiser Stimme, so als wollte er sich vergewissern, dass die Syntax korrekt war.

»Hast du keine Wohnung?«, fragte der Dicke.

»Doch«, erwiderte Kamita. »Ich wohne hier ganz in der Nähe.«

»Dann geh doch heim und lies dort.«

»Ich lese aber gern hier«, sagte Kamita.

Die beiden Männer wechselten einen Blick.

»Gib mal dein Buch«, sagte der Mickrige. »Ich lese dir vor.«

»Ich lese gern selbst und in Ruhe«, sagte Kamita. »Es nervt mich, wenn jemand die Zeichen falsch ausspricht.«

»Du bist ja ein lustiger Vogel«, sagte der Dicke. »Du bringst mich zum Lachen.«

»Wie heißt du?«, fragte der mit dem Pferdeschwanz.

»Kamita. Man schreibt es mit ›Gott‹ und ›Acker‹«, sagte Kamita. Das war das erste Mal, dass Kino seinen Namen hörte.

»Ich werde es mir merken«, sagte der Dicke.

»Eine gute Idee. Das Gedächtnis ist etwas sehr Nützliches«, sagte Kamita.

»Wollen wir nicht vor der Tür weiterreden?«, sagte der Mickrige.

»Klar«, sagte Kamita. »Von mir aus gern überall. Aber vorher sollten wir doch die Rechnung begleichen. Dann hat der Wirt keine Schwierigkeiten.«

»In Ordnung«, pflichtete ihm der Mickrige bei.

Kamita bat Kino um seine Rechnung und gab ihm den Betrag passend. Der mickrige Mann mit dem hochgebundenen Haar zog einen Zehntausender aus der Brieftasche und legte ihn auf den Tisch.

»Das sollte reichen, auch für das zerbrochene Glas, oder?«

»Ja, das reicht«, sagte Kino.

»Was für ein schäbiger Laden«, höhnte der Dicke.

»Das Wechselgeld kannst du behalten, kauf dir ein paar bessere Weingläser davon«, sagte der Mickrige zu Kino. »So billiges Zeug verdirbt den Geschmack von edlem Wein.«

»Ein echt schäbiger Laden«, wiederholte der Dicke.

»Ja, ein schäbiger Laden mit schäbigen Gästen«, sagte Kamita. »Ihr passt hier nicht her. Für euch gibt es andere Lokale. Ich weiß bloß nicht, wo.«

»Ein komischer Vogel«, sagte der Dicke. »Er bringt mich zum Lachen.«

»Du kannst dich später daran erinnern und in Ruhe lachen«, sagte Kamita.

»Ehe wir lange überlegen, wohin wir gehen oder nicht, kannst du uns doch mal zeigen, wo du wohnst«, sagte der mit dem Pferdeschwanz. Dabei leckte er sich mit seiner langen Zunge langsam über die Lippen wie eine Schlange auf Beutefang.

Der Dicke öffnete die Tür und ging ins Freie, der Pferdeschwanz folgte ihm. Auch die Katze schlüpfte hinter ihnen ins Freie, obwohl es regnete. Ihr war wohl die Luft zu schlecht geworden.

»Geht das in Ordnung?«, fragte Kino Kamita.

»Keine Sorge«, sagte Kamita, und ein leichtes Lächeln stahl sich auf seine Lippen. »Bleiben Sie einfach hier, Herr Kino. Tun Sie nichts, warten Sie einfach. Es wird nicht lange dauern.«

Und Kamita ging nach draußen und schloss die Tür hinter sich. Der Regen war stärker geworden. Folgsam setzte Kino sich auf einen Hocker an der Theke und ließ die Zeit vergehen. Es sah nicht so aus, als würden neue Gäste kommen. Draußen war es unangenehm still, kein Laut war zu hören. Kamitas Buch lag aufgeschlagen auf der Theke und wartete wie ein braver Hund auf die Rückkehr seines Herrn. Etwa zehn Minuten später ging die Tür auf, und Kamita kam allein zurück. »Könnten Sie mir ein Handtuch geben?«, sagte er.

Kino brachte ihm ein frisches Handtuch. Kamita trocknete

sich damit den nassen Kopf. Er wischte sich den Nacken, das Gesicht und zum Schluss die Hände daran ab. »Danke. Alles erledigt. Die Kerle werden sich nicht mehr blicken lassen.«

»Was ist denn passiert?«

Kamita schüttelte leicht den Kopf. Besser, Sie wissen es nicht, hieß das wohl. Er setzte sich wieder auf seinen Platz, las in seinem Buch und trank seinen restlichen Whisky dazu, als wäre nichts gewesen. Als er beim Gehen die Rechnung bezahlen wollte, erinnerte Kino ihn daran, dass er bereits bezahlt hatte. »Ach ja, richtig«, sagte Kamita verlegen, schlug den Kragen seines Regenmantels hoch, setzte seine Mütze auf und verließ die Bar.

Nachdem Kamita gegangen war, trat auch Kino ins Freie und drehte eine Runde durch die Umgebung. Aber alles war ruhig. Kein Mensch auf der Straße. Keine Spuren von einem Kampf, kein Blut. Was war da nur passiert? Er ging wieder in die Bar, um auf Gäste zu warten. Aber bis zum Ende kam niemand, nicht einmal die Katze kehrte zurück. Er schenkte sich einen doppelten White Label ein, füllte ihn mit der gleichen Menge Wasser auf, gab zwei kleine Stücke Eis hinein und probierte. Es schmeckte nicht außergewöhnlich. Wie ein solcher Drink eben schmeckte. Aber an diesem Abend konnte er wirklich einen gebrauchen.

In seiner Studentenzeit hatte er in den Gassen des Rotlichtviertels von Shinjuku einmal einen Streit zwischen zwei jungen Angestellten und einem Mann beobachtet, der wie ein Yakuza aussah. Der Yakuza war ein kümmerlicher Typ in mittlerem Alter, während die beiden Angestellten sportlich und durchtrainiert wirkten. Sie waren betrunken und unterschätzten ihren Gegner. Wahrscheinlich konnte er boxen. Ehe sie sichs versahen, hatte er die Fäuste geballt und beide niedergeschlagen. Anschließend versetzte er den am Boden Liegenden noch ein paar kräftige Fußtritte. Wahrscheinlich brach er ihnen dabei ein paar Rippen. Man konnte es krachen hören. Der Mann ging weg, als wäre nichts gewesen. So kämpft ein Profi, hatte Kino damals gedacht. Ohne ein überflüssiges Wort. Jede Bewegung ist vorprogrammiert. Blitzartig schlägt er zu, ehe der Gegner sich vorbereiten kann. Ohne jede Skrupel gibt er dem Niedergestreckten den Rest und geht. Gegen so jemanden hat ein Amateur keine Chance.

Kino stellte sich vor, dass Kamita die beiden Männer ebenso in Sekundenschnelle außer Gefecht gesetzt hatte. Übrigens hatte Kamita auch etwas an sich, das an einen Boxer erinnerte. Aber Kino hatte keine Möglichkeit zu erfahren, was er an diesem regnerischen Abend wirklich getan hatte. Kamita hatte ja auch nichts erzählen wollen. Je mehr Kino darüber nachdachte, desto rätselhafter wurde es ihm.

Ungefähr eine Woche nach diesem Vorfall schlief Kino mit einer Kundin. Es war das erste Mal, dass er seit der Trennung von seiner Frau Geschlechtsverkehr hatte. Die Kundin war um die dreißig, vielleicht etwas darüber. Die Frage, ob sie in die Kategorie »schöne Frau« fiel, war nicht leicht zu beantworten, jedenfalls hatte sie langes, glattes Haar, eine kurze Nase und eine besondere Ausstrahlung, die Blicke anzog. Sie hatte eine irgendwie träge, lässige Art, sich zu bewegen und zu sprechen, und ihre Miene war undurchschaubar.

Sie war schon vorher mehrmals in der Bar gewesen, immer in Begleitung eines gleichaltrigen Mannes mit einer Schildpatt-Brille und einem spitzen Kinnbärtchen. Er sah aus wie früher die Beatniks. Er hatte lange Haare und trug nie eine Krawatte, war also wahrscheinlich kein normaler Angestellter. Die Frau hatte stets ein eng anliegendes Kleid an, das ihre schlanke Figur sehr schön zur Geltung brachte. Die beiden saßen an der Theke und tranken Cocktails oder Sherry, während sie hin und wieder leise miteinander sprachen. Sie blieben nie sehr lange. Kino stellte sich vor, dass sie nur etwas trinken wollten, bevor sie miteinander schliefen. Oder vielleicht danach. Welches von beidem es war, konnte er nicht sagen. Ihre Art zu trinken hatte jedenfalls etwas an sich, das ihn an Geschlechtsverkehr denken ließ. An langen, intensiven Geschlechtsverkehr. Beide gaben sich seltsam unbewegt, besonders die Frau, und Kino sah niemals, dass sie lachte.

Hin und wieder sprach sie ihn an. Es ging immer um die Musik, die er gerade spielte. Sie fragte nach dem Namen eines Interpreten oder eines Titels. Sie mochte Jazz und sammelte wohl selbst Schallplatten. »Mein Vater hat diese alten Sachen oft gehört. Ich selbst ziehe die neueren vor, aber wenn ich die alten höre, bekomme ich Sehnsucht.«

Ob sie sich nach der Musik sehnte oder nach ihrem Vater, ging aus dem Gesagten nicht hervor, und Kino wagte nicht zu fragen.

Eigentlich hütete er sich sogar davor, der Frau allzu nahe zu kommen, denn es war mehr als deutlich, dass ihr Begleiter dies nicht schätzte. Einmal hatte Kino sich ein wenig intensiver mit ihr über Musik unterhalten (über das Restaurieren alter Schallplatten und die Läden in der Stadt, die gebrauchte Schallplatten verkauften), worauf der Mann ihn mit argwöhnischen, drohenden Blicken bedachte. Kino hatte sich schon immer bemüht, solchen Schwierigkeiten möglichst aus dem Weg zu gehen. Von den Gefühlen, die Menschen hegen, sind Eifersucht und Stolz vielleicht die schlimmsten. Und aus irgendeinem Grund erlebte Kino das immer und immer wieder. Mitunter fragte er sich schon, ob er vielleicht irgendwie bei anderen diese dunkle Seite hervorbrachte.

Doch an jenem Abend kam sie allein in die Bar. Außer ihr gab es keine Gäste. Es regnete anhaltend. Als die Tür aufging, trug die Nachtluft den Geruch von Regen in die Bar. Sie setzte sich an die Theke, bestellte einen Brandy und bat ihn, eine Platte von Billie Holiday aufzulegen. »Etwas möglichst Altes.« Kino legte die bei Columbia erschienene LP *Georgia on My Mind* auf den Plattenteller. Schweigend lauschten die beiden der Musik. Sie fragte, ob er auch die andere Seite auflegen könne, und er tat es.

Langsam trank sie drei Brandys, und sie hörten viele alte Stücke. »Moonglow« von Errol Garner, »I Can't Get Started« von Buddy DeFranco … Anfangs glaubte Kino, sie sei mit dem Mann verabredet, aber auch als die Schließenszeit näher rückte, ließ er sich nicht blicken. Die Frau erweckte auch nicht den Eindruck, als wartete sie auf ihn, denn sie sah kein einziges Mal auf die Uhr. Sie lauschte der Musik und trank wortlos und gedankenversunken ihren Brandy. Das Schweigen schien sie nicht zu stören. Brandy ist ein Getränk, zu dem Stille passt. Man kann sich die Zeit vertreiben, indem man ihn im Glas schwenkt, seine Farbe betrachtet und seinen Duft einatmet. Sie trug ein schwarzes Kleid mit kurzen Ärmeln und hatte eine dunkelblaue Jacke um die Schultern gelegt. Ihre Ohrstecker waren künstliche Perlen.

»Kommt Ihr Begleiter heute nicht?«, fragte Kino sie kühn, als es Zeit wurde, die Bar zu schließen.

»Nein, er kommt heute nicht. Er ist weit fort.« Sie glitt von ihrem Hocker, ging zu der schlafenden Katze hinüber und fuhr mit den Fingern über ihren Rücken. Die Katze schlief ungestört weiter.

»Ich will versuchen, mich von ihm fernzuhalten«, sagte die Frau in vertraulichem Ton zu Kino. Vielleicht sagte sie es auch zu der Katze.

Kino antwortete nicht und fuhr unbeteiligt mit dem Aufräumen fort. Er reinigte die Arbeitsplatte, wusch Kochgeräte und verstaute sie in der Schublade.

»Wie soll ich es erklären?« Die Frau hörte auf, die Katze zu streicheln, und kam an die Bar zurück. Ihre Absätze klackten auf dem Boden. »Unsere Beziehung ist nicht als ›normal‹ zu bezeichnen.«

»Nicht normal«, wiederholte Kino verständnislos.

Die Frau trank den Rest ihres Brandys aus. »Ich möchte, dass Sie sich etwas ansehen, Herr Kino.«

Was immer es war, Kino wollte es nicht sehen. Es war etwas, das er *nicht sehen sollte*. Das wusste er von Anfang an. Aber er hatte keine Worte, um ihr rechtzeitig Einhalt zu gebieten.

Die Frau streifte ihre Jacke ab und legte sie auf den Hocker. Dann fuhr sie sich mit beiden Händen in den Nacken, öffnete den Reißverschluss ihres Kleides und kehrte Kino ihren Rücken zu. Etwas unterhalb ihres weißen BHs waren mehrere kleine Flecken wie Muttermale zu sehen. Sie waren von der Farbe verblasster Holzkohle, und ihre unregelmäßige Anordnung ließ an eine winterliche Sternenkonstellation denken. An eine Reihe dunkler, ausgebrannter Sterne. Vielleicht waren es Spuren eines entzündlichen Ausschlags. Oder irgendwelche Narben.

Lange Zeit wandte sie Kino wortlos den Rücken zu. Das blendende Weiß ihrer neuen Unterwäsche kontrastierte unheilvoll mit der blassen Schwärze der Flecken. Stumm betrachtete Kino ihren Rücken, wie jemand, der den Sinn einer Frage nicht begreift. Er konnte die Augen nicht abwenden. Irgendwann zog sie den Reißverschluss wieder hoch und wandte sich ihm zu. Sie legte sich die Jacke um die Schultern und ordnete bedächtig ihr Haar.

»Es wurden brennende Zigaretten darauf ausgedrückt«, sagte die Frau einfach.

Kino war einen Moment lang sprachlos. Aber er musste etwas sagen. »Wer hat das getan?«, fragte er mit tonloser Stimme.

Sie antwortete nicht. Es schien auch nicht, als wollte sie noch antworten. Nicht, dass es Kino sonderlich danach verlangt hätte.

»Geben Sie mir noch einen Brandy?«, fragte die Frau.

Kino schenkte ihr ein. Sie nahm einen Schluck und genoss die sich langsam in ihr ausbreitende Wärme.

»Herr Kino?«

Kino hielt beim Polieren eines Glases inne, blickte auf und sah sie an.

»Es gibt noch mehr davon«, sagte sie mit ausdrucksloser Stimme. »Aber an einer Stelle, die man nicht so leicht zeigen kann.«

Kino erinnerte sich nicht, welche Regung seines Herzens ihn dazu veranlasst hatte, etwas mit dieser Frau anzufangen. Er hatte von Anfang an gespürt, dass sie etwas Ungewöhnliches an sich hatte. Etwas appellierte leise an seinen Instinkt: Lass dich nicht mit dieser Frau ein. Hinzu kam die Sache mit den Narben von den Zigaretten auf ihrem Rücken. Kino war von

Natur aus ein vorsichtiger Mann. Wenn er unbedingt mit einer Frau schlafen wollte, konnte er auch zu einer Prostituierten gehen, sie bezahlen, und alles wäre geregelt. Eigentlich fühlte er sich auch gar nicht zu der Frau hingezogen.

Die aber hatte an diesem Abend eindeutig starkes Verlangen nach einem Mann – genauer gesagt nach Kino. Ihren Augen fehlte es an Tiefe, nur ihre Pupillen waren seltsam erweitert. Es lag ein entschlossenes Glitzern darin, das kein Entkommen duldete. Kino konnte dieser Energie nicht widerstehen. Es fehlte ihm einfach die Kraft dazu.

Er schloss die Bar ab und ging mit der Frau in den ersten Stock. Im Licht der Schlafzimmerlampe zog sie rasch Kleid und Unterwäsche aus und öffnete ihm ihren Körper. Zeigte ihm »die schwierig zu zeigende Stelle«. Kino wandte unwillkürlich die Augen ab. Aber dann musste er doch wieder hinsehen. Er konnte weder das Gemüt eines Mannes begreifen, der zu solcher Grausamkeit fähig war, noch das einer Frau, die ständig solche Schmerzen erduldete, und er wollte es auch gar nicht. Es bot sich ihm der barbarische Anblick eines wüsten Planeten, Lichtjahre von der Welt entfernt, in der Kino lebte.

Die Frau nahm seine Hand und führte sie über die Brandnarben. Sie ließ ihn alle der Reihe nach berühren. An ihren Brustwarzen und ihren Genitalien. Seine Fingerspitzen strichen, von ihr geführt, über die dunklen, verhärteten Stellen. Als würde sie Zahlen mit einem Bleistift verbinden und so ein Bild entstehen lassen. Die Linie schien eine Ähnlichkeit mit etwas zu haben, aber am Ende kam doch nichts Bestimmtes dabei heraus. Dann musste Kino sich ausziehen, und sie schliefen auf dem Tatami-Boden miteinander. Ohne Worte, ohne Vorspiel, ohne sich Zeit zu nehmen, ohne das Licht zu löschen oder den Futon auszubreiten. Ihre lange Zunge drang tief in Kinos Kehle ein, und ihre Fingernägel krallten sich in seinen Rücken.

Immer wieder fielen sie stumm unter der nackten Lampe übereinander her, wie zwei hungrige Tiere. In verschiedenen Stellungen, fast ohne Unterbrechung. Erst als es draußen schon hell wurde, schlüpften sie unter die Decke und sanken, wie von der Dunkelheit verschleppt, in Schlaf. Als Kino kurz vor Mittag die Augen aufschlug, war die Frau bereits verschwunden. Er hatte das Gefühl, einen äußerst realen Traum gehabt zu haben. Aber natürlich hatte er nicht geträumt. Auf seinem Rücken waren tiefe Kratzer, auf seinen Armen Bissspuren, und sein Penis brannte und fühlte sich an wie ausgewrungen. Auf seinem weißen Kissen schlängelten sich mehrere lange schwarze Haare, und der Bettwäsche haftete ein starker, unbekannter Geruch an.

Auch danach kam die Frau noch mehrmals als Gast in seine Bar, immer mit dem ziegenbärtigen Mann. Sie saßen an der Theke, unterhielten sich leise, tranken Cocktails in Maßen und gingen wieder. Die Frau wechselte einige Worte mit Kino, hauptsächlich über Musik. Ihr Ton war so beiläufig, als erinnerte sie sich überhaupt nicht mehr daran, was in jener Nacht zwischen ihnen geschehen war. Aber in ihren Augen flackerte es begehrlich. Kino konnte das Feuer sehen. Es war da, ohne jeden Zweifel, wie das Licht einer Laterne, das ganz am Ende eines stockfinsteren Tunnels brennt. Das gebündelte Licht erinnerte Kino an die Kratzer auf seinem Rücken, an seinen brennenden Penis, an die lange, bewegliche Zunge und an den seltsamen starken Geruch, den sie in seinem Bett hinterlassen hatte. Das wirst du nie vergessen, sagte es ihm.

Während Kino sich mit der Frau unterhielt, beobachtete ihr Begleiter wachsam seine Miene und sein Verhalten wie jemand, der zwischen den Zeilen zu lesen versucht. Die beiden vermittelten ein Gefühl der Unzertrennlichkeit, so als wären sie durch ein schwerwiegendes Geheimnis, das nur sie kannten, aneinandergeschweißt. Nach wie vor konnte Kino nicht beurteilen, ob sie vor oder nach dem Geschlechtsverkehr in seine Bar kamen. Aber eines von beidem war es, dessen war er sich sicher. Und das Seltsame war, dass keiner von beiden je eine Zigarette rauchte.

An einem stillen regnerischen Abend würde die Frau wieder allein in die Bar kommen. Wenn ihr bärtiger Begleiter »weit fort« war. Das wusste Kino. Das Flackern tief in ihren Augen sagte es ihm. Die Frau würde an der Bar sitzen, stumm ihre Brandys trinken und warten, dass Kino die Bar schloss. Sie würde mit ihm in den ersten Stock hinaufgehen, ihr Kleid ausziehen und ihm im grellen Licht der Lampe die Brandnarben zeigen, die neu hinzugekommen waren. Dann würden sie sich paaren wie wilde Tiere, ohne etwas zu denken, bis die Nacht dem Tage wich. Wann das geschehen würde, wusste er nicht. Doch irgendwann wäre es so weit. So hatte die Frau es beschlossen. Bei dem Gedanken wurde ihm die Kehle trocken. Er konnte so viel Wasser trinken, wie er wollte, dieser Durst ließ sich nicht stillen.

Gegen Ende des Sommers wurde seine Scheidung rechtskräftig, und Kino begegnete bei dieser Gelegenheit seiner Frau. Es gab noch einige Angelegenheiten, die sie gemeinsam regeln mussten, und seine Frau ließ ihm durch ihren Anwalt mitteilen, dass sie ihn allein zu sprechen wünsche. Sie trafen sich in Kinos Bar, bevor er öffnete.

Der offizielle Teil war schnell erledigt (Kino hatte gegen keinen der Vorschläge Einwände), die beiden unterschrieben die Papiere und setzten ihre Stempel darunter. Seine Frau hatte ein neues blaues Kleid an und trug die Haare kürzer. Sie sah heiterer und auch gesünder aus als früher. Sie hatte abgenommen. Für sie hatte ein neues und wahrscheinlich erfüllteres Leben begonnen. Sie schaute sich in der Bar um und sagte, wie hübsch sie sei. »Diese ruhige, schlichte und entspannte Atmosphäre passt zu dir«, sagte sie. Dann herrschte kurzes Schweigen. *Aber es ist nichts Prickelndes daran,* wollte sie vermutlich sagen, dachte Kino.

»Möchtest du etwas trinken?«, fragte er.

»Vielleicht ein kleines Glas Rotwein.«

Kino nahm zwei Weingläser und schenkte einen Zinfandel aus dem Napa Valley ein. Die beiden tranken schweigend. Die Katze sprang ausnahmsweise von sich aus auf Kinos Schoß. Er kraulte sie hinter den Ohren.

»Ich muss dich um Verzeihung bitten«, sagte seine Frau.

»Wofür?«

»Dafür, dass ich dir wehgetan habe«, sagte sie. »Das habe ich doch ein wenig, oder?«

»Ja, schon«, sagte er nach einer kurzen Pause. »Natürlich hast du mich verletzt. Ich bin schließlich ein Mensch.«

»Ich wollte mich persönlich bei dir entschuldigen.«

Kino nickte. »Ich nehme deine Entschuldigung an. Du brauchst also nicht mehr rot zu werden.«

»Ich hätte es dir ehrlich sagen müssen, bevor es zu diesem Vorfall kam, aber ich konnte es damals einfach nicht.«

»Am Ende wäre es doch auf dasselbe hinausgelaufen, oder?«

»Ja, ich glaube schon«, sagte seine Frau. »Aber durch mein Zögern habe ich es nur schlimmer gemacht.«

Kino führte schweigend sein Glas zum Mund. Wenn er ehrlich war, hatte er das, was damals geschehen war, schon fast vergessen. Er konnte sich nicht einmal mehr richtig an die Reihenfolge der Ereignisse erinnern. Als wären ihm Karteikarten durcheinandergeraten.

»Es war niemandes Schuld. Bloß gut, dass ich an dem Tag direkt nach Hause gekommen bin und nicht vorher angerufen habe. Sonst wäre es nicht dazu gekommen.«

Seine Frau sagte nichts.

»Wie lange ging das denn schon mit ihm?«, fragte Kino.

»Ich würde lieber nicht darüber sprechen.«

»Du meinst, es ist besser, wenn ich es nicht weiß?«

Seine Frau schwieg.

»Wahrscheinlich hast du recht«, gab Kino zu und fuhr fort, die Katze zu streicheln. Sie schnurrte laut. Auch das hatte sie bisher nicht getan.

»Wahrscheinlich kommt es mir nicht zu, das zu sagen«, sagte die Frau, die einmal seine Ehefrau gewesen war. »Aber es wäre schön, wenn du alles rasch vergessen und eine neue Partnerin finden würdest.«

»Tja«, sagte Kino.

»Es gibt bestimmt irgendwo eine Frau, die zu dir passt. Einen Partner zu finden ist nicht so schwer. Ich konnte dieser Mensch nicht für dich sein und war grausam zu dir. Das tut mir sehr leid. Aber zwischen uns war von Anfang an etwas falsch geknöpft. Du bist ein Mensch, der unter normaleren Umständen glücklich werden könnte.«

Falsch geknöpft, dachte Kino.

Er musterte das neue blaue Kleid, das sie trug. Da sie einander gegenübersaßen, konnte er nicht sehen, ob es hinten einen

Reißverschluss oder Knöpfe hatte. Aber Kino musste an das denken, was unter dem Reißverschluss oder den Knöpfen war. Dieser Körper gehörte nicht mehr ihm. Er konnte ihn nicht sehen und erst recht nicht berühren. Nur in seiner Vorstellung durfte er es. Als er die Augen schloss, erschienen zahllose dunkle Brandnarben, die wimmelnd wie ein Schwarm Insekten über ihren glatten weißen Rücken krabbelten und krochen. Um dieses grausige Bild loszuwerden, schüttelte er mehrmals leicht den Kopf. Seine Frau schien die Bedeutung dieser Bewegung misszuverstehen.

Sanft legte sie ihre Hand auf seine. »Ich bitte dich ernsthaft um Verzeihung«, sagte sie.

Der Herbst kam, und als Erstes verschwand die Katze. Dann tauchten die Schlangen auf.

Mehrere Tage verstrichen, bis Kino merkte, dass die Katze fort war. Wie gesagt kam und ging sie, wie es ihr beliebte, und es war schon vorgekommen, dass sie sich eine Zeit lang nicht hatte blicken lassen. Katzen sind freiheitsliebende Lebewesen. Außerdem schien sie auch woanders an Futter zu kommen. Deshalb machte Kino sich keine Sorgen, wenn sie eine Woche oder zehn Tage lang verschwunden blieb. Aber als zwei Wochen vergingen, wurde er doch etwas unruhig. Ob sie überfahren worden war? Als sich ihre Abwesenheit auf drei Wochen ausgedehnt hatte, wusste er instinktiv, dass sie nicht zurückkehren würde.

Kino hatte die namenlose Katze gemocht, und auch sie war allmählich zutraulicher geworden. Er hatte sie gefüttert, ihr einen Schlafplatz gegeben und sie möglichst in Ruhe gelassen. Sie hatte es ihm gelohnt, indem sie ihm Zuneigung oder zumin-

188

dest keine Feindseligkeit gezeigt hatte. Mit der Zeit hatte sie in Kinos Bar die Rolle eines Schutzgeists übernommen. Er hatte stets das Gefühl gehabt, es könne nichts passieren, solange sie ruhig in ihrer Ecke schlief.

Nicht lange nachdem die Katze verschwunden war, tauchten die Schlangen im Vorgarten des Hauses auf.

Die erste war dunkelblau. Und ziemlich lang. Kino wollte gerade mit einer Papiertüte voller Lebensmittel im Arm die Tür öffnen, als er sie im Schatten der Weide dahinkriechen sah. Eine Schlange mitten in Tokio war ein seltener Anblick. Er erschrak ein bisschen, dachte sich aber weiter nichts dabei. Hinter dem Nezu-Museum lag ein großer naturbelassener Garten. Es wäre nicht verwunderlich gewesen, wenn dort auch Schlangen gelebt hätten.

Aber als er zwei Tage später am Vormittag die Tür öffnete, um die Zeitung zu holen, fiel sein Blick wieder auf eine Schlange, an fast derselben Stelle. Diesmal war sie grünlich, kleiner als die erste und wirkte irgendwie schleimig. Als die Schlange Kino entdeckte, hielt sie in ihrer Bewegung inne, hob leicht den Kopf und sah ihm ins Gesicht (oder zumindest wirkte es so). Als Kino zögerte, senkte sie langsam den Kopf und verschwand rasch im Schatten. Es war ihm ein wenig unheimlich, denn diese Schlange schien ihn zu *kennen*.

Die dritte Schlange sah er drei Tage später, wieder an derselben Stelle unter der Weide im Vorgarten. Sie war viel kürzer als die beiden vorherigen und schwarz. Kino kannte sich mit Schlangen nicht aus, aber diese kam ihm bisher am gefährlichsten vor. Sie sah wie eine Giftschlange aus, aber er war sich nicht sicher. Er sah sie nur einen Augenblick lang. Als sie seine Gegenwart bemerkte, huschte sie ins Gebüsch und verschwand.

Drei Schlangen innerhalb einer Woche waren doch etwas zu viel. Womöglich braute sich hier etwas zusammen.

Kino rief seine Tante in Izu an. Zuerst teilte er ihr ein paar Neuigkeiten mit, dann fragte er sie, ob sie im Vorgarten des Hauses in Aoyama schon einmal Schlangen gesehen habe.

»Schlangen?« Die Tante hob erstaunt die Stimme. »Meinst du richtige, lebendige Schlangen?«

Kino erzählte ihr von den drei Schlangen, die er vor dem Haus beobachtet hatte.

»Ich habe ja lange dort gewohnt, aber ich kann mich nicht erinnern, jemals eine Schlange gesehen zu haben«, sagte die Tante.

»Dann ist es also nicht normal, dass ich innerhalb von einer Woche drei Schlangen am Haus gesehen habe, oder?«

»Nein, das ist wirklich nicht normal. Könnte es sein, dass sie Vorboten eines großen Erdbebens oder so was sind? Tiere spüren doch die Ankunft ungewöhnlicher Phänomene und können Bewegungen wahrnehmen, die von der Normalität abweichen.«

»Dann sollte ich für den Notfall lieber ein paar Essensvorräte anlegen«, sagte Kino.

»Ja, das wäre gut. Wenn man in Tokio wohnt, sollte man sowieso immer mit einem Erdbeben rechnen.«

»Aber ob Schlangen sich überhaupt um Erdbeben kümmern?«

Seine Tante sagte, sie wisse nicht, worum Schlangen sich kümmerten. Kino wusste es natürlich auch nicht.

»Aber Schlangen sind doch eigentlich ziemlich kluge Tiere«, sagte die Tante. »In alten Mythen ist es oft ihre Rolle, den Menschen einen Weg zu weisen. Seltsamerweise haben das viele Mythen auf der Welt gemeinsam. Allerdings weiß man nie, ob sie uns in eine gute oder in eine böse Richtung lenken. In vielen Fällen ist das Gute zugleich auch das Böse.«

»Sie sind ambivalent«, sagte Kino.

»Ja, Schlangen sind ursprünglich ambivalente Wesen. Und die größten und stärksten von ihnen verstecken ihre Herzen an einem geheimen Ort, damit sie nicht getötet werden können. Wer also eine Schlange töten will, muss diese verborgene Höhle finden und, solange sie fort ist, ihr schlagendes Herz in zwei Teile zerschneiden. Natürlich ist das nicht so leicht.«

Kino bewunderte das Wissen seiner Tante.

»Vor Kurzem gab es auf NHK eine Sendung, in der verschiedene Mythen der Welt verglichen wurden, und ein Professor von irgendeiner Universität hat das erzählt. Fernsehen kann sehr lehrreich sein. Das ist nicht zu unterschätzen. Du solltest in deiner Freizeit auch mehr fernsehen.«

In einer Woche drei verschiedene Schlangen zu sehen war nicht normal – das hatte das Gespräch mit seiner Tante eindeutig ergeben.

Um Mitternacht schloss Kino die Bar und ging in den ersten Stock hinauf. Nachdem er gebadet und ein wenig gelesen hatte, löschte er noch vor zwei Uhr das Licht, um zu schlafen. In dem Moment spürte Kino, dass er von Schlangen umzingelt war. Um das Haus herum wimmelte es nur so von ihnen. Er spürte ihre Aura. Nächtliche Stille umgab ihn, und außer dem gelegentlichen Heulen einer Krankenwagensirene war kein Laut zu hören. Nicht einmal das Kriechen der Schlangen. Er nagelte ein Brett vor den Durchgang, den er für die Katze gemacht hatte, damit die Schlangen nicht ins Haus konnten.

Die Schlangen schienen zumindest im Moment nicht die Absicht zu haben, Kino etwas anzutun. Sie umzingelten nur heimlich das kleine Haus. Ihre Anwesenheit hatte etwas Zweideutiges – er wusste nicht, ob sie Gutes oder Böses bedeuteten. Vielleicht lag es doch daran, dass die graue Katze nicht mehr da war. Auch die Frau mit den Verbrennungen hatte sich seit einer Weile nicht sehen lassen. Kino fürchtete sich davor, dass sie an einem regnerischen Abend allein in die Bar kommen würde. Zugleich war es sein heimlicher Herzenswunsch. Auch dies empfand Kino als zweideutig.

Eines Abends tauchte Kamita erst kurz vor zehn Uhr in der Bar auf. Er bestellte ein Bier, trank dann einen doppelten White Label und aß zwischendurch eine Kohlroulade. Es war außergewöhnlich, dass er so spät kam und so lange blieb. Von Zeit zu Zeit hob er den Blick von seinem Buch und starrte an die Wand. Er schien intensiv über etwas nachzudenken. Als es Zeit wurde, zu schließen, war er der letzte Gast.

»Herr Kino«, sagte er in förmlichem Ton, nachdem er die Rechnung beglichen hatte. »Ich bedaure sehr, dass es so weit gekommen ist.«

»So weit?«, fragte Kino unwillkürlich.

»Sie werden nicht umhinkommen, die Bar zu schließen. Zumindest für eine gewisse Zeit.«

Kino starrte Kamita wortlos an. Die Bar schließen?

Kamita blickte sich in dem leeren Lokal um. Dann sah er Kino an. »Haben Sie verstanden, was ich gesagt habe?«

»Nein.«

»Es gefällt mir sehr gut bei Ihnen«, sagte Kamita freimütig. »Ich kann in Ruhe lesen, und ich mag die Musik, die Sie auflegen. Ich war froh, als Sie die Bar hier aufgemacht haben. Aber leider *fehlt* es an einigem.«

»Es fehlt an etwas?«, fragte Kino. Er hatte keine Ahnung, was das konkret bedeuten sollte. Ihm kam eine kleine Teeschale in den Sinn, bei der der Rand fehlte.

»Die graue Katze kommt nicht mehr«, sagte Kamita. »Zumindest im Augenblick nicht.«

»Und deshalb *fehlt* hier etwas?«

Kamita antwortete nicht.

Kino tat es Kamita nach und sah sich aufmerksam in der Bar um, konnte aber nichts Ungewöhnliches entdecken. Er spürte nur mehr als sonst eine gewisse Leere und einen Mangel an Energie und Farbe. Nach Geschäftsschluss war die Bar ja auch unter normalen Umständen leer, aber heute wirkte sie noch leerer.

»Herr Kino, Sie sind kein Mensch, der wissentlich etwa Falsches tut. Das weiß ich sehr wohl. Aber auf dieser Welt genügt es nicht, einfach nur nicht vom rechten Weg abzuweichen. Man kann diese Leere auch als Ausweg nutzen«, sagte Kamita. »Verstehen Sie, was ich meine?«

Kino verstand es nicht und sagte das auch.

»Bitte denken Sie gut darüber nach«, sagte Kamita und sah Kino gerade in die Augen. »Es handelt sich um eine Frage von großer Bedeutung, über die Sie unbedingt gründlich nachdenken müssen. Die Antwort fällt einem nicht einfach so zu.«

»Es ist also ein schwerwiegendes Problem entstanden – nicht, weil ich etwas Falsches getan habe, sondern weil ich *nicht das Richtige* getan habe. Für die Bar oder meine Person. Ist es das, was Sie sagen?«

Kamita nickte. »Streng genommen ja. Dennoch will ich nicht Ihnen allein die Schuld geben. Ich selbst hätte es auch sehr viel früher merken müssen. Ich war nachlässig. Natürlich bin ich nicht der Einzige, der sich hier wohlfühlt.«

»Und was soll ich jetzt machen?«, fragte Kino.

Kamita vergrub stumm die Hände in den Taschen seines Regenmantels. Schließlich sagte er: »Sie schließen die Bar für eine Weile und gehen fort. Etwas anderes können Sie im Moment nicht tun. Würden Sie einen ehrwürdigen Priester kennen, könnten Sie ihn bitten, Sutren zu lesen und das Haus mit einem schützenden Bann zu belegen. Aber heutzutage findet man so jemanden nicht mehr so leicht. Deshalb ist es besser, wenn Sie vor dem nächsten längeren Regen von hier verschwinden. Verzeihen Sie die Frage, aber haben Sie genug Geld für eine längere Reise?«

»Das käme auf die Dauer an, aber eine Weile könnte ich schon durchhalten«, sagte Kino.

»Da bin ich froh. Was kommt, sieht man, wenn es so weit ist.«

»Aber wer sind Sie denn überhaupt?«

»Ich bin einfach nur Kamita«, sagte Kamita. »Kami wie ›Gott‹ und Ta wie ›Acker‹. Ich lebe seit Ewigkeiten in dieser Gegend.«

»Herr Kamita, ich möchte Sie noch etwas fragen. Haben Sie hier in der Gegend schon einmal Schlangen gesehen?«, wagte Kino sich vor.

Kamita beantwortete die Frage nicht. »Gut, Sie fahren also weit weg und bleiben möglichst in Bewegung. Und noch eins: Jeden Montag und Donnerstag schreiben Sie bitte eine Ansichtskarte. Dann weiß ich, dass Sie in Sicherheit sind.«

»Eine Ansichtskarte?«

»Ja, egal von was.«

»Aber wohin soll ich die Karte denn schicken?«

»An Ihre Tante in Izu. Sie dürfen keinen Absender und keine Botschaft darauf schreiben. Nur die Adresse. Das ist wichtig, also vergessen Sie es nie.«

Kino sah ihn überrascht an. »Sie sind mit meiner Tante befreundet?«

»Ja, ich kenne Ihre Tante sehr gut. Eigentlich hat sie mich gebeten, ein Auge auf Sie zu haben, damit Ihnen nichts passiert. Aber anscheinend habe ich ihre Erwartungen irgendwie nicht erfüllt.«

Wer war dieser Mann nur? Aber Kamita hatte offenbar nicht die Absicht, Kino einzuweihen.

»Sobald feststeht, wann Sie zurückkommen können, lasse ich es Sie wissen, Herr Kino. So lange dürfen Sie nicht in die Nähe der Bar kommen. Haben Sie verstanden?«

An diesem Abend packte Kino seine Sachen. *Es ist besser, wenn Sie vor dem nächsten längeren Regen von hier verschwinden.* Eine ziemlich plötzliche Ankündigung. Und er wusste nicht, warum und wieso. Aber Kino glaubte, was Kamita sagte. Es war zwar eine recht wilde Geschichte, aber aus irgendeinem Grund spürte er kein Misstrauen. Kamitas Worte hatten eine sonderbare Überzeugungskraft, die sich außerhalb jeglicher Logik befand. Kino legte Kleidung und Waschzeug in die Umhängetasche, die er immer auf Geschäftsreisen mitgenommen hatte, als er noch bei der Sportartikelfirma gearbeitet hatte. Er wusste genau, was man auf einer längeren Reise brauchte und was nicht.

Als der Morgen anbrach, befestigte er einen Zettel mit der Aufschrift *Umständehalber vorläufig geschlossen* an der Tür. *Weit weg,* hatte Kamita gesagt. Aber er hatte noch keine Idee, wohin konkret. Sollte er nach Norden oder nach Süden reisen? Also beschloss er, vorläufig eine Route zu nehmen, die er noch aus seiner Zeit als Vertreter für Laufschuhe kannte. Er stieg in einen Fernbus und fuhr nach Takamatsu. Er wollte erst einmal Shikoku umrunden und dann nach Kyushu übersetzen.

Er nahm sich ein Zimmer in einem Businesshotel am Bahnhof Takamatsu und blieb drei Tage dort. Er schlenderte ziellos durch die Stadt und sah sich mehrere Filme an. Tagsüber waren die Kinos leer, und das Programm war langweilig. Wenn es Abend wurde, ging er in sein Zimmer und schaltete den Fernseher ein. Der Empfehlung seiner Tante folgend, sah er sich vor allem Bildungsprogramme an. Aber er gelangte an keine Informationen, die ihm etwas genützt hätten. Da sein zweiter Tag in Takamatsu ein Donnerstag war, kaufte er in einem Supermarkt eine Ansichtskarte, klebte eine Briefmarke darauf und schickte sie an seine Tante. Wie Kamita es ihm aufgetragen hatte, schrieb er nur Namen und Adresse.

Am Abend des dritten Tages hatte er die Idee, zu einer Prostituierten zu gehen. Die Telefonnummer hatte er von einem Taxifahrer. Die junge Frau war etwa zwanzig und hatte eine hübsche schlanke Figur. Aber der Sex mit ihr war von Anfang bis Ende eine fade Angelegenheit, nicht mehr als Bedürfnisbefriedigung, ja, beinahe nicht einmal das. Er bekam nur noch mehr Durst.

»Denken Sie bitte gut nach«, hatte Kamita gesagt. *»Es ist eine wichtige Frage, über die Sie gründlich nachdenken müssen.«* Doch ganz gleich, wie gründlich er nachdachte, Kino verstand nicht, was hier das Problem war.

An diesem Abend regnete es. Es war kein heftiger Schauer, sondern ein herbstlicher Dauerregen, der nie aufhören zu wollen schien. Er fiel gleichmäßig und unablässig, wie ein monoton und endlos heruntergeleiertes Geständnis. Bald wusste Kino

nicht einmal, wann der Regen angefangen hatte. Er rief ein küh-
les, feuchtes Gefühl der Hilflosigkeit in ihm hervor, sodass er
nicht einmal die Energie aufbrachte, einen Schirm zu nehmen
und irgendwo zu Abend essen zu gehen. Unter solchen Umständen brauchte er nichts zu essen. Das Fenster am Kopfende
des Bettes war von winzigen Tropfen bedeckt, die sich ständig
zu neuen Formen verbanden. In zusammenhanglose Gedanken
versunken beobachtete Kino die kleinen Veränderungen an seinem Fenster. Jenseits dieser Gebilde erstreckte sich planlos
die dunkle Stadtlandschaft. Er schenkte sich aus einem kleinen
Fläschchen einen Whisky ein, verdünnte ihn mit der gleichen
Menge Wasser und trank. Eis hatte er nicht und auch keine
Lust, sich zu dem Eisautomaten auf dem Flur zu bewegen. Die
laue Wärme des Getränks passte hervorragend zur Trägheit seines Körpers.

Auch in Kumamoto übernachtete Kino in einem billigen
Businesshotel am Bahnhof. Die Decke war niedrig, das Bett
schmal, der Fernseher klein, ebenso die Badewanne, aber das
Kleinste war der Kühlschrank. Alles im Zimmer war dermaßen
winzig, dass er sich wie ein unförmiger Riese vorkam. Er litt jedoch nicht unter der Enge und schloss sich den ganzen Tag dort
ein. Es regnete ohnehin, und abgesehen von einem Gang zu
einem nahe gelegenen Supermarkt, wo er eine kleine Flasche
Whisky, Mineralwasser und ein paar Kräcker kaufte, verließ er
das Zimmer nicht. Er lag auf dem Bett und las, und wenn er aufhörte zu lesen, sah er fern, und wenn er dazu keine Lust mehr
hatte, las er wieder.

Drei Tage verbrachte er so in Kumamoto. Sein Bankkonto
war noch ausreichend gefüllt, und eigentlich hätte er sich ein
besseres Hotel leisten können, aber momentan hatte er das Ge-

fühl, dass dieses sehr gut zu ihm passte. Wenn er still an einer engen Stelle blieb, brauchte er an nichts Überflüssiges zu denken und musste nur die Hand ausstrecken, um alles zu erreichen, was er wollte. Er fand das unerwartet angenehm. Hätte er Musik hören können, hätte ihm zu seinem Glück nichts mehr gefehlt. Er hätte für sein Leben gern hin und wieder eine alte Jazznummer von Teddy Wilson, Vic Dickenson oder Buck Clayton gehört. Solide Technik, einfache Akkorde, das ganze Arrangement eine reine Freude, der geradezu wunderbare Optimismus darin. Die Musik, nach der Kino sich jetzt sehnte, existierte heute nicht mehr. Doch seine Plattensammlung war weit fort. Er stellte sich seine geschlossene Bar vor. Die Lichter waren aus, und es war sehr still am Ende der Gasse mit der großen Weide. Die Gäste lasen den Zettel an der Tür und kehrten resigniert um. Was wohl mit der Katze war? Selbst wenn sie zurückkäme, würde sie ihren Eingang blockiert finden und vielleicht enttäuscht sein. Ob die geheimnisvollen Schlangen noch immer lautlos ums Haus krochen?

Von seinem Fenster im siebten Stock aus schaute er auf ein schmales, billig gebautes Bürogebäude und konnte von morgens bis abends die im gegenüberliegenden Stockwerk arbeitenden Menschen beobachten. Manchmal waren die Jalousien heruntergelassen, dann sah er nur Schemen. Es war nicht erkennbar, um welche Art von Firma es sich handelte. Männer mit Krawatte eilten durch die Räume, Frauen tippten auf Computertastaturen, nahmen Telefonanrufe entgegen und ordneten irgendwelche Papiere. Nicht gerade ein spannender Anblick. Gesichter und Kleidung der Angestellten waren einförmig und nichtssagend. Der einzige Grund, aus dem Kino sie so lange beobachtete, war, dass er nichts anderes zu tun hatte. Es überraschte ihn jedoch, dass die Menschen dort drüben häufig auch ganz vergnügt wirkten. Manchmal wurde sogar laut gelacht. Warum nur? Wie kam es, dass sie den ganzen Tag lang in diesem reizlosen Büro irgendwelchen (in Kinos Augen) eintönigen Tätigkeiten nachgingen und dabei so heiter gestimmt waren? Verbarg sich dahinter ein bedeutsames Geheimnis, das ihm verschlossen blieb? Der Gedanke verunsicherte ihn.

Es wurde allmählich Zeit weiterzuziehen. *Bleiben Sie möglichst in Bewegung,* hatte Kamita gesagt. Doch aus irgendeinem Grund konnte Kino sich nicht aufraffen. Er schaffte es nicht, sich von dem beengten Businesshotel in Kumamoto loszureißen. Ihm fiel kein Ort ein, an den er fahren, und keine Landschaft, die er sehen wollte. Die Welt war ein riesiges Meer ohne Markierungen, und Kino war ein winziges Boot, das seinen Anker und seine Seekarten verloren hatte. Sobald er die Karte von Kyushu ausbreitete, um zu entscheiden, wohin er sich wenden sollte, überkam ihn leichte Übelkeit, so als wäre er seekrank. Kino lag auf dem Bett, las und hob dann und wann den Kopf, um die Menschen gegenüber bei ihrer Arbeit zu beobachten. Ihm war, als verlöre sein Körper mit der Zeit an Gewicht und seine Haut würde durchsichtig.

Der Tag zuvor war ein Montag gewesen, weshalb Kino im Shop des Hotels eine Ansichtskarte der Burg von Kumamoto gekauft und mit Kugelschreiber den Namen und die Adresse seiner Tante in Izu daraufgeschrieben hatte. Nachdem er sie mit einer Briefmarke versehen hatte, hatte er lange und selbstvergessen das Bild der Burg betrachtet. Sie war wirklich wie geschaffen für eine Postkarte, die eindrucksvolle Burg vor dem Hintergrund des blauen Himmels mit den weißen Wolken. *Eine der drei be-*

rühmten Burgen Japans, auch »Ginkgo-Burg« genannt, stand dabei. Doch obwohl er die Karte so ausgiebig betrachtete, konnte er keinen Berührungspunkt zwischen sich und der Burg entdecken. Einer plötzlichen Eingebung folgend, drehte er sie um und schrieb ein paar Zeilen an seine Tante auf den weißen Teil.

Wie geht es Dir? Was macht Deine Hüfte? Ich reise weiter allein von hier nach da. Mitunter habe ich das Gefühl, ich wäre schon halb durchsichtig und man könnte wie bei einem frisch gefangenen Kraken meine Eingeweide sehen. Aber sonst bin ich im Großen und Ganzen wohlauf. Irgendwann komme ich auch mal nach Izu.

Kino wusste nicht, was ihn bewogen hatte, all das zu schreiben. Schließlich hatte Kamita ihm streng verboten, etwas anderes als die Adresse auf die Karten zu schreiben. *Bitte, vergessen Sie das nicht,* hatte er gesagt. Aber Kino hatte sich nicht beherrschen können. Er hatte sich mit der Wirklichkeit verknüpfen müssen. Sonst wäre ich überhaupt nicht mehr ich, dachte er. *Es würde mich nicht mehr geben.* Kinos Hand hatte das kleine weiße Feld auf der Postkarte fast automatisch mit kleinen, soliden Zeichen gefüllt. Und ohne seine Meinung zu ändern, eilte er zu einem Briefkasten in der Nähe des Hotels und warf die Karte ein.

Als er erwachte, zeigte die digitale Uhr an seinem Kopfende 2.15 Uhr an. Jemand klopfte an seine Tür. Es war kein starkes Klopfen, aber es hatte etwas Bestimmendes, Solides, wie bei einem Zimmermann, der einen Nagel einschlägt. Der *Jemand,* der da klopfte, wusste genau, dass sein Klopfen Kinos Ohren erreichte. Dass es ihn seinem tiefen nächtlichen Schlaf und dem kurzen barmherzigen Vergessen entreißen und sein Bewusstsein grausam bis in den letzten Winkel erhellen würde.

Kino wusste, wer da an seine Tür klopfte. Dieses Klopfen

verlangte, dass er aufstand und die Tür von innen öffnete. Begehrte Einlass, unnachgiebig und hartnäckig. Dieser Jemand besaß nur nicht die Kraft, die Tür von außen zu öffnen. Die Tür musste von innen geöffnet werden, von Kinos eigener Hand.

Kino erkannte, dass er diesen Besuch mehr als alles andere herbeisehnte, ihn aber auch mehr als alles andere fürchtete. Diese Ambivalenz bedeutete letztlich, dass er in einer leeren Höhle zwischen zwei Möglichkeiten feststeckte. *Ich habe dir ein wenig wehgetan, oder?*, hatte seine Frau gefragt. *Natürlich hast du mich verletzt. Ich bin schließlich ein Mensch,* hatte Kino geantwortet. Aber das war nicht die ganze Wahrheit, das musste er sich eingestehen. *Ich bin nie genügend verletzt, wenn ich eigentlich verletzt sein sollte.* Wann immer ich echten Schmerz hätte verspüren sollen, habe ich ihn erstickt. Weil ich Einschneidendes nicht wahrhaben wollte, habe ich es vermieden, der Wirklichkeit gegenüberzutreten, und deshalb trage ich die ganze Zeit ein leeres Herz ohne Inhalt in mir. Die Schlangen haben diesen Platz besetzt und dort ihre kalten, pulsierenden Herzen versteckt.

Ich bin nicht der Einzige, der sich hier wohlfühlt, hatte Kamita gesagt. Endlich begriff Kino, was er damit hatte sagen wollen.

Er zog sich die Decke über den Kopf, schloss die Augen, hielt sich mit beiden Händen die Ohren zu und flüchtete sich in seine eigene kleine Welt. Nichts hören und nichts sehen, sagte er dabei zu sich selbst. Aber er konnte das Klopfen nicht ausschließen. Selbst wenn er bis ans Ende der Welt flüchten und sich beide Ohren mit Lehm verstopfen würde, würde dieses Klopfen ihn verfolgen, solange er lebte und ihm noch das kleinste bisschen an Bewusstsein blieb. Es war mitnichten seine Tür in dem Businesshotel, an der es klopfte. Es klopfte an der Tür zu seinem Herzen. Niemand kann diesem Geräusch

201

entfliehen. Und bis zum Morgengrauen – falls es überhaupt noch ein Morgengrauen gab – war es noch eine lange Zeit.

Wie viel Zeit mochte vergangen sein, als das Klopfen unversehens aufhörte? Es herrschte wieder Totenstille wie auf der Rückseite des Mondes. Dennoch blieb Kino mit dem Kopf unter der Decke. Er durfte nicht unvorsichtig sein. Er hielt den Atem an, spitzte die Ohren und lauschte nach Zeichen des Unheils in der Stille. *Sie*, die vor der Tür waren, würden nicht so leicht aufgeben. *Sie* hatten keine Eile. Auch der Mond kam nicht hervor. Nur die abgestorbenen Sternbilder standen tiefschwarz am Himmel. Für eine Weile gehörte die Welt noch ihnen. *Sie* verfügten über viele verschiedene Methoden. Wünsche konnten die unterschiedlichsten Formen annehmen. Dunkle Wurzeln konnten sich überall unter der Erde ausbreiten. Sie hatten Geduld, konnten sich Zeit nehmen, eine Schwachstelle finden und sogar den härtesten Fels sprengen.

Wie er es geahnt hatte, setzte das Klopfen bald wieder ein. Doch diesmal kam es aus einer anderen Richtung. Es klang auch anders. Es war viel näher als vorher, es klopfte buchstäblich direkt an seinen Ohren. Der *Jemand* schien sich unmittelbar vor dem Fenster an seinem Kopfende zu befinden. Wahrscheinlich klopfte er, an die senkrechte Mauer des siebenstöckigen Gebäudes geklammert und das Gesicht ans Fenster gedrückt, gegen die regennasse Scheibe. Anders konnte Kino es sich nicht vorstellen.

Nur der Rhythmus hatte sich nicht geändert. Es klopfte zwei Mal. Dann wieder zwei Mal. Und nach einer kurzen Pause erneut zwei Mal. In unablässiger Folge. Seltsamerweise klangen die Töne bald lauter, bald leiser. Wie ein besonderer, mit Gefühlen ausgestatteter Herzschlag.

Der Vorhang war zurückgezogen, denn Kino hatte vor dem Schlafengehen wieder gedankenverloren die Regentropfen auf der Scheibe betrachtet. Er konnte sich ungefähr vorstellen, was er jenseits der dunklen Scheibe gesehen hätte, wenn er jetzt den Kopf unter der Decke hervorgestreckt hätte. Nein, er hatte keine Vorstellung. Er musste jede Vorstellung aus seinem Kopf verbannen. *Das* kann ich auf keinen Fall sehen. Wie leer es auch sein mag, es ist doch immer noch mein Herz. Es ist noch immer menschliche Wärme darin, mag sie auch noch so schwach sein. Erinnerungen warten stumm auf die Flut, wie verschlungenes Seegras am Strand. Einige von ihnen würden rotes Blut vergießen, wenn man in sie hineinschneiden würde. Noch kann ich mein Herz nicht an irgendwelche unverständlichen Orte wandern lassen.

Ich heiße Kami wie ›Gott‹ und Ta wie ›Acker‹. Ich wohne hier ganz in der Nähe.

Ich werde es mir merken, hatte der Dicke gesagt.

Eine gute Idee. Das Gedächtnis ist etwas sehr Nützliches, hatte Kamita geantwortet.

Plötzlich und eigentlich unvermittelt kam Kino der Gedanke, dass Kamita womöglich in irgendeiner Form mit der alten Weide im Vorgarten in Verbindung stand. Diese Weide beschützte ihn und das kleine Haus.

Er rief sich die Weide vor Augen, deren üppiges Grün fast bis zum Boden hing. Im Sommer spendete sie dem kleinen Vorgarten ihren kühlen Schatten. An Regentagen glitzerten zahllose silberne Tropfen in ihren zarten Zweigen. An windstillen Tagen versank sie in tiefe Meditation. Wehte ein Wind, schüttelte sie sich frei und nach Herzenslust. Kleine Vögel ließen sich zwitschernd auf ihren schlanken, hängenden Zweigen nieder und flatterten bald wieder auf, worauf die Zweige noch eine Zeit lang fröhlich auf und nieder schwankten.

Fest in seine Decke gewickelt wie ein verpupptes Insekt, die Augen fest geschlossen, konzentrierte Kino sich auf das Bild der Weide. Nacheinander rief er sich ihre Farbe, ihre Form und ihre Bewegungen vor Augen und hoffte auf das Aufziehen der Dämmerung. Es blieb ihm nichts anderes übrig, als durchzuhalten und zu warten, bis es hell wurde und die Krähen und Singvögel erwachten, um ihr Tagewerk zu beginnen. Auf die Vögel zu vertrauen, auf alle Vögel, die Flügel und Schnäbel hatten. Bis dahin durfte sein Herz keine Sekunde lang leer sein. Die Leere, der darin entstandene Hohlraum, würde *sie* anziehen.

Als die Weide allein nicht mehr genügte, dachte Kino an die magere graue Katze und erinnerte sich daran, dass sie gern geröstete Algen gefressen hatte. Er stellte sich vor, wie Kamita auf seinem Hocker am Tresen saß und las, rief sich die jungen, unermüdlich auf der Aschenbahn trainierenden Mittelstreckenläufer vor Augen, dachte an Ben Websters schönes Solo in »My Romance« (die Platte hatte zwei Kratzer, krk, krk). *Das Gedächtnis ist etwas sehr Nützliches.* Und er dachte an seine frühere Frau, mit ihrem kurzen Haarschnitt und in ihrem neuen blauen Kleid. Kino wünschte ihr, dass ihr neues Leben glücklich und gesund sein würde. Und dass sie keine Verletzungen an ihrem Körper erleiden würde. Sie hat sich aufrichtig bei mir entschuldigt, und ich habe die Entschuldigung angenommen, dachte er. Statt einfach nur zu vergessen, muss ich ihr auch verzeihen.

Aber die Zeit für solche Regungen schien noch nicht recht gekommen zu sein. Das Gewicht des rohen Verlangens und der rostige Anker der Reue drohten ihren natürlichen Fluss zu blockieren. Die Zeit war kein Pfeil, der in einer geraden Linie flog. Es regnete weiter, die Zeiger der Uhr verwirrten sich, die Vögel schliefen noch tief und fest, ein gesichtsloser Postbeamter sortierte stumm die Postkarten, die wohlgeformten Brüste seiner Frau wippten, und jemand klopfte weiter hartnäckig an die Scheibe, unendlich regelmäßig, als wollte er ihn in ein verheißungsvolles Labyrinth locken. Klopfklopf, klopfklopf und wieder klopfklopf. Schau nicht weg, schau hin, flüsterte jemand in sein Ohr. Denn es ist dein Herz.

Die Zweige der Weiden schwankten noch immer in der frühsommerlichen Brise. In einer dunklen kleinen Kammer in Kinos Innerem streckte jemand seine warme Hand aus, um sie auf die seine zu legen. Die Augen fest geschlossen, spürte Kino die Wärme dieser Haut und ihre zarte Weichheit. Es war etwas, das er längst vergessen hatte. Das lange von ihm abgetrennt gewesen war. *Ja, ich bin verletzt. Tief verletzt,* sagte Kino zu sich selbst. Und Tränen flossen in dem dunklen, stillen Zimmer, während der Regen unablässig und kühl die Welt durchtränkte.

SAMSA IN LOVE

Als er erwachte, fand er sich in seinem Bett in Gregor Samsa verwandelt.

Auf dem Rücken liegend schaute er an die Zimmerdecke. Es dauerte eine Zeit lang, bis seine Augen sich an das Halbdunkel des Zimmers gewöhnt hatten. Die Decke, an die er schaute, war eine ganz gewöhnliche Decke, wie es sie überall geben konnte. Ursprünglich mochte sie weiß oder cremefarben gestrichen gewesen sein. Aber dadurch, dass sie jahrelang Staub und Schmutz ausgesetzt gewesen war, ließ ihre Farbe nun an verdorbene Milch denken. Darüber hinaus war sie schmucklos und ohne jede Besonderheit. Sie enthielt weder eine Forderung noch eine Botschaft. Sie erfüllte wacker und ohne einen weiteren Anspruch zu erkennen zu geben ihre tragende Rolle.

An einer Wand des Zimmers (zu seiner Linken) befand sich ein hohes Fenster, das aber von innen blockiert war. Die sicher ursprünglich vorhanden gewesenen Vorhänge hatte man wohl entfernt und es mit mehreren dicken Brettern zugenagelt. Zwischen den Brettern – ob mit Absicht oder nicht, war unklar – hatte man Lücken von ein paar Zentimetern Breite gelassen, sodass die Strahlen der Morgensonne eine Reihe paralleler heller Streifen auf den Boden warfen. Warum hatte man das Fenster derart fest verrammelt? Um zu verhindern, dass jemand hineinkam? Oder dass jemand hinauskam? (War womöglich er dieser

Jemand?) Oder war ein Wirbelsturm oder ein Taifun im Anzug?

Noch immer auf dem Rücken liegend, bewegte er die Augen und den Hals ein wenig und inspizierte das übrige Zimmer.

Abgesehen von dem Bett, in dem er lag, gab es kein nennenswertes Mobiliar. Keine Kommode, keinen Stuhl, keinen Schreibtisch. An der Wand hingen weder Bilder noch eine Uhr oder ein Spiegel. Auch eine Beleuchtung fehlte. Soweit er sehen konnte, lag auch kein Teppich oder Läufer auf dem Boden. Nur nackte Dielen. Die Wände waren mit einer alten, verblichenen Tapete beklebt, sie hatte irgendein feines Muster, doch bei dem schwachen Licht – bei besserem Licht wäre es wahrscheinlich das Gleiche gewesen – war es so gut wie unmöglich zu erkennen.

Gegenüber dem Fenster, an der Wand zu seiner Rechten, befand sich eine Tür mit einem stellenweise abgewetzten Messingknauf. Der Raum hatte ursprünglich vielleicht als normales Zimmer gedient, doch nun gab es keine Anzeichen mehr für einen Bewohner. Nur das Bett, in dem er lag, stand ganz in der Mitte, ohne Bettzeug. Kein Laken, keine Decke, kein Kissen. Nur eine nackte alte Matratze lag darauf.

Samsa hatte keine Ahnung, wo er war und was er jetzt tun sollte. Das Einzige, was er wusste, war, dass er nun ein Mensch war und den Namen »Gregor Samsa« trug. Woher er das wusste? Womöglich hatte es ihm jemand im Schlaf ins Ohr geflüstert: »Du bist Gregor Samsa.«

Und wer war er gewesen, bevor er Gregor Samsa wurde? Oder *was*?

Doch sobald er darüber nachzudenken begann, ergriff eine bleierne Schwere sein Bewusstsein. Es fühlte sich an, als würde sich in seinem Kopf ein schwarzer Mückenschwarm erheben, der immer größer und dichter wurde und sich sirrend auf die weichen Teile seines Gehirns zubewegte. Samsa hörte auf zu denken. Nachzugrübeln bedeutete im Augenblick eine zu große Last für ihn.

Zuerst einmal musste er lernen, seinen Körper zu bewegen. Er konnte nicht ewig untätig hier liegen und an die Decke starren. So war er zu wehrlos. Wäre er in diesem Zustand von Feinden angegriffen worden – zum Beispiel von Raubvögeln –, hätte er kaum eine Chance gehabt zu überleben. Für den Anfang versuchte er die Finger zu bewegen. Jeweils fünf waren an einer Hand, er hatte also insgesamt zehn lange Finger. Jeder von ihnen verfügte über mehrere Gelenke, und sie im Einklang miteinander zu betätigen war kompliziert. Außerdem fühlte sich sein ganzer Körper gelähmt an (wie in eine zähe Flüssigkeit getaucht), und er konnte keine Kraft in seine Extremitäten lenken.

Trotzdem gelang es ihm nach mehreren Fehlversuchen, indem er sich mit geschlossenen Augen darauf konzentrierte, die Finger seiner Hände frei zu bewegen. Auch wenn die Gelenke ihm nur langsam gehorchten, wusste er jetzt doch, wie es ging. Als er die Finger bewegte, ließ auch die Lähmung, die seinen ganzen Körper umfangen hatte, allmählich nach und verschwand. Doch stattdessen erhob sich in ihm nun – wie eine dunkle, unheilvolle Klippe, die bei Ebbe auftaucht – ein heftiger bohrender Schmerz.

Es dauerte ein wenig, bis ihm klar wurde, dass er Hunger hatte. Ein so dringliches Hungergefühl hatte er bisher noch nie erlebt, zumindest erinnerte er sich nicht daran. Er fühlte sich, als hätte er eine Woche keinen Bissen gegessen. Wie innerlich komplett ausgehöhlt. Seine Knochen krachten, seine Muskeln verkrampften sich, und seine Organe zuckten.

Außerstande, diesen Schmerz länger zu ertragen, stützte Samsa sich mit beiden Ellbogen auf die Matratze und stemmte mühsam seinen Oberkörper hoch. Seine Wirbelsäule gab mehrmals nacheinander ein ungesundes Knacken von sich. Wie lange er wohl hier im Bett gelegen hatte? Alle möglichen Teile seines Körpers protestierten lautstark gegen die Veränderung ihrer Position, um zu verhindern, dass er sich aufrichtete. Doch irgendwie ertrug er den Schmerz, nahm alle Kraft zusammen und setzte sich auf.

Was für ein missgebildeter Körper, dachte Samsa unwillkürlich, als er seine Nacktheit betrachtete und die nicht sichtbaren Stellen mit den Händen abtastete. Nicht nur missgebildet. Auch viel zu wehrlos. Glatte weiße Haut (nur der Form halber mit etwas Haar bedeckt), ein völlig ungeschützter weicher Bauch, ein unglaublich seltsam geformtes Geschlechtsteil, nur jeweils zwei schlaksige Arme und Beine, zarte, bläulich durch die Haut schimmernde Blutgefäße, ein dünner, wackliger Hals, der leicht brechen konnte, darüber ein großer, unförmiger Kopf, bedeckt mit langem, struppigen Haar, aus dem rechts und links wie große Muscheln die Ohren herausstaken. *War das wirklich er?* Hatte er mit einem so verletzlichen Leib (unbewaffnet und ohne schützenden Panzer) überhaupt eine Überlebenschance? Warum war er kein Fisch geworden? Oder eine Sonnenblume? Das wäre jedenfalls zweckmäßiger gewesen, als sich in diesen Gregor Samsa zu verwandeln.

Dennoch nahm er alle Kraft zusammen, schwang die Beine über die Bettkante und setzte seine Füße auf den Boden. Der war kälter als erwartet, und Samsa schnappte unwillkürlich nach Luft. Nach mehreren gescheiterten Versuchen, bei denen er zu Boden fiel, gelang es ihm endlich, auf beiden Beinen zu stehen.

Sich mit einer Hand am Bettpfosten festhaltend, verharrte er vorläufig in dieser Position. Als er aufrecht stand, fühlte sein Kopf sich außergewöhnlich schwer an, und er konnte seinen Hals nicht gerade halten. Schweiß strömte ihm unter den Achseln hervor, und durch die extreme Anspannung zog sein Geschlechtsteil sich zurück. Er musste mehrmals tief durchatmen, um seinen verkrampften Körper zu lockern.

Nun, nachdem er sich ein wenig an den aufrechten Stand gewöhnt hatte, musste er lernen, sich fortzubewegen. Auf zwei Beinen zu gehen grenzte an Folter, und jede Bewegung fügte ihm heftige Schmerzen zu. Auf dem rechten und dem linken Bein abwechselnd vorwärtszuschreiten, war, ganz gleich, wie man es betrachtete, ein absurdes Unterfangen und wider die Gesetze der Natur, und allein die Aussicht aus derart schwindelnder Höhe ließ ihn vor Furcht erstarren. Es erwies sich als ausgesprochen schwierig, seine Hüft- und Kniegelenke zu koordinieren und das Gleichgewicht zu halten. Sobald er einen Schritt nach vorne machte, zitterten ihm vor lauter Angst so sehr die Knie, dass er sich mit beiden Händen an der Wand abstützen musste.

Trotz allem konnte er ja nicht für immer in diesem Zimmer bleiben. Wenn er nicht irgendwo etwas zu essen fand, würde dieser nagende Hunger ihn bald aufgezehrt und vernichtet haben.

Es dauerte ewig, bis er sich an der Wand entlang zur Tür getastet hatte. Er konnte die Zeit nicht messen. Jedenfalls kam sie ihm lang vor. Durch das Gewicht der Schmerzen, das auf ihm lastete, erfuhr er sie am eigenen Leibe. Und doch lernte er nach und nach, sich seiner Gelenke und Muskeln zu bedienen. Er war noch sehr langsam und bewegte sich linkisch. Und er musste sich abstützen. Aber vielleicht würde er als ein Mensch mit einer Behinderung durchgehen.

Er griff nach dem Türknauf und zog daran. Die Tür ließ sich nicht öffnen. Auch als er dagegen drückte, tat sich nichts. Dann drehte er den Knauf nach rechts und zog. Mit einem leisen Quietschen ging die Tür nach innen auf. Also war sie nicht abgeschlossen. Er steckte den Kopf durch den Spalt. Im Flur war niemand. Es war so still wie auf dem Meeresgrund. Zuerst setzte er den linken Fuß in den Flur, schob, sich am Türrahmen festhaltend, seinen Oberkörper aus dem Zimmer und holte dann seinen rechten Fuß nach. Langsam und sich an den Wänden abstützend, tastete er sich voran.

Der Flur hatte insgesamt vier Türen, einschließlich der, durch die er gerade gekommen war. Alle waren aus dem gleichen dunklen Holz. Was wohl dahinter lag? Oder wer sich dahinter verbarg? Er hatte große Lust, sie zu öffnen. Vielleicht würde sich dann auch die seltsame Lage klären, in der er sich befand. Aber er schlich nur möglichst leise an den Türen vorbei. Bevor er seine Neugier befriedigen konnte, musste er seinen Hunger stillen. Er musste die schmerzhafte Leere in seinem Körper möglichst rasch mit etwas Handfestem füllen.

Und Samsa wusste genau, wohin er sich wenden musste, um an dieses *Handfeste* zu kommen.

Dem Geruch musst du folgen, dachte er, und schnupperte. Er roch den Duft von warmem Essen. Feinste Partikel gekochter Speisen schwebten durch die Luft und reizten seine Nasenschleimhäute. Augenblicklich leitete sein Geruchssinn diese Information an sein Gehirn weiter, und das nackte Verlangen wühlte in seinen Eingeweiden wie ein erfahrener Folterknecht. Samsa lief das Wasser im Mund zusammen.

Doch um zum Ursprung dieser Düfte zu gelangen, musste er eine Treppe hinabsteigen. Dabei war es für ihn schon schwierig genug, auf ebenem Boden zu gehen. Die steile Treppe von insgesamt siebzehn Stufen erschien ihm wie ein Albtraum. Das Geländer mit beiden Händen umklammernd, machte er sich auf den Weg. Beim Absteigen belastete sein Gewicht die zarten Knöchel so sehr, dass er kaum das Gleichgewicht halten konnte und mehrmals fast gestürzt wäre. Bei jeder unnatürlichen Drehung schrien seine Muskeln und Knochen auf.

Während seines Abstiegs dachte Samsa hauptsächlich an Fische und Sonnenblumen. Wäre ich ein Fisch oder eine Sonnenblume, dachte er, müsste ich wohl nicht diese Treppe hinuntersteigen und könnte mein Leben in aller Ruhe beschließen. Weshalb war er in diese Lage geraten, die ihm solch unnatürliche und gefahrvolle Unternehmungen abverlangte? Er konnte keinen Sinn darin erkennen.

Als er endlich am Ende der siebzehn Stufen angelangt war, nahm Samsa noch einmal alle ihm verbliebene Kraft zusammen und folgte dem Essensduft. Er durchquerte die Eingangshalle mit der hohen Decke und trat durch eine offene Tür in den Speisesaal.

Auf einem runden Tisch waren Speisen angerichtet. Um den Tisch herum standen fünf Stühle, aber es war niemand zu sehen. Von den Tellern stieg noch zarter weißer Dampf auf. In der Mitte des Tisches stand eine gläserne Blumenvase mit einem guten Dutzend frischer weißer Lilien. Der Tisch war mit Besteck und weißen Servietten für vier Personen gedeckt, aber alles war noch unbenutzt. Es wirkte, als hätten die Leute sich gerade eben zu einem Frühstück niedergelassen, um aufgescheucht von einem unerwarteten Ereignis plötzlich alles stehen und liegen zu lassen. Was immer geschehen sein mochte, es war noch nicht lange her.

Was wohl passiert war? Wohin waren die Leute gegangen? Oder wohin hatte man sie gebracht? Würden sie zurückkommen, um ihr Frühstück einzunehmen?

Aber Samsa hatte nicht die Muße, um lange nachzudenken. Er ließ sich auf den nächstbesten Stuhl fallen und stürzte sich, ohne Messer, Löffel, Gabeln und Servietten zu benutzen, auf das Essen. Er stopfte sich Brot in den Mund, ohne es mit Butter oder Marmelade zu bestreichen, verschlang ganze dicke gekochte Würste, konnte die gekochten Eier gar nicht schnell genug schälen und grabschte gierig nach den eingelegten Gemüsen. Auch den warmen Kartoffelbrei schaufelte er sich mit den Händen in den Mund und zerkaute alles schmatzend. Was in den Zähnen hängen blieb, spülte er mit Wasser hinunter. Geschmack spielte keine Rolle. Ob ihm etwas schmeckte oder nicht, ob es scharf oder sauer war, machte keinen Unterschied. Oberstes Ziel war, die Leere in seinem Inneren zu füllen. Er aß selbstvergessen und wie in Trance, als befände er sich in einem Wettlauf gegen die Zeit. Er aß so gierig, dass er sich sogar einmal versehentlich mit aller Kraft in die Finger biss.

Überall auf dem Tisch waren Speisereste verstreut, und einmal fiel ein großer Teller zu Boden und zerbarst, aber er achtete überhaupt nicht darauf.

Der Esstisch bot einen derart verwüsteten Anblick, dass man hätte denken können, ein Schwarm Krähen sei durchs Fenster gekommen und habe sich darüber hergemacht, nur um anschließend wieder zum Fenster hinauszufliegen. Als er gegessen hatte, so viel er konnte, war kaum noch etwas übrig. Nur die Vase mit den Lilien war unberührt. Aber die hätte er vielleicht auch noch verspeist, wenn es nicht so viel gegeben hätte, so groß war sein Hunger gewesen.

Anschließend saß Samsa noch lange auf dem Stuhl und hing seinen Gedanken nach. Er hatte beide Arme auf den Tisch gelegt, und seine Schultern hoben und senkten sich beim Atmen, während er mit halb geschlossenen Augen die weißen Lilien betrachtete. Wie die Flut ans Ufer steigt, so stieg ein Gefühl der Sättigung in ihm auf. Er spürte, wie die Nahrung den Hohlraum in seinem Körper füllte und die Leere beiseitedrängte.

Er griff nach einer Messingkanne und goss Kaffee in eine weiße Keramiktasse. Der starke, würzige Duft erinnerte ihn an etwas. Doch die Erinnerung überkam ihn nicht unmittelbar, sondern stufenweise. Die Zeit war darin seltsam doppeldeutig, als würde er das, was er jetzt erlebte, aus der Zukunft als Erinnerung erfahren. Als würden seine gegenwärtige Erfahrung und die Erinnerung daran in einem geschlossenen Kreis rotieren. Er gab reichlich Sahne in den Kaffee, rührte mit dem Finger um und trank. Der Kaffee war abgekühlt, aber ein bisschen Wärme war noch in ihm geblieben. Er behielt ihn im Mund und ließ ihn nach kurzer Wartezeit konzentriert und langsam die Kehle hinunterrinnen. Der Kaffee dämpfte seine Erregung ein wenig.

Plötzlich merkte er, dass ihm kalt war. Er zitterte am ganzen Körper. Bisher hatte ihm sein nagender Hunger keinen Raum für andere Empfindungen gelassen. Aber nachdem er ihn gestillt hatte, spürte er plötzlich, wie kühl die morgendliche Luft war. Das Feuer im Kamin war erloschen, und es war kalt im Zimmer. Außerdem war er nackt und barfuß.

Samsa erkannte, dass er etwas brauchte, um seinen Körper

zu bedecken. So war es zu kalt. Außerdem war dies kein passender Aufzug, um sich jemandem zu zeigen. Irgendwann würde vielleicht jemand kommen. Womöglich würden die Leute, die bis vor Kurzem hier gewesen waren – die Leute, die frühstücken wollten –, zurückkehren. Und sicher würde es Probleme geben, wenn sie ihn so vorfanden.

Aus irgendeinem Grund wusste er das. Nicht, dass er es vermutete oder sich denken konnte, er wusste es ganz einfach. Samsa hatte keine Ahnung, woher ihm dieses Wissen kam oder wie er es erlangt hatte. Wahrscheinlich war auch dies ein Teil seiner rotierenden Erinnerungen.

Er stand auf, verließ den Speisesaal und ging in die Eingangshalle. Obwohl er noch immer ziemlich ungeschickt und langsam war, konnte er inzwischen einigermaßen auf seinen beiden Beinen gehen und stehen, auch ohne sich festzuhalten. In der Eingangshalle stand ein eiserner Schirmständer, in dem neben Schirmen auch ein paar Gehstöcke steckten. Er suchte sich einen schwarzen Eichenstock aus, um ihn als Gehhilfe zu benutzen. Die Stabilität, die er empfand, wenn er sich auf den Stock stützte, gab ihm Mut und Gelassenheit. Sollte ein Vogel ihn angreifen, konnte ihm der Stock als Waffe dienen. Er ging ans Fenster und schaute durch einen Spalt in den weißen Spitzenvorhängen nach draußen.

An dem Haus führte eine Straße vorbei. Sie war nicht sehr breit. Es ging kaum jemand vorbei, sie wirkte unangenehm verlassen. Die vereinzelten Passanten waren alle voll bekleidet. Sie trugen verschiedene Farben und Stile. Die meisten waren Männer, aber es waren auch eine oder zwei Frauen darunter. Männer und Frauen waren unterschiedlich gekleidet. Schuhe aus festem Leder bedeckten ihre Füße. Einige trugen auch blank polierte

Stiefel. Ihre Absätze klackten laut auf dem Kopfsteinpflaster. Alle trugen eine Kopfbedeckung. Sie gingen ganz selbstverständlich auf zwei Beinen, und niemand zeigte seine Genitalien. Samsa stellte sich vor einen großen Spiegel im Flur und verglich seine Gestalt mit der der Passanten. Der Mann im Spiegel wirkte kümmerlich und schwächlich. An seinem Bauch liefen Fleischsaft und Soße herunter, und in seinem Schamhaar hatten sich Brotkrümel verfangen. Er bürstete den Schmutz mit der Hand herunter.

Ich brauche etwas zum Anziehen, dachte er wieder.

Dann schaute er noch einmal auf die Straße und suchte sie nach Vögeln ab. Aber es war kein einziger zu sehen.

Im Parterre waren die Eingangshalle, das Esszimmer, eine Küche und ein Salon. Aber Kleidung oder etwas Ähnliches war nirgends zu entdecken. Wahrscheinlich zogen die Bewohner sich nicht im Erdgeschoss um, und die Kleidung befand sich irgendwo im ersten Stock.

Er fasste sich ein Herz und stieg wieder die Treppe hinauf. Erstaunlicherweise fiel ihm dies viel leichter als der Abstieg. Er hielt sich am Geländer fest und schaffte die siebzehn Stufen nach oben schmerzlos und ohne Angst in vergleichsweise kurzer Zeit, obwohl er unterwegs hin und wieder verschnaufte.

Zu seinem Glück war keine der Türen abgeschlossen. Alle öffneten sich, wenn er den Knauf nach rechts drehte und dagegen drückte. Im ersten Stock waren also vier Zimmer, aber abgesehen von dem kalten Zimmer, in dem er aufgewacht war, waren alle anderen gemütlich eingerichtet. In jedem gab es ein sauber bezogenes Bett, eine Kommode, einen Schreibtisch, eine Lampe und einen gemusterten Teppich. Alles war aufgeräumt und ordentlich geputzt. In den Regalen reihten sich schöne Bücher, an den Wänden hingen gerahmte Gemälde. In jedem Zimmer gab es ein Bild von einer Küste mit hellen Klippen. Weiße Wolken schwebten wie Zuckerwatte an einem tiefblauen Himmel. In den Vasen standen frische bunte Blumen. In keinem der Zimmer war das Fenster mit Holzbrettern vernagelt. Stattdessen hatten die Fenster Spitzenvorhänge, durch die mildes Sonnenlicht hereinfiel. In allen Betten hatte kürzlich jemand geschlafen. Auf den großen weißen Kissen waren noch die Einbuchtungen der Köpfe zu sehen.

Im Schrank des größten Zimmers entdeckte Samsa einen Morgenrock in passender Größe. Ihn anzuziehen würde ihm vermutlich gelingen. Die anderen Sachen waren zu kompliziert, er hatte ja keine Ahnung, wie man sie anzog und in welcher Kombination man sie zu tragen hatte. Sie hatten zu viele Knöpfe, und er konnte nicht unterscheiden, was vorn und hinten, was unten und oben war. Auch der Unterschied zwischen Unter- und Oberbekleidung war ihm nicht klar. Um sich an so etwas zu wagen, hatte er noch zu viel zu lernen. Im Vergleich dazu war der Morgenrock sehr einfach und praktisch. Der leichte, weiche Stoff fühlte sich angenehm an. Er war dunkelblau. Samsa fand ein Paar passender Hausschuhe in der gleichen Farbe.

Er zog sich den Morgenrock über seinen nackten Körper, und nach zahlreichen gescheiterten Versuchen gelang es ihm sogar, den Gürtel vorne zuzubinden. Er betrachtete sich im Spiegel. Auf alle Fälle war es besser, in Morgenrock und Hausschuhen herumzulaufen als splitternackt. Wenn er noch genauer beobachtete, wie die Menschen sich kleideten, würde er mit der Zeit lernen, wie man sich normal und richtig anzog. Bis dahin musste er mit dem Morgenrock vorliebnehmen. Sehr warm war er ja nicht, aber solange Samsa im Haus blieb, genügte er, um die Kälte abzuhalten. Und vor allem beruhigte er ihn, denn seine weiche Haut war nicht mehr schutzlos den Vögeln preisgegeben.

Als es klingelte, schlummerte Samsa gerade im Bett des größten Schlafzimmers (das auch das größte Bett im Haus war). Das Federbett war warm, und er fühlte sich wohlig und angenehm wie in einem Ei. Er hatte geträumt. Er konnte sich nicht mehr genau daran erinnern, aber es war ein angenehmer, freundlicher Traum gewesen. Doch das Schrillen der Türglocke hatte Samsa aus seinen Träumen zurück in die kalte Wirklichkeit gerissen.

Er stieg aus dem Bett, band den Gürtel des Morgenrocks neu, schlüpfte in die blauen Hausschuhe, griff nach dem schwarzen Stock und stieg langsam, sich am Geländer festhaltend, die Treppe hinunter. Auch das Hinuntersteigen fiel ihm jetzt wesentlich leichter als beim ersten Mal. Doch die Gefahr eines Sturzes bestand unverändert. Er durfte nicht nachlässig werden. Vorsichtig einen Fuß vor den anderen setzend, bewegte er sich Stufe für Stufe abwärts. Währenddessen klingelte es unablässig und gellend weiter. Die Person, die den Klingelknopf drückte, schien einen ungeduldigen und hartnäckigen Charakter zu besitzen.

Als er endlich mit seinem Stock in der Linken unten angekommen war, öffnete er die Tür, wobei er den Knauf nach rechts drehte und die Tür nach innen zog.

Vor der Tür stand eine kleine Frau. Eine sehr kleine Frau. Dass sie überhaupt den Klingelknopf erreicht hatte! Aber bei genauerem Hinsehen erkannte er, dass sie durch ihren gekrümmten Rücken eine stark nach vorn gebeugte Haltung hatte und deshalb nur so klein erschien. Eigentlich war sie normal groß. Ihr volles, kastanienbraunes Haar hatte sie mit einem Gummiband nach hinten gebunden, damit es ihr nicht ins Gesicht fiel. Sie trug einen langen, weiten Rock, der ihre Knöchel bedeckte, und eine abgewetzte Tweedjacke, eine Mütze und hohe Schnürschuhe. Um den Hals hatte sie einen gestreiften Baumwollschal geschlungen. Sie war etwa Anfang zwanzig und wirkte noch wie ein junges Mädchen. Sie hatte große Augen, eine kleine Nase, und ihre schmalen halbmondförmigen Lippen waren etwas nach einer Seite verzogen. Die geraden schwarzen Augenbrauen verliehen ihr ein irgendwie skeptisches Aussehen.

»Wohnt hier die Familie Samsa?«, fragte die Frau, indem sie den Hals reckte und von unten zu Samsa hinaufschaute. Dann wand sie sich plötzlich in einer großen Schraubbewegung, warf sich auf wie die Erde bei einem heftigen Erdbeben.

Nachdem Samsa kurz gezögert hatte, raffte er sich zu einem »Ja« auf. Da er Gregor Samsa war, war dies ja wohl das Haus von zumindest einem Samsa. Es konnte nicht schaden, die Frage zu bejahen.

Aber die Frau schien mit der Antwort nicht zufrieden zu sein. Sie runzelte leicht die Stirn. Vielleicht hatte sie Samsas Zögern gespürt.

»Wohnen hier *wirklich* die Samsas?«, fragte sie scharf wie ein erfahrener Türhüter, der einen ärmlichen Fremden verhört.

»Ich bin Gregor Samsa«, antwortete Samsa so gelassen, wie er konnte. Dessen war er sich sicher.

»Dann ist es ja gut«, sagte die Frau. Sie griff nach einer großen schwarzen Stofftasche, die zu ihren Füßen stand. Sie wirkte schwer und schien über die Jahre viel benutzt worden zu sein. An mehreren Stellen war sie durchgewetzt. Vielleicht war sie

220

schon mehrmals von Hand zu Hand gegangen. »Dann wollen wir mal.«

Ohne eine Antwort abzuwarten, trat die Frau rasch ins Haus. Samsa schloss die Tür. Die Frau stand da und musterte ihn von oben bis unten. Offenbar erregte Samsas Auftreten in Morgenrock und Hausschuhen ihren Argwohn.

»Mir scheint, ich habe Sie geweckt«, sagte sie kühl.

»Das macht gar nichts«, sagte Samsa. An ihrem finsteren Blick erkannte er, dass seine Bekleidung der Gelegenheit nicht angemessen war.

»Entschuldigen Sie meinen Aufzug, es gibt alle möglichen Gründe dafür«, sagte er.

Die Frau äußerte sich nicht dazu. »Und?«

»Und?«, fragte Samsa.

»Wo ist das Schloss?«

»Welches Schloss?«

»Das defekte Schloss.« Die junge Frau hatte sich von Anfang an nicht bemüht, die Gereiztheit in ihrer Stimme zu verbergen. »Sie wollten, dass jemand kommt, um es zu reparieren.«

»Ah«, sagte Samsa. »Das defekte Schloss.«

Er zermarterte sich das Gehirn. Aber kaum versuchte er, sich auf eine Sache zu konzentrieren, spürte er, wie sich in seinem Kopf wieder die schwarze Moskitosäule erhob.

»Ehrlich gesagt, weiß ich gar nichts von einem defekten Schloss«, sagte er. »Vielleicht handelt es sich um eine der Türen im ersten Stock?«

Das Mädchen runzelte die Stirn und schaute zu ihm auf. »Vielleicht?« Ihr Ton war jetzt noch kälter. Sie hob eine Augenbraue. »Eine der Türen?«

Samsa merkte, wie er errötete. Er schämte sich seiner völligen Unkenntnis hinsichtlich des defekten Schlosses. Er räusperte sich, aber er bekam kein Wort heraus.

»Herr Samsa, sind Ihre Eltern zu Hause? Ich glaube, es wäre besser, wenn ich mit ihnen sprechen würde.«

»Anscheinend haben sie etwas zu erledigen und sind ausgegangen«, antwortete Samsa.

»Sie sind nicht da?«, stöhnte die junge Frau. »Was kann man denn in diesem Schlamassel zu erledigen haben?«

»Ich weiß es nicht, aber als ich heute Morgen aufgestanden bin, war niemand im Haus«, sagte Samsa.

»Du meine Güte«, sagte die junge Frau. Und stieß einen langen Seufzer aus. »Wir haben angekündigt, dass heute Morgen um diese Zeit jemand vorbeikommt, um das Schloss zu reparieren.«

»Es tut mir leid.«

Die Frau verzog kurz den Mund. Dann senkte sie langsam die angehobene Braue und betrachtete den schwarzen Stock, den Samsa in der linken Hand hielt. »Haben Sie Schmerzen in den Beinen, Herr Samsa?«

»Ja, ein wenig«, antwortete Samsa vage.

Die Frau machte wieder die Schraubbewegung. Samsa begriff nicht, was diese Bewegung bedeutete oder welchem Zweck sie diente. Dennoch fühlte er sich von diesem komplizierten Bewegungsablauf instinktiv angezogen.

»Da kann man nichts machen«, sagte das Mädchen resigniert. »Dann werde ich mir mal die Türen im ersten Stock ansehen. Jetzt habe ich in diesem furchtbaren Durcheinander die ganze Stadt durchquert und bin über die Brücke hergekommen. Unter Lebensgefahr. Da sage ich doch nicht einfach: ›Ach, niemand zu Hause?‹, und ziehe unverrichteter Dinge wieder ab.«

Was für ein *furchtbares Durcheinander*? Gregor Samsa begriff nicht. Was war denn nur los? Aber er beschloss, nicht weiter nachzufragen, um sich nicht noch mehr durch seine Unwissenheit bloßzustellen.

Den schweren schwarzen Beutel in der rechten Hand, erklomm die junge Frau tief gebeugt und mühsam wie ein kriechendes Insekt die Treppe. Samsa umfasste das Geländer und folgte ihr langsam. Ihre Gestalt rief ein wehmütiges Mitgefühl in ihm hervor.

Im ersten Stock angekommen, ließ die junge Frau ihren Blick über die vier Türen schweifen. »Es ist also *vielleicht* bei einer von diesen Türen das Schloss kaputt, ja?«

Wieder errötete Samsa. »Ja, bei einer von denen«, sagte er. »Ich habe das Gefühl, es könnte die ganz hinten links sein«, fügte er nervös hinzu. Es war die Tür zu dem kahlen Raum, in dem er am Morgen erwacht war.

»*Gefühl?*«, sagte das Mädchen so ausdruckslos, dass er an ein erloschenes Feuer denken musste. »*Könnte?*« Sie wandte sich um und sah zu Samsa auf.

»Irgendwie«, sagte Samsa.

»Herr Gregor Samsa, es ist ein großes Vergnügen, sich mit Ihnen zu unterhalten. Einem so reichen Wortschatz und präzisen Ausdruck begegnet man selten«, sagte sie trocken. Dann seufzte sie wieder und änderte ihren Tonfall. »Also schön. Dann schauen wir uns die letzte Tür links einmal an.«

Sie trat an die Tür heran und drehte den Knauf. Dann drückte sie die Tür nach innen. Sie öffnete sich. Das Zimmer hatte sich nicht verändert, seit er es verlassen hatte. Das einzige Möbelstück war das Bett. Es stand mitten im Zimmer wie eine einsame Insel im Ozean. Auf ihm lag nur die nackte, nicht sehr reinliche Matratze. Die Matratze, auf der Gregor Samsa erwacht war. Es war also kein Traum gewesen. Der Fußboden war nackt und kalt. Das Fenster mit Brettern vernagelt. Auch wenn die junge Frau all dies bemerkte, zeigte sie keine Überraschung. Wahrscheinlich gab es nicht wenige solche Zimmer in dieser Stadt.

Sie ging in die Hocke, öffnete die schwarze Tasche, nahm ein helles Flanelltuch heraus und breitete es auf dem Boden aus. Dann wählte sie einige Werkzeuge aus und reihte sie sorgfältig darauf wie ein geübter Folterer, der seine unheilvollen Instrumente vor seinem bedauernswerten Opfer auslegt.

Sie wählte einen Draht mittlerer Dicke aus, führte ihn in das Schloss ein und bewegte ihn mit geübter Hand in alle Richtungen. Dabei lauschte sie aufmerksam mit zusammengekniffenen Augen. Als Nächstes nahm sie einen dünneren Draht und wiederholte den Vorgang. Gespannt verzog sie die Lippen zur Schärfe eines chinesischen Schwerts. Sie nahm eine große Taschenlampe und inspizierte das Schloss mit strengem Blick.

»Haben Sie einen Schlüssel für dieses Schloss?«, fragte sie.

»Ich habe keine Ahnung, wo er ist«, antwortete er ehrlich.

»Ach, Gregor Samsa, Sie rauben mir den letzten Nerv«, sagte sie und blickte zur Decke.

Dann wählte sie, ohne ihn weiter zu beachten, aus den Werkzeugen auf dem Flanelltuch einen Schraubenzieher aus und machte sich daran, das Schloss auszubauen. Sie arbeitete langsam und sorgfältig, um keine Schraube zu beschädigen. Immer wieder unterbrach sie die Arbeit, um sich auf diese eigentümliche Art zu verdrehen.

Ihre *Schraub*bewegungen von hinten zu beobachten, rief selt-

224

same Reaktionen in Samsas Körper hervor. Unversehens wurde ihm immer heißer, und seine Nasenlöcher blähten sich. Sein Mund wurde trocken, und er schluckte laut. Aus irgendeinem Grund juckten seine Ohrläppchen. Und sein Geschlechtsteil, das bislang schlaff heruntergehangen hatte, versteifte sich, wurde größer und richtete sich allmählich auf, wodurch sein Morgenrock sich vorn ausbeulte. Samsa hatte keine Ahnung, was dies zu bedeuten hatte.

Die junge Frau ging mit dem ausgebauten Schloss zum Fenster und untersuchte es im Sonnenlicht, das durch die Ritzen der Bretter schien. Mit düsterer Miene, die geschwungenen Lippen fest aufeinandergepresst, führte sie ein dünnes Metall in das Schloss ein und schüttelte es kräftig, um zu prüfen, wie es sich anhörte. Dann seufzte sie wieder laut und wandte sich zu Samsa um.

»Es ist innen völlig hinüber«, sagte sie. »Sie hatten recht, Herr Samsa. Es ist dieses Schloss.«

»Da bin ich froh«, sagte Samsa.

»Zu Freude besteht kein Anlass«, sagte die junge Frau. »Ich kann das Schloss nicht hier reparieren. Es ist ein besonderes Fabrikat. Ich muss es mitnehmen und meinem Vater oder einem meiner älteren Brüder zeigen. Die bekommen es wahrscheinlich wieder hin. Ich bin noch Lehrling und kann bisher nur einfache Schlösser reparieren.«

»Ich verstehe«, sagte Samsa. Das Mädchen hatte also einen Vater und mehrere ältere Brüder. Und die ganze Familie arbeitete in der Schlosserei.

»Eigentlich hätte mein Vater oder einer meiner Brüder herkommen sollen, aber wegen der *Unruhen*, Sie wissen ja, haben sie mich geschickt. Es gibt überall in der Stadt Kontrollen.«

225

Sie seufzte so tief, dass ihr ganzer Körper sich bewegte.

»Aber wie konnte das Schloss so kaputtgehen? Es sieht aus, als hätte jemand das Innere mit einem speziellen Werkzeug absichtlich zerstört.«

Wieder machte sie die Schraubbewegung. Dabei kreisten ihre Arme in verschiedene Richtungen, wie bei einem besonderen Schwimmstil. Samsa war fasziniert und sehr berührt. Er nahm seinen ganzen Mut zusammen. »Darf ich Ihnen eine Frage stellen?«

»Eine Frage?« Sie sah ihn misstrauisch an. »Ich weiß zwar nicht, was das sein könnte, aber bitte.«

»Warum machen Sie immer wieder diese Schraubbewegung?«

Sie sah ihn mit leicht geöffnetem Mund an. »Schraub...?« Sie überlegte einen Moment. »Meinen Sie das da?« Sie führte ihm die Bewegung vor.

»Ja«, sagte Samsa.

Sie schleuderte ihm ihren Blick entgegen wie einen Stein. »Mein BH sitzt nicht richtig, das ist alles«, sagte sie nicht gerade erfreut.

»BH?«, fragte Samsa. Er hatte keine Erinnerung an diese Buchstaben.

»Ja, mein BH. Sie werden ja wohl wissen, was das ist«, stieß sie wütend hervor. »Oder finden Sie es sonderbar, dass eine Bucklige einen BH trägt? Ist das vermessen?«

»Bucklige?«, fragte Samsa. Auch dieses Wort wurde vom grenzenlosen Reich der Leere in seinem Bewusstsein verschluckt. Er hatte keine Ahnung, wovon sie sprach. Aber er musste ja etwas sagen.

»Nein, so etwas würde ich doch nie denken«, widersprach er leise.

»Hören Sie, auch ich habe zwei normale Brüste und brauche einen BH, damit sie beim Gehen nicht hin- und herschwingen wie Kuheuter.«

»Natürlich«, stimmte Samsa ihr völlig verständnislos zu.

»Aber die Dinger sind nicht für Frauen wie mich gemacht. Mein Körper ist anders als der einer normalen Frau. Also muss ich mich dauernd verdrehen, damit der BH wieder richtig sitzt. Als Frau hat man es schwerer, als Sie es sich jemals vorstellen können. In vielerlei Hinsicht. Hat es Spaß gemacht, mich die ganze Zeit von hinten anzustarren? War es lustig?«

»Nein. Ich habe mich nur gefragt, warum Sie das machen.«

Samsa schloss, dass ein BH ein Mittel war, um Brüste zu halten, und eine Bucklige eine Frau mit besonderem Körperbau war. Es gab noch so vieles auf dieser Welt, das er lernen musste.

»Machen Sie sich über mich lustig?«, fragte die junge Frau.

»Nein, das tue ich nicht.«

Das Mädchen drehte den Kopf und blickte Samsa ins Gesicht. Offenbar machte er sich wirklich nicht über sie lustig. Er wirkte völlig arglos. Vielleicht war er nicht ganz richtig im Kopf. Immerhin war er wohlerzogen und sah ganz ordentlich aus. Er mochte um die dreißig sein. Allerdings war er etwas zu mager, hatte zu große Ohren und eine ungesunde Gesichtsfarbe. Aber höflich war er. Doch dann bemerkte sie, dass Samsas Morgenrock sich an einer gewissen Stelle wölbte.

»Was soll das?«, sagte sie eisig. »Was soll diese Beule da?«

Samsa sah auf die Schwellung unter seinem Morgenrock hinunter. Aus ihrem Ton schloss er, dass sein Zustand irgendwie unpassend war.

»Jetzt verstehe ich. Du würdest gern mal eine Bucklige ficken, was?«, spie sie ihm ins Gesicht.

»Ficken?«, sagte er. Auch an dieses Wort erinnerte er sich nicht.

»Du denkst, die bückt sich sowieso schon, da geht's gut von hinten, was?«, sagte das Mädchen. »Perverslinge wie dich gibt es jede Menge auf der Welt. Die denken, weil ich so bin, lasse ich jeden ran. Aber Pech gehabt, so läuft das nicht.«

»Ich verstehe Sie nicht«, sagte Samsa. »Wenn ich Sie irgendwie gekränkt haben sollte, tut es mir sehr leid. Entschuldigen Sie vielmals. Ich bitte um Vergebung. Ich habe es nicht böse gemeint. Ich war eine Zeit lang krank, deshalb verstehe ich manches noch nicht so gut.«

Das Mädchen seufzte wieder. »Aha«, sagte sie. »Du bist wirklich nicht ganz richtig im Kopf. Aber dein Pimmel scheint ja ganz gesund zu sein. Kann man nichts machen.«

»Entschuldigung«, sagte Samsa noch einmal.

»Ist ja gut«, sagte sie ergeben. »Ich habe vier ältere Brüder. Die haben mir schon alles gezeigt, als ich noch klein war. Sie haben mich immer damit aufgezogen, die hinterhältigen Schufte. An so was bin ich gewöhnt.«

Sie ging in die Hocke, sortierte die ausgebreiteten Werkzeuge eins nach dem anderen wieder ein, schlug das defekte Schloss in das Flanelltuch ein und legte es zusammen mit den Werkzeugen gewissenhaft in die schwarze Tasche.

»Ich nehme das Schloss mit. Sag das deinen Eltern. Entweder wir können es reparieren, oder wir tauschen es gegen ein neues aus. Allerdings könnte es im Augenblick schwierig sein, ein neues zu bekommen. Das sagst du deinen Eltern, wenn sie nach Hause kommen. Hast du verstanden? Kannst du dir das merken?«

Er könne es sich merken, sagte Samsa.

228

Das Mädchen stand auf und bewegte sich langsam die Treppe hinunter, Samsa stakste hinterher. Die beiden bildeten einen seltsamen Gegensatz. Bei der einen sah es aus, als kröche sie auf allen vieren, der andere ging unnatürlich steif und nach hinten gelehnt. Dennoch war die Geschwindigkeit, in der sie die Treppe hinabstiegen, die gleiche.

Samsa bemühte sich die ganze Zeit, seine »Beule« loszuwerden, aber sie wollte partout nicht zurückgehen. Sein Herz schlug wie wild beim Anblick des Mädchens vor ihm. Das heiße, frische Blut, das dabei durch seine Adern schoss, hielt die »Beule« hartnäckig aufrecht.

»Wie gesagt, eigentlich hätte mein Vater oder einer meiner Brüder kommen sollen«, sagte das Mädchen an der Tür. »Aber die Straßen sind voll mit bewaffneten Soldaten und Panzern. Besonders an den Brücken wird kontrolliert, und viele Menschen werden irgendwohin verschleppt. Deshalb können die Männer in unserer Familie das Haus nicht verlassen. Fällt jemand auf und sie bringen ihn fort, weiß man nicht, wann er wieder zurückkommt. Gegen diese Gefahr ist man machtlos. Also haben sie mich geschickt. Ganz allein quer durch Prag. Weil auf eine wie mich keiner achtet. So bin ich auch mal zu etwas nütze.«

»Panzer?«, wiederholte Samsa gedankenverloren.

»Ja, massenhaft Panzer. Mit Kanonen und Maschinengewehren«, sagte sie und zeigte auf die Beule in Samsas Morgenmantel. »Deine Kanone macht ja auch was her, aber die dort draußen sind größer, härter und tödlicher. Hoffentlich kommt deine Familie wieder heil nach Hause. Und du weißt wirklich nicht, wohin sie gegangen sind?«

Samsa schüttelte den Kopf.

»Darf ich Sie wiedersehen?«, fragte er, all seinen Mut zusammennehmend.

Sie drehte langsam den Kopf und blickte argwöhnisch zu ihm auf. »Du willst mich wiedersehen?«

»Ja, das möchte ich unbedingt.«

»Weil dir das Ding da so steht?«

Samsa warf wieder einen Blick auf die Beule. »Ich kann es nicht erklären, aber das hat nichts mit meinen Gefühlen zu tun. Ich habe vielleicht ein Problem mit meinem Herzen.«

»Aha«, sagte das Mädchen verwundert. »*Ein Problem mit deinem Herzen?* Eine interessante Sichtweise. Das höre ich zum ersten Mal.«

»Ich kann einfach nichts dagegen tun.«

»Es hat also nichts mit Ficken zu tun?«

»Ich denke nicht an Ficken. Wirklich nicht.«

»Du meinst also, dass dein Ding so hart und groß ist, liegt nicht daran, dass du ans Ficken denkst, sondern nur an deinem Herzen.«

Samsa nickte.

»Schwörst du bei Gott?«

»Gott«, sagte Samsa. Wieder ein Wort, an das er sich nicht erinnerte. Er schwieg.

Das Mädchen schüttelte matt den Kopf. Dann wand sie sich wieder, um ihren BH zu richten. »Ach, egal. Gott hat Prag schon vor Tagen verlassen. Er hat anscheinend Wichtigeres zu tun. Also vergessen wir Gott.«

»Kann ich Sie wiedersehen?«, wiederholte Samsa.

Das Mädchen zog eine Braue hoch. Ein Ausdruck, als betrachtete sie eine ferne, dunstverhangene Landschaft, erschien auf ihrem Gesicht. »Du willst mich also wirklich wiedersehen?«

Samsa nickte stumm.

»Und was machen wir dann?«

»Ich möchte mich in aller Ruhe mit Ihnen unterhalten.«

»Über was denn zum Beispiel?«, fragte das Mädchen.

»Über alles Mögliche.«

»Nur unterhalten?«

»Es gibt so vieles, über das ich gern mit Ihnen sprechen würde«, sagte Samsa.

»Über was denn?«

»Über die Entstehung der Welt. Über Sie, über mich.«

Das Mädchen überlegte. »Und du willst nicht nur das Ding
da in mich reinstecken?«

»Nein«, sagte Samsa entschieden. »Ich habe nur das Gefühl,
dass ich über vieles mit Ihnen reden muss. Über Panzer, über
Gott, über BHs, über Schlösser.«

Die beiden verfielen einen Moment lang in Schweigen. Draußen vor dem Haus zog jemand einen Karren vorbei. Mit einem
beklemmenden, unheilverkündenden Rattern.

»Aber wie soll das gehen?« Das Mädchen schüttelte langsam
den Kopf, doch ihre Stimme war nicht mehr so kalt wie zu Anfang. »Du bist aus einer zu guten Familie für mich. Deine Eltern wären bestimmt nicht erbaut, wenn ihr wertvolles Söhn-
chen sich mit einer wie mir einließc. Außerdem wimmelt es
dieser Tage von ausländischen Panzern und Truppen in der
Stadt. Wer weiß, was noch geschieht?«

Samsa wusste es ganz bestimmt nicht. Er hatte kaum einen
Begriff von der Zukunft und natürlich auch nicht von der Gegenwart oder der Vergangenheit. Er wusste ja nicht einmal, wie
man sich anzog.

»Jedenfalls komme ich in ein paar Tagen wieder«, sagte das

Mädchen. »Mit dem Schloss. Vielleicht können wir es reparieren; wenn nicht, bringe ich es so zurück. Natürlich muss ich in jedem Fall den Weg berechnen. Wenn du dann hier bist, können wir uns sehen. Allerdings weiß ich nicht, ob wir über die Entstehung der Welt sprechen können. Wie dem auch sei, du solltest diese Beule lieber vor deinen Eltern verbergen. In der Welt der normalen Menschen bekommt man keine Komplimente, wenn man mit so was rumläuft.«

Samsa nickte. Er wusste nicht, wie er es anstellen sollte, die Beule zu verbergen, aber darüber konnte er später noch nachdenken.

»Aber es ist doch seltsam«, sagte das Mädchen nachdenklich. »Die Welt um uns herum gerät aus den Fugen, und trotzdem gibt es Leute, die ein defektes Schloss stört, und andere, die pflichtbewusst durch die ganze Stadt gerannt kommen, um es zu reparieren. Wenn man darüber nachdenkt, ist das doch verrückt. Was meinst du? Andererseits ist es ja auch gut. Vielleicht muss das so sein. Vielleicht bleiben die Menschen bei Verstand, indem sie die kleinen Dinge unbeirrt und gewissenhaft erledigen, auch wenn die Welt in Trümmer fällt.«

Das Mädchen drehte wieder ihren Hals und sah ihn mit hochgezogener Braue an. »Ich will ja nicht neugierig sein, aber wozu dient dieses Zimmer im ersten Stock eigentlich? Warum haben deine Eltern ein so großes Schloss an einem Zimmer ohne Möbel, und warum stört es sie, dass es kaputt ist? Und wozu die dicken Bretter vor dem Fenster? War in dem Zimmer etwas Besonderes eingeschlossen?«

Samsa schwieg. Wenn *etwas* oder jemand in dem Zimmer eingeschlossen gewesen war, dann konnte das nur er selbst gewesen sein. Aber warum hatten sie ihn einschließen müssen?

»Na ja, wahrscheinlich hat es keinen Zweck, dich danach zu fragen«, sagte das Mädchen. »Ich muss jetzt auch allmählich gehen. Wenn ich zu spät komme, machen sie sich Sorgen. Bete, dass ich es heil durch die Stadt schaffe. Dass die Soldaten ein armes buckliges Ding wie mich übersehen. Dass ich nicht auf einen Perversling treffe. Unsere Stadt wird schon genug vergewaltigt.«

Er würde beten, sagte Samsa. Allerdings hatte er keine Ahnung, was »beten« oder »Perversling« bedeutete.

Das Mädchen griff vornübergebeugt, wie es war, nach der schweren schwarzen Stofftasche und ging zur Tür.

»Werde ich Sie wiedersehen?«, fragte Samsa zum Schluss noch einmal.

»Wenn man lange genug an jemanden denkt, wird man ihn irgendwann wiedersehen«, sagte sie. Jetzt lag eine Spur Herzlichkeit in ihrer Stimme.

»Nehmen Sie sich vor den Vögeln in acht«, rief Gregor Samsa ihr nach.

Das Mädchen drehte sich um und nickte mit einem schiefen Lächeln.

Samsa beobachtete durch einen Spalt im Vorhang, wie ihre gebeugte Gestalt über das Kopfsteinpflaster davonging. Auf den ersten Blick wirkte ihr Gang ungelenk, doch sie bewegte sich erstaunlich flink. Samsa war von jeder ihrer Bewegungen bezaubert. Sie erschien ihm wie ein Wasserläufer, der übers Wasser glitt. Ihre Art zu gehen war auf jeden Fall viel natürlicher und vernünftiger, als aufrecht auf zwei Beinen vorwärtszustolpern.

Nicht lange nachdem sie seinen Blicken entschwunden war, schrumpfte sein Geschlechtsteil wieder zusammen. Unversehens war die Schwellung verschwunden. Wehrlos und friedlich baumelte es zwischen seinen Beinen wie eine unschuldige Frucht. Auch seine Hoden ruhten still in ihrem Sack. Er band den Gürtel des Morgenmantels neu, setzte sich an den Esstisch und trank den Rest von seinem kalten Kaffee.

Die Leute, die hier wohnten, waren fortgegangen. Er kannte sie nicht, aber sie mussten wohl seine Familie sein. Aus irgendeinem Grund hatten sie plötzlich alles stehen und liegen lassen. Vielleicht kamen sie nie mehr zurück? *Die Welt fällt in Trümmer* – was das wohl hieß? Gregor Samsa hatte keine Ahnung. Ausländische Truppen, Kontrollpunkte, Panzer … Alles ein Rätsel.

Er wusste nur, dass er sich von ganzem Herzen wünschte, das bucklige Mädchen wiederzusehen. Mehr als alles andere wünschte er sich, ihr gegenüberzusitzen und nach Herzenslust mit ihr zu reden. Mit ihr die Rätsel zu lösen, die die Welt für ihn barg, eines nach dem anderen. Ihr aus jedem Blickwinkel zuzuschauen, wie sie sich drehte und wendete, um ihren BH zu richten. Und, wenn möglich, sie zu berühren. Mit seinen Fingerspitzen ihre Haut und ihre Wärme zu spüren. Und alle Treppen der Welt mit ihr hinauf- und hinunterzusteigen.

Bei dem Gedanken an sie wurde ihm warm in der Brust. Wie froh er jetzt war, kein Fisch und keine Sonnenblume zu sein. Gewiss, es war eine große Last, auf zwei Beinen zu gehen, Kleidung zu tragen und mit Messer und Gabel zu essen. Und es gab zu viele Dinge, die man sich als Mensch merken musste. Aber wäre er stattdessen ein Fisch oder eine Sonnenblume geworden, hätte er vielleicht nie diese wunderbare Wärme in seinem Herzen gespürt. Das fühlte er.

Lange saß Samsa reglos und mit geschlossenen Augen da

234

und genoss still für sich die Wärme. Wie an einem Lagerfeuer. Dann fasste er sich ein Herz, stand auf, griff nach seinem schwarzen Stock und wandte sich der Treppe zu. Er würde in den ersten Stock gehen und lernen, wie man sich richtig anzog. Das war seine nächste Aufgabe.

Die Welt erwartete, dass er lernte.

VON MÄNNERN, DIE KEINE FRAUEN HABEN

Um kurz nach eins in der Nacht weckte mich das Telefon. Nachts klang das Läuten immer ganz besonders schrill und lärmend. Als ob jemand versuchte, mit einer schweren Eisenstange die Welt zu zertrümmern. Als Angehöriger des Menschengeschlechts musste ich dem ein Ende bereiten. Also verließ ich das Bett, ging ins Wohnzimmer und nahm den Hörer ab.

Die tiefe Stimme eines Mannes teilte mir mit, dass eine Frau diese Welt für immer verlassen habe. Der Besitzer der Stimme war ihr Mann. Zumindest gab er sich als dieser aus. Seine Frau habe am letzten Mittwoch Selbstmord begangen, sagte er, das habe er mir für alle Fälle mitteilen wollen. *Für alle Fälle.* Soweit ich hörte, war in seinem Ton nicht ein Hauch von Gefühl. Er sprach im Telegrammstil, machte kaum Pausen zwischen den einzelnen Worten. Eine reine Mitteilung. Ohne jede Beschönigung. Punktum.

Was sollte ich darauf sagen? Ich hätte etwas sagen sollen, aber mir fiel nichts ein. So herrschte einen Moment lang Schweigen. Ein Schweigen, als starrten wir beide von gegenüberliegenden Seiten in einen tiefen Abgrund, der sich mitten auf einem Weg zwischen uns aufgetan hatte. Dann legte mein Gegenüber, ohne etwas zu sagen, den Hörer auf, sachte, wie man einen zerbrechlichen Kunstgegenstand auf dem Boden abstellt.

Ich stand noch eine Zeit lang da, in meinem weißen T-Shirt

und meinen blauen Boxershorts, den Hörer sinnlos in der Hand haltend.

Ich hatte keine Ahnung, wieso er von mir wusste. Hatte sie ihm meinen Namen als den eines »früheren Liebhabers« genannt? Aber wozu? Und wie war er an meine Telefonnummer gelangt? (Ich stehe nicht im Telefonbuch.) Und vor allem: *warum ich?* Warum musste ihr Mann ausgerechnet mir mitteilen, dass sie verstorben war? Ich konnte mir kaum vorstellen, dass sie ihn in ihrem letzten Willen darum gebeten hatte. Dass sie und ich uns gekannt hatten, lag lange zurück. Und nach unserer Trennung hatten wir uns kein einziges Mal wiedergesehen. Nicht einmal telefoniert hatten wir.

Aber all das spielte keine Rolle. Das Problem war, dass er mir keinerlei Erklärung geliefert hatte. Offenbar war er der Meinung gewesen, mir mitteilen zu müssen, dass seine Frau Selbstmord begangen hatte. Und irgendwie hatte er sich meine Privatnummer beschafft, es aber dennoch nicht für nötig befunden, mir weitere, genauere Informationen zu gewähren. Aus irgendeinem Grund war es wohl seine Absicht, mich in der Schwebe zwischen Wissen und Unwissen zu halten. Warum nur? Um mich auf *irgendetwas* hinzuweisen?

Auf was zum Beispiel?

Ich hatte nicht die geringste Ahnung. Die Fragezeichen wurden nur immer mehr. Als würde ein Kind sie wahllos mit einem Gummistempel überall in sein Heft drücken.

Bis heute weiß ich nicht, warum und wie sie sich das Leben genommen hatte. Auch wenn ich es gewollt hätte, hatte ich ja keine Möglichkeit, es herauszufinden. Ich wusste nicht, wo sie gewohnt hatte, ja, ich hatte ja nicht einmal gewusst, dass sie verheiratet gewesen war. Auch ihren neuen Nachnamen kannte ich natürlich nicht. (Der Mann am Telefon hatte seinen Namen nicht genannt.) Wie lange sie wohl verheiratet gewesen waren? Hatten sie ein Kind oder gar mehrere?

Doch ich nahm hin, was der Mann am Telefon gesagt hatte. Kein Gefühl des Argwohns stieg in mir auf. Auch nachdem sie sich von mir getrennt hatte, hatte sie auf dieser Welt weitergelebt, sich (wahrscheinlich) in jemanden verliebt, ihn geheiratet und sich dann am vergangenen Mittwoch aus irgendeinem Grund auf irgendeine Art das Leben genommen. *Für alle Fälle.* In der Stimme des Mannes war tatsächlich etwas von einer lebendigen Verbindung mit dem Reich der Toten mitgeschwungen. In der Stille der Nacht hatte ich die sirrende Spannung des straff gespannten Fadens hören und sein scharfes Blitzen sehen können. In dieser Hinsicht hatte er mit der Entscheidung, mich um ein Uhr nachts anzurufen – falls überhaupt eine Absicht dahintersteckte –, die richtige Wahl getroffen. Um ein Uhr mittags hätte das wahrscheinlich nicht funktioniert.

Endlich legte ich den Hörer auf und kehrte ins Bett zurück. Inzwischen war meine Frau auch aufgewacht.

»Was war das für ein Anruf? Ist jemand gestorben?«, fragte sie.

»Nein, niemand ist gestorben. Es hatte sich nur jemand verwählt«, murmelte ich angemessen langsam und verschlafen.

Aber natürlich nahm sie mir das nicht ab. Denn meiner Stimme haftete nun auch etwas von einem Todesfall an. Das Beben, das ein just Verstorbener erzeugt, wirkt stark ansteckend. Die Vibration überträgt sich über die Telefonleitung, verändert den Klang der Worte und erschüttert die Welt. Aber meine Frau sagte nichts mehr. Wir lagen in der Dunkelheit und hingen, der Stille lauschend, unseren jeweiligen Gedanken nach.

Von den Frauen, mit denen ich bis dahin zusammen gewesen war, war sie die dritte, die sich für den Freitod entschieden hatte. Wenn ich es mir recht überlegte, oder nein, das brauchte ich mir gar nicht zu überlegen, war das eine ziemlich hohe Todesrate. Ich konnte es kaum fassen. Zumal ich nicht einmal mit besonders vielen Frauen zusammen gewesen war. Es war mir völlig unbegreiflich, warum sich eine nach der anderen in noch jungen Jahren das Leben nahm. Das Leben nehmen *musste?* Das hatte doch wohl nichts mit mir zu tun? Innerlich war ich jedoch überzeugt davon, dass sie mir die Rolle eines Zeugen oder Chronisten zugedacht hatten. Und überhaupt war sie – die dritte (ich möchte ihren Namen nicht preisgeben und werde sie hier M. nennen) – nicht der Typ, der Selbstmord beging. Außerdem wurde M. stets von kräftigen Seeleuten aus der ganzen Welt beschützt und bewacht.

Ich kann nicht konkret schildern, welche Art von Frau M. war, wo und wann wir uns kennengelernt und was wir gemacht hatten. Es tut mir leid, aber eines muss ich doch klarstellen: Es hatte wirklich jede Menge Unannehmlichkeiten mit ihr gegeben. Wahrscheinlich hatte sie allen (noch) lebenden Menschen in ihrer Umgebung ganz schöne Probleme bereitet. Für mich kann ich nur schreiben, dass ich früher eine Zeit lang ziemlich eng mit ihr zusammen gewesen war, mich jedoch aus gewissen Gründen von ihr getrennt hatte.

Für mich ist M. die Frau, der ich mit vierzehn begegnet bin. Nicht, dass es wirklich so gewesen wäre, aber ich möchte zumindest einmal annehmen, wir hätten uns mit vierzehn in der Schule kennengelernt. Im Biologieunterricht. Bei irgendetwas mit Ammoniten oder Quastenflossern. Sie saß neben mir. Ich hatte meinen Radiergummi vergessen, und als ich sie fragte, ob sie mir ihren kurz leihen könne, brach sie ihren Radiergummi in zwei Hälften und gab mir die eine. Dabei lächelte sie. Genau in diesem Moment verliebte ich mich in sie. Sie war für mich das schönste Mädchen, das ich je gesehen hatte. Zumindest dachte ich das damals. Ich möchte M. sehen, als wären wir uns zum ersten Mal in der Schule begegnet. Durch die stumme, doch drängende Vermittlung von Ammoniten oder Quastenflossern. Denn so leuchtet mir vieles besser ein.

Mit vierzehn bekam ich natürlich, sooft der warme West-wind mich nur streifte, eine frischgebackene, kräftige Erektion. So ist das eben in dem Alter. Aber es war nicht M., die diese Erektion hervorrief. Denn sie überflügelte jeden Westwind mit Leichtigkeit. Nein, nicht nur den Westwind, sie war so wunder-bar, dass sie alle Winde, die aus allen vier Himmelsrichtungen wehten, in den Schatten stellte. Vor so einem vollkommenen Mädchen durfte man doch nicht so etwas Schmutziges wie eine Erektion haben? Zum ersten Mal in meinem Leben lernte ich ein Mädchen kennen, das derartige Gefühle in mir hervorrief.

Ich *spürte* es sofort, als ich M. begegnete. So ist es nicht wirk-lich geschehen, aber diese Vorstellung macht die Dinge ver-ständlicher. Ich war vierzehn, sie war vierzehn. Für uns genau das richtige Alter für diese Begegnung. Wir hätten uns *wirklich* auf diese Weise begegnen sollen.

Aber dann, ehe ich michs versah, war M. verschwunden. Wo-hin war sie gegangen? Ich hatte sie einfach aus den Augen verlo-ren. Etwas war geschehen, und sie war in einem unbeobachteten Moment verschwunden. Eben war sie noch bei mir gewesen, und plötzlich war sie es nicht mehr. Vielleicht hatte ein raffinier-ter Seemann sie an Bord seines Schiffes gelockt und mit nach Marseille oder an die Elfenbeinküste genommen. Meine Verzweiflung war tiefer als alle Meere, die sie überqueren mochten. Tiefer auch als die Meere, in denen die schlimmsten Riesenkraken und Seeungeheuer lauerten. Ich war meiner selbst zutiefst überdrüssig. Ich konnte es nicht fassen. Wie hatte das geschehen können? Obwohl ich M. so sehr lieb gehabt hatte. So sehr gebraucht hatte. Weshalb nur hatte ich sie aus den Augen gelassen?

Seither war M. überall für mich. Sie war in allen Orten, in allen Zeiten und in allen Menschen. Das wusste ich. Den halben Radiergummi wickelte ich in eine Plastiktüte und trug ihn stets liebevoll mit mir herum. Wie einen Talisman. Wie einen Kompass, der mir den Weg wies. Mit ihm in meiner Tasche würde ich M. irgendwann und irgendwo wiederfinden. Ich war überzeugt, ein Seemann hatte sie mit süßen Worten betört und auf sein Schiff gelockt, um sie mit sich in die Ferne zu nehmen. Denn sie war schon immer ein leichtgläubiger, zugänglicher Mensch gewesen. Ein Mensch, der, ohne zu zögern, einen neuen Radiergummi in zwei Hälften brach und die eine Hälfte verschenkte.

Ich bemühte mich auf jede Art und bei allen möglichen Menschen, auch nur die denkbar kleinste Spur von ihr zu entdecken. Aber natürlich waren es nicht mehr als winzige Bruchstücke. So viele ich auch sammelte, es blieben Fragmente. Ihr Wesen entzog sich mir stets wie eine Fata Morgana an einem Horizont, der über dem Land ebenso grenzenlos war wie über dem Meer. Unermüdlich zog ich auf meiner Suche umher. Nach Bombay, nach Kapstadt, nach Reykjavik, bis auf die Bahamas. Alle Städte, die einen Hafen hatten, klapperte ich ab. Doch kaum war ich angekommen, war sie bereits verschwunden. Ein zerwühltes Bett atmete noch einen Rest von Wärme. Ein Schal

mit Spiralmuster, den sie getragen hatte, hing über einer Stuhl-
lehne. Das Buch, in dem sie gerade gelesen hatte, lag aufgeschlagen und umgedreht auf dem Tisch. Im Bad hingen ihre
Strümpfe zum Trocknen. Aber sie war nicht mehr da. Sobald
all die lästigen Seeleute auf der Welt mein Kommen erahnten,
brachten sie sie eilends fort und versteckten sie. Natürlich war
ich zu jener Zeit nicht mehr vierzehn Jahre alt. Ich war braunge-
brannt und abgehärtet. Mein Bart war voll, und mittlerweile
kannte ich auch den Unterschied zwischen einer Metapher und
einem Gleichnis. Aber ein Teil von mir war noch immer vierzehn. Und dieser ewige Vierzehnjährige in mir wartete geduldig
darauf, dass der sanfte Westwind seinen unschuldigen Penis
streichelte. Wo dieser Westwind wehte, musste M. sich gewiss
befinden.

Das war M. für mich.

Sie war keine Frau, die sich an einem Ort niederließ.

Doch sie war auch nicht der Typ, der sich das Leben nahm.

Was will ich hier überhaupt sagen? Im Grunde versuche ich, etwas zu beschreiben, das zwar wesentlich ist, aber keine Realität
besitzt. Doch etwas faktisch Substanzloses beschreiben zu wollen ist, als hätte man eine Verabredung auf der Rückseite des
Mondes. Es ist stockdunkel dort, ohne jede Wegmarkierung.
Hinzu kommt die unüberschaubare Weite. Sagen will ich jedenfalls, dass M. die Frau war, in die ich mich mit vierzehn hätte
verlieben sollen. Doch dadurch, dass ich mich in Wirklichkeit viel
später in sie verliebte, war sie damals (leider) nicht mehr vierzehn Jahre alt. Wir lernten uns also zur falschen Zeit kennen.
Als hätten wir uns bei unserer Verabredung im Datum geirrt.
Uhrzeit und Ort stimmten. Nur das Datum war falsch.

In M. wohnte noch immer ein vierzehnjähriges Mädchen. Dieses Mädchen war stets als Ganzes – niemals bruchstückhaft – in ihr lebendig. Wenn ich aufmerksam hinschaute, konnte ich einen Blick auf die mädchenhafte Gestalt erhaschen, die in M. weilte. Schliefen wir miteinander, wurde sie in meinen Armen bald uralte Frau, bald junges Mädchen. So kam und ging sie stets nach ihrer ganz persönlichen Zeit. Dafür liebte ich sie. In solchen Momenten drückte ich sie unwillkürlich so fest an mich, dass ich ihr wehtat. Wahrscheinlich wandte ich zu viel Kraft an. Aber ich konnte nicht anders, denn ich wollte sie nicht verlieren.

Aber natürlich kam der Zeitpunkt, an dem ich sie doch verlor. Außerdem waren ja auch alle Seeleute der Welt hinter ihr her. So ganz allein konnte ich sie nicht halten. Jeder schaut irgendwann einmal kurz weg. Man muss schlafen und auf die Toilette gehen. Sich waschen. Zwiebeln schneiden oder Bohnen putzen. Oder den Luftdruck auf seinen Reifen überprüfen. So kam es, dass wir getrennt wurden. Das heißt, sie kam mir abhanden. Da waren natürlich die Schatten der Seeleute. Ungebundene, dunkle Schatten, die geschmeidig an der Hauswand entlangglitten. Waschraum, Zwiebeln oder Luftdruck, diese Schatten waren nicht mehr als bruchstückhafte, wie Reißzwecken ausgestreute Metaphern.

Sie war fort, und niemand weiß, wie verzweifelt ich damals war und in welch tiefen Abgrund ich sank! Nein, das kann niemand wissen. Ich kann mich ja selbst kaum daran erinnern. Wie sehr habe ich gelitten? Wie sehr tat mir das Herz weh? Schön wäre es, wenn es auf der Welt einen Apparat gäbe, mit dem man zuverlässig und ohne große Umstände seinen Kummer messen könnte. Dann blieben einem zumindest die Werte. Ein handtellergroßes Gerät würde genügen. Das denke ich jedes Mal, wenn ich an meinen Reifen den Luftdruck messe.

Und am Ende war sie tot. Ein nächtlicher Anruf hatte mich davon unterrichtet. Ich wusste weder wo noch wie noch warum oder weshalb, doch jedenfalls hatte M. den Entschluss gefasst, ihrem Leben ein Ende zu bereiten, und in die Tat umgesetzt. Und hatte diese Welt (wahrscheinlich) in aller Stille verlassen. Alle Seeleute der Welt und all ihre süßen Worte hatten M. nicht vor dem Reich der Toten bewahren – oder daraus entführen – können. Auch ihr könnt, wenn ihr in der Nacht aufmerksam lauscht, von Ferne den Trauergesang der Seeleute vernehmen.

Und mir ist es, als hätte ich mit ihrem Tod auch den vierzehnjährigen Jungen in mir für immer verloren. Dieser Teil ist aus meinem Leben so gründlich verschwunden wie ein Baseballtrikot mit einer geschützten Rückennummer aus einer Baseballmannschaft. Er liegt, eingeschlossen in einem soliden Tresor mit einem komplizierten Code, den man in einer Milliarde Jahren nicht öffnen kann, auf dem tiefsten Meeresgrund. Stumm bewacht von Ammoniten und Quastenflossern. Auch der wunderbare Westwind ist ganz zum Erliegen gekommen. Die Seeleute auf der ganzen Welt betrauern ihren Tod zutiefst. Und auch alle Gegner der Seeleute der Welt.

Als ich von M.s Tod erfahren hatte, fühlte ich mich wie der zweiteinsamste Mann der Welt.

Der einsamste war zweifellos ihr Mann. Den Platz überließ ich ihm. Ich wusste nicht, was für ein Mensch er war. Ich hatte keinerlei Informationen über sein Alter und darüber, was er tat oder nicht tat. Ich wusste nur, dass er eine tiefe Stimme hatte. Aber seine Stimme hatte mir nichts Konkretes über ihn gesagt.

Ob er ein Seemann war? Oder ein Gegner der Seeleute? Falls Letzteres zutraf, war er mein Bruder im Geiste. Gehörte er zu den Ersteren … hatte ich dennoch Mitgefühl mit ihm. Ich hätte gern etwas für ihn getan.

Aber ich hatte keine Möglichkeit, mich ihm zu nähern, denn ich wusste weder seinen Namen noch wo er wohnte. Oder vielleicht hatte er seinen Namen und seine Wohnung bereits eingebüßt. Jedenfalls war er der einsamste Mann auf der Welt. Auf einem Spaziergang setzte ich mich vor die Statue eines Einhorns (ein Park, in dem eine Einhornstatue steht, gehört immer zu meiner Route) und dachte, während ich den kühlen Springbrunnen betrachtete, an diesen Mann. Ich fragte mich, wie es wohl wäre, der einsamste Mensch auf der Welt zu sein. Wie es war, der zweiteinsamste zu sein, wusste ich ja bereits. Noch nicht jedoch, wie es war, der einsamste zu sein. Zwischen dem Zweiteinsamsten auf der Welt und dem Einsamsten klafft wahrscheinlich ein tiefer Graben. Er ist nicht nur tief, sondern auch schrecklich breit. So breit, dass Vögel es nicht schaffen, von einer Seite zur anderen zu fliegen, und hineinstürzen, bis sich auf seinem Grund ihre Kadaver türmen.

Eines Tages werdet ihr plötzlich Männer sein, die keine Frauen haben. Dieser Tag kommt ganz unerwartet, ohne die leiseste Vorankündigung, ohne jeden Hinweis, ohne Vorgefühl, ohne Ahnung, ohne Klopfen und ohne Räuspern. Wenn ihr um eine Ecke biegt, wisst ihr bereits, was dort ist. Aber ihr könnt nicht mehr umkehren. Seid ihr einmal um die Ecke gebogen, wird das eure einzige Welt sein. Auf dieser Welt nennt man euch »Männer, die keine Frauen haben«. In einem unendlich kalten Plural. Nur Männer, die keine Frauen haben, können verstehen, wie herzzerreißend, wie furchtbar traurig es ist, Männer zu sein, die keine Frauen haben. Den wunderbaren Westwind zu verlieren. Für eine Ewigkeit – eine Milliarde Jahre sind wohl fast eine Ewigkeit – der vierzehn beraubt zu sein. Von Ferne den kummervollen Gesang der Seeleute zu hören. Mit Ammoniten und Quastenflossern auf dem dunklen Meeresgrund zu liegen. Nach ein Uhr nachts angerufen zu werden. Mit einem Fremden an einem willkürlichen Punkt zwischen Wissen und Nichtwissen zusammenzutreffen. Auf einer ausgetrockneten Straße Tränen zu vergießen, während man den Luftdruck seiner Reifen prüft.

Immerhin betete ich vor der Einhornstatue, dass er irgendwann wieder auf die Füße kommen würde. Ich betete, dass er, ohne die wirklich wichtigen Dinge – wir nennen sie manchmal »das Wesentliche« – zu vergessen, die meisten anderen dazugehörigen Tatsachen würde vergessen können. Es wäre sogar gut, wenn er vergessen könnte, dass er sie vergessen hat. Das hoffte ich von ganzem Herzen. Ist das nicht großartig? Der zweiteinsamste Mann der Welt denkt an den einsamsten Mann der Welt (dem er noch nie begegnet ist) und betet für ihn.

Aber warum hatte er ausgerechnet mich angerufen? Diese Frage stelle ich mir noch heute. Ich mache ihm keinen Vorwurf, sie ist sozusagen rein prinzipiell. Woher wusste er von mir? Wieso beschäftigte er sich mit mir? Die Antwort ist wahrscheinlich einfach. M. hatte ihrem Mann sicher *irgendetwas* von mir erzählt. Anders kann ich es mir nicht denken. Ich habe keine Ahnung, was das gewesen sein könnte. Hatte sie womöglich erzählt (und auch noch ihrem Mann), welchen Wert, welche Bedeutung ich für sie als ehemaliger Liebhaber gehabt hatte? War es etwas Wichtiges gewesen, das mit ihrem Tode in Verbindung stand? Warf meine Existenz irgendeinen Schatten auf ihren Tod? Möglicherweise hatte M. ihrem Mann erzählt, dass sie fand, mein Penis habe eine schöne Form. Nachmittags im Bett hatte sie ihn öfter bewundert. Hatte ihn liebevoll auf der Handfläche gehalten, als bestaunte sie einen legendären Edelstein in einem indischen Diadem. »Er hat eine wunderschöne Form«, sagte sie. Allerdings weiß ich nicht, ob das wirklich stimmt.

War das der Grund, aus dem ihr Mann mich angerufen hatte? Um der Form meines Penis Respekt zu erweisen? Nachts um eins? Du meine Güte, nein, das konnte nicht sein. Abgesehen davon war mein Penis weiß Gott nichts Besonderes. Bestenfalls normal. Im Nachhinein betrachtet hatte ich mich schon früher oft über M.s ästhetischen Geschmack gewundert. Sie hatte seltsame Wertvorstellungen, die sich auf alle Fälle stark von denen anderer Menschen unterschieden.

Vielleicht (etwas anderes kann ich mir gar nicht vorstellen) hatte sie ihm erzählt, dass sie in der Schule einen Radiergummi mit mir geteilt hatte. Arglos, ohne böse Absicht, als harmlose Anekdote aus der Schulzeit. Dennoch versteht es sich von selbst, dass sie damit die Eifersucht ihres Mannes erregte. Selbst wenn M. bis dahin mit zwei Busladungen von Seeleuten geschlafen hatte, musste er angesichts des halben Radiergummis, den ich bekommen hatte, *weitaus* bitterere Eifersucht empfunden haben. War das nicht ganz natürlich? Was sind schon zwei Busladungen muskulöser Seeleute? Immerhin waren M. und ich vierzehn Jahre alt gewesen, und ich hatte damals allein vom Wehen des Westwinds eine Erektion bekommen. Wenn sie mit diesem Jungen ihren neuen Radiergummi geteilt hatte, war das schon schlimm genug. Ein gewaltiger Wirbelsturm, der über ein Dutzend alter Scheunen hinwegrast.

Seither setze ich mich, sooft ich an der Statue des Einhorns vorbeikomme, eine Weile dorthin und lasse meine Gedanken um die Männer kreisen, die keine Frauen haben. Warum ausgerechnet hier? Warum bei dem Einhorn? Vielleicht gehört es ja auch zu den Männern, die keine Frauen haben. Ich habe jedenfalls bisher noch nie ein Einhornpaar gesehen. Er – denn es ist zweifellos ein Einhornmann – ist immer allein und reckt beflissen sein spitzes Horn in den Himmel. Vielleicht sollten wir ihn zum Repräsentanten der Männer machen, die keine Frauen haben, als Symbol unserer drückenden Einsamkeit. Uns vielleicht ein Einhorn-Emblem an Brust und Mütze heften und still durch die Straßen der Welt marschieren. Ohne Musik, ohne Fahnen, ohne Konfetti. Vielleicht. (Vielleicht benutze ich das Wort »vielleicht« zu oft. Vielleicht.)

Zu Männern, die keine Frauen haben, zu werden ist ganz leicht. Man braucht nur eine Frau leidenschaftlich zu lieben, die dann verschwindet. Meist sind es ja (bekanntermaßen) mit allen Wassern gewaschene Seeleute, die sie mit sich fortführen. Sie locken die Frauen mit geschickten Worten mir nichts, dir nichts mit sich nach Marseille oder an die Elfenbeinküste. Dagegen sind wir praktisch machtlos. Oder die Seeleute haben gar nichts damit zu tun, und die Frauen nehmen sich selbst das Leben. Auch dagegen können wir nichts ausrichten. Dagegen sind sogar die Seeleute machtlos.

Auf die eine oder die andere Art verwandelt ihr euch in Männer, die keine Frauen haben. Es geschieht innerhalb eines Augenblicks. Und sobald ihr einmal Männer seid, die keine Frauen haben, dringt die Farbe der Einsamkeit tief in eure Körper ein. Wie verschütteter Rotwein in einen hellen Teppich. Wie reich an hauswirtschaftlichen Kenntnissen ihr auch sein mögt, diesen Fleck bekommt ihr nicht mehr weg. Mit der Zeit verblasst er vielleicht mehr oder weniger, doch letzten Endes bleibt er bis zu eurem letzten Atemzug erhalten. Er besitzt eine Qualifikation als Fleck und in dieser Eigenschaft mitunter sogar ein offizielles Mitspracherecht. Es bleibt euch nichts anderes übrig, als euer Leben mit dieser leichten Farbveränderung und ihren verschwommenen Konturen zu verbringen.

Auf dieser Welt klingen die Töne anders. Durst fühlt sich anders an. Der Bart wächst anders. Die Angestellten von Starbucks verhalten sich anders. Auch Soli von Clifford Brown hören sich anders an. Die Türen der U-Bahn schließen anders. Die Entfernung von der Omotesando nach Aoyama-Itchome ist erheblich anders. Auch wenn ihr danach neue Frauen kennenlernt, so wunderbar sie auch sein mögen (nein, je wunderbarer sie sind, desto schlimmer wird es), wisst ihr vom ersten Moment an, dass ihr sie verlieren werdet. Die vielsagenden Schatten der Seeleute, der Klang der fremden Sprachen, in denen sie sprechen (Griechisch? Estnisch? Tagalog?), versetzen euch in Unruhe. Die exotischen Namen von Häfen auf der ganzen Welt machen euch Angst, denn ihr wisst es bereits: Aus irgendeinem Grund werdet ihr Männer sein, die keine Frauen haben. Ihr seid wie ein heller Perserteppich und die Einsamkeit ist ein Portweinfleck, der sich nicht entfernen lässt. So kommt die Einsamkeit aus Frankreich, und der Nahe Osten führt schmerzhafte Wunden herbei. Für Männer, die keine Frauen haben, ist die Welt ein weites Feld mit scharfkantigem Geröll, genau wie die Rückseite des Mondes.

Etwa zwei Jahre war ich mit M. zusammen gewesen. Das ist keine sehr lange Zeit. Aber es waren zwei schwere Jahre. Zwei Jahre, die rasch vergangen sind, könnte man sagen. Oder zwei lange Jahre, könnte man auch sagen, je nach Sichtweise. Ich spreche zwar von *Zusammensein*, aber eigentlich trafen wir uns nur zwei oder drei Mal im Monat. Sie hatte ihre Verpflichtungen, und ich hatte meine. Und leider waren wir damals nicht mehr vierzehn Jahre alt. Verschiedene Umstände führten dazu, dass am Ende nichts aus uns wurde. Ganz gleich, wie fest ich sie umklammert hatte. Die dunklen, schweren Schatten der Seeleute streuten spitze metaphorische Reißnägel aus.

Am besten erinnere ich mich noch daran, wie sehr M. Fahrstuhlmusik liebte. Instrumentalmusik, wie sie häufig in Aufzügen gespielt wird, also Percy Faith, Mantovani, Raymond Lefèvre, Frank Chacksfield, Francis Lai, die 101 Strings, Paul Mauriat, Billy Vaughn und so etwas. Sie liebte diese (wenn ich so sagen darf) harmlose Musik hingebungsvoll. Den eleganten Fluss der Streicher, das angenehm volltönende Einsetzen der Holzbläser, die stimmungsvollen Blechbläser, den sanft die Seele streichelnden Klang der Harfen. Die stets ungebrochen zauberhaften, schmeichelnden Melodien, die Harmonien, die wie Pralinen auf der Zunge zergehen, die Aufnahmen mit genau dem richtigen Hall.

Wenn ich allein im Auto saß, hörte ich häufig Rockmusik oder Blues. Derek and the Dominos, Otis Redding oder die Doors. Doch M. erlaubte mir *nie*, solche Musik einzulegen. Immer brachte sie eine Papiertüte mit einem Dutzend Fahrstuhlmusik-Kassetten mit, die sie dann eine nach der anderen abspielte. Stumm bewegte sie die Lippen zu »White Lovers« von Francis Lai, während wir ziellos durch die Gegend fuhren. Ihre wunderschönen, erotischen Lippen mit dem blassen Lippenstift. Sie besaß bestimmt zehntausend Kassetten mit Fahrstuhlmusik und weitreichende Kenntnisse über diese unschuldigste Musik der Welt. Sie kannte sich so gut damit aus, sie hätte ein Museum für Fahrstuhlmusik eröffnen können.

Auch beim Sex lief immer Fahrstuhlmusik. Unzählige Male hörten wir, während wir uns liebten, »Theme from ›A Summer Place‹« von Percy Faith. Es ist mir fast peinlich, es zu gestehen, aber diese Melodie erregt mich heute noch. Sobald ich sie höre, atme ich heftiger, und mir wird ganz heiß. Wahrscheinlich bin ich der einzige Mann auf der ganzen Welt, den das Intro von »Theme from ›A Summer Place‹« sexuell erregt. Oder nein, vielleicht geht es M.s Mann ja genauso. So viel Raum will ich ihm zugestehen. Korrektur: Mich eingeschlossen gibt es also wahrscheinlich zwei Männer auf der Welt, die das Intro von »Theme from ›A Summer Place‹« von Percy Faith sexuell erregt. Das genügt.

Raum.

»Ich mag diese Musik sehr«, sagte M. einmal zu mir. »Das ist, um es mit einem Wort zu sagen, eine Frage des Raumes.«

»Wie das?«

»Wenn ich diese Musik höre, habe ich das Gefühl, mich in einem weiten leeren Raum zu befinden. Er ist riesig, und es gibt darin keine Begrenzungen. Keine Wände, keine Decke. Und ich brauche nichts zu denken, nichts zu sagen und nichts zu tun. Ich kann einfach nur dort sein. Die Augen schließen und mich ganz dem schönen Klang der Streicher überlassen. Es gibt dort keine Kopfschmerzen, kein Gefühl von Kälte, weder Menstruation noch Eisprung. Dort ist alles einfach nur schön und friedlich, nichts stockt. Mehr kann ich mir nicht wünschen.«

»Ist es wie im Himmel?«

»Ja«, sagte M. »Im Himmel spielen sie ganz bestimmt Hintergrundmusik von Percy Faith. Könntest du mir noch etwas den Rücken streicheln?«

»Natürlich«, sagte ich.

»Du bist sehr gut im Rückenstreicheln.«

Henry Mancini und ich tauschten unbemerkt einen Blick. Ein leichtes Lächeln umspielte seine Lippen.

Natürlich verlor ich auch die Fahrstuhlmusik. Wann immer ich allein im Auto sitze, stelle ich mir Folgendes vor: Während ich an einer Ampel warte, öffnet plötzlich ein fremdes Mädchen die Beifahrertür und setzt sich hinein. Ohne etwas zu sagen oder mich anzusehen, schiebt sie eine Kassette mit »White Lovers« in das Kassettendeck. Ich träume sogar davon. Natürlich geschieht das nie. Ich habe auch gar kein Kassettendeck mehr. Wenn ich jetzt im Auto Musik höre, dann über iPod und USB-Kabel. Und natürlich weder Francis Lai noch die 101 Strings. Ich höre Gorillaz, Black Eyed Peas und dergleichen.

So ist es, eine Frau zu verlieren. Und einmal eine Frau zu verlieren bedeutet mitunter auch, alle Frauen zu verlieren. So werden wir zu Männern, die keine Frauen haben. Außerdem gehen uns Percy Faith, Francis Lai und die 101 Strings verloren. Und die Ammoniten und Quastenflosser. Und natürlich sogar ein zauberhafter Rücken wie der ihre. Während ich ihn streichelte, hörte ich »Moon River« mit seinem weichen Dreiertakt, dirigiert von Henry Mancini. *»Waiting 'round the bend / My huckleberry friend ...«* Aber all diese Dinge sind verschwunden. Geblieben sind nur die alte abgebrochene Hälfte des Radiergummis und der ferne Trauergesang der Seeleute. Und natürlich das Einhorn am Springbrunnen, das einsam sein Horn gen Himmel reckt.

Es wäre schön, wenn M. jetzt im Himmel – oder an einem ähnlichen Ort – wäre und »Theme from ›A Summer Place‹« hören würde. Liebevoll umspült von grenzenlosen, weiten Klängen. Und wenn sie während des Geigenpizzikatos hin und wieder an mich denken würde. Aber vielleicht ist das zu viel verlangt. Nicht schön wäre es, wenn man dort Jefferson Airplane oder Ähnliches spielen würde (aber so grausam kann Gott doch nicht sein! Hoffe ich zumindest). Ich bete, dass M. dort auch ohne mich mit ihrer unsterblichen Fahrstuhlmusik für immer glücklich und zufrieden lebt.

Als einer der Männer, die keine Frauen haben, bete ich inbrünstig darum. Außer Beten kann ich im Augenblick nichts tun. Vielleicht.

HARUKI MURAKAMI

Südlich der Grenze, westlich der Sonne. Roman

Mister Aufziehvogel. Roman

Naokos Lächeln. Roman

Tanz mit dem Schafsmann. Roman

Nach dem Beben. Roman

Kafka am Strand. Roman

Afterdark. Roman

Hard-boiled Wonderland und das Ende der Welt. Roman

Blinde Weide, schlafende Frau. Erzählungen

Untergrundkrieg. Der Anschlag von Tokyo

Wie ich eines Morgens im April das 100%ige Mädchen sah.
Erzählungen

Der Elefant verschwindet. Erzählungen

Wovon ich rede, wenn ich vom Laufen rede

1Q84 (Buch 1&2). Roman

1Q84 (Buch 3). Roman

Die Pilgerjahre des farblosen Herrn Tazaki. Roman

btb